《中华经典美文选读》编委会

中华

ZHONGHUA
JINGDIAN
MEIWEN
XUANDU

中华经典美文选读

何举芳 主编

敦煌文艺出版社

图书在版编目（CIP）数据

中华经典美文选读 / 何举芳著. -- 兰州：敦煌
文艺出版社，2019.10 （2022.1重印）
　ISBN 978-7-5468-1811-5

　Ⅰ．①中… Ⅱ．①何… Ⅲ．①中国文学－文字欣赏
Ⅳ．①I206

中国版本图书馆CIP数据核字（2019）第210144号

中华经典美文选读
何举芳　著

责任编辑：张明钰
装帧设计：韩国伟

敦煌文艺出版社出版、发行
地址：(730030)兰州市城关区读者大道568号
邮箱：dunhuangwenyi1958@163.com
0931-8773121(编辑部)　0931-8773112(发行部)

北京一鑫印务有限责任公司印刷
开本 710毫米×1000毫米　1/16　印张 19.5　插页2　字数340千
2019年10月第1版　2022年1月第2次印刷
印数：2 001~4 000

ISBN 978-7-5468-1811-5
定价：58.00元

悠悠华夏,文明绵长,给我们留下了博大精深的国学经典,他们是古今先贤思想与智慧的结晶,是我们民族文化的瑰宝,也是中华民族的立世之本,如甘泉和雨露滋润着我们的灵魂。诵读经典,可以修身养性、丰富学识,使我们获得无限的智慧;诵读经典,可以引领我们去认识美、感知美、欣赏美,享受快乐的人生;诵读经典,可以提升我们的境界,净化我们的心灵,锻造我们高尚的人格。

为了深入贯彻习近平新时代中国特色社会主义思想和党的十九大精神,落实中共中央办公厅、国务院办公厅《关于中华经典诵读工程实施方案》和《中共中央关于加强和改进新形势下高校思想政治工作的意见》精神,弘扬中华优秀传统文化和革命文化、社会主义先进文化,落实"三全"育人的理念,在高校内实施中华传承工程,我们成立了编委会,选编了《中华经典美文选读》读本。我们衷心希望这本书能带领大家从家国情怀开始,经历尊老敬贤、兄友弟恭、尊师重道、勤学好问、修身立德、抚今追昔、情义绵长、江山如画、壮志凌云的心灵旅程,从中找一处安静的避风港,潜移默化地构建人生理想,勾画人生蓝图。

"育才造士,为国之本。"作为新时代教师,以凝聚人心、完善人格、培育人才为工作目标，培养德、智、体、美、劳全面发展的社会主义建设者和接班人。促进学生德、智、体、美、劳全面发展，归根结底，就是立德树人。"国无德不兴，人无德不立。"育人之本，在于立德铸魂。教育引导学生坚定理想信念，厚植爱国主义情怀，肩负时代重任，立志扎根人民，奉献国家，以高远的志向砥砺奋斗精神，在人生道路上刚健有为、自强不息。在这本书中，"德"为基础，以期广大读者从中有所收获，能从自身做起、从点滴开始，在日常学习生活中培育和践行社会主义核心价值观，踏踏实实修好品德，成为有大爱、大德、大情怀的人。

经典的德育价值自不待言，经典的文学魅力更是历久弥香。在当下网络文学、快餐文学大行于世的社会背景下，引领青年多读经典不仅能使他们丰富语言积累、提高文学修养，更能使他们强根固本，趋正辟邪，从而使典范的、权威的、意蕴深远的文学语言成为他们一生受用的文化思想道德基础。

"雅言传承文明，经典浸润人生。"让我们一起诵读经典吧，心情愉悦地读，酣畅淋漓地读，熟读而悟，悟而能用，用而生巧，巧而出新。

本书由何举芳主编，完成第二、三、四、七单元的编写，何有录完成第一单元的编写；陕子荣副主编完成第六单元的编写；王心辉副主编完成第九单元的编写；其他参编人员完成第五、八、十单元的编写。本书最终由何举芳统稿。由于时间较紧，同时又受自身水平与能力所限，难免会有疏漏，在此恳请谅解，并希望广大读者能提出宝贵意见，也请专家学者批评斧正。

编委会

2019 年 9 月

目录
MULU

第五单元

勤学好问
QINXUEHAOWEN

113

第六单元

修身立德
XIUSHENLIDE

137

第七单元

抚今追昔
FUJINZHUIXI

171

第十单元

凌云壮志
LINGYUNZHUANGZHI

269

第一单元

家国情怀
JIAGUOQINGHUAI

中华经典美文选读

CHAPTER 1

秦风·无衣

佚名

岂曰无衣？与子同袍①。王于兴师②，修我戈矛③。与子同仇④。

岂曰无衣？与子同泽⑤。王于兴师，修我矛戟⑥。与子偕作⑦。

岂曰无衣？与子同裳⑧。王于兴师，修我甲兵⑨。与子偕行。

①袍：长衣。行军者日以当衣，夜以当被。"同袍"是友爱之辞。

②王：指秦哀公。兴师：出兵。秦国常和西戎交兵。秦穆公伐戎，开地千里。当时戎族是周的敌人，和戎人打仗也就是为周王征伐，秦国伐戎必然打起"王命"的旗号。

③戈、矛：都是长柄的兵器。戈，平头而旁有枝；矛，头尖锐。

④仇：《吴越春秋》引作"雠"。"雠"与"仇"同义。与子同仇：等于说你的雠敌就是我的雠敌。

⑤泽：同"襗"，内衣，指今之汗衫。

⑥戟：兵器名。古戟形似戈，具横直两锋。

⑦作：起。

⑧裳：下衣，此指战裙。

⑨甲兵：铠甲与兵器。

阅读贴士

《秦风·无衣》出自《诗经·国风》。这首诗一共三段,以复沓的形式,表现了秦军战士出征前的高昂士气:他们互相召唤、互相鼓励,舍生忘死、同仇敌忾。是一首慷慨激昂的从军曲!《秦风·无衣》是《诗经》中最为著名的爱国主义诗篇,它是产生于秦地(今陕西中部和甘肃东南部)人民与吴军作战的军中战歌。在这种守卫家国的战争中,秦国人民表现出英勇无畏的尚武精神,也创造了这首充满爱国主义激情的慷慨战歌。

这首战歌,每章第一、二句,分别写"同袍""同泽""同裳",表现战士们克服困难、团结互助的情景。每章第三、四句,先后写"修我戈矛""修我矛戟""修我甲兵",表现战士齐心备战的情景。每章最后一句,写"同仇""偕作""偕行",表现战士们的爱国情感和大无畏精神。这是一首赋体诗,用"赋"的表现手法,在铺陈复唱中直接表现战士们共同对敌、奔赴战场的高昂情绪,一层更进一层地揭示战士们崇高的内心世界。

这首诗是军中的歌谣,反映了秦国兵士团结友爱、共御强敌的精神。全诗采用兵士相语的口吻,展现了在激战前夕,兵士们聚在一起紧张地修整武器,有人却顾虑自己没有衣裳,他的战友就充满友爱地劝慰他:"谁说没有衣裳,我和你同披一件战袍!"又用大义来激励同伴:"国家出兵打仗,我们且把武器修理好,我和你面对着一个共同的敌人。"从诗中不仅可以看到兵士之间的友爱,也可以看到他们在国难当头的时刻,心甘情愿地承担起重大的责任以及不畏牺牲的爱国情怀。诗歌音节短促,声调激昂,生动地表现了秦国兵士们同仇敌忾、慷慨从军的情景。

CHAPTER 1

出师表

诸葛亮

先帝创业未半，而中道崩殂，今天下三分，益州疲弊，此诚危急存亡之秋也。然侍卫之臣不懈于内，忠志之士忘身于外者，盖追先帝之殊遇，欲报之于陛下也。诚宜开张圣听，以光先帝遗德，恢弘志士之气，不宜妄自菲薄，引喻失义，以塞忠谏之路也。

宫中府中，俱为一体；陟罚臧否，不宜异同。若有作奸犯科及为忠善者，宜付有司，论其刑赏，以昭陛下平明之理；不宜偏私，使内外异法也。

侍中、侍郎郭攸之、费祎、董允等，此皆良实，志虑忠纯，是以先帝简拔以遗陛下。愚以为宫中之事，事无大小，悉以咨之，然后施行，必能裨补阙漏，有所广益。

将军向宠，性行淑均，晓畅军事，试用于昔日，先帝称之曰能，是以众议举宠为督。愚以为营中之事，悉以咨之，必能使行阵和睦，优劣得所。

亲贤臣，远小人，此先汉所以兴隆也；亲小人，远贤臣，此后汉所以倾颓也。先帝在时，每与臣论此事，未尝不叹息痛恨于桓、灵也。侍中、尚书、长史、参军，此悉贞良死节之臣，愿陛下亲之信之，则汉室之隆，可计日而待也。

臣本布衣，躬耕于南阳，苟全性命于乱世，不求闻达于诸侯。先帝不以臣卑鄙，猥自枉屈，三顾臣于草庐之中，咨臣以当世之事，由是感激，遂许先帝以驱驰。后值倾覆，受任于败军之际，奉命于危难之间，尔来二十有一年矣。

先帝知臣谨慎，故临崩寄臣以大事也。受命以来，夙夜忧叹，恐托付不效，以伤先帝之明，故五月渡泸，深入不毛。今南方已定，兵甲已足，当奖率三军，北定中原，庶竭驽钝，攘除奸凶，兴复汉室，还于旧都。此臣所以报先帝而忠陛下之职分也。至于斟酌损益，进尽忠言，则攸之、祎、允之任也。

愿陛下托臣以讨贼兴复之效，不效，则治臣之罪，以告先帝之灵。若无兴德之言，则责攸之、祎、允等之慢，以彰其咎；陛下亦宜自谋，以咨诹善道，察纳雅言，深追先帝遗诏。臣不胜受恩感激。

今当远离，临表涕零，不知所言。

参考译文

先帝开创的大业未完成一半却中途去世了。现在天下分为三国，蜀汉国力薄弱，处境艰难。这确实是国家危急存亡的时期啊。不过朝廷里侍从护卫的官员不懈怠，战场上忠诚有志的将士们奋不顾身，这是他们追念先帝对他们的特别的知遇之恩，想要报答在陛下您身上。（陛下）您实在应该扩大圣明的听闻，来发扬光大先帝遗留下来的美德，振奋有远大志向的人的志气，不应当随便看轻自己，说不恰当的话，以致堵塞人们忠心地进行规劝的言路。

皇宫中和朝廷里的大臣，本都是一个整体，奖惩功过，不应有所不同。如有作恶违法的人，或行为忠善的人，都应该交给主管官吏对他们进行评定惩奖，以显示陛下处理国事的公正严明，而不应当有偏袒和私心，使宫内和朝廷奖罚方法不同。

侍中、侍郎郭攸之、费祎、董允等人，都是善良诚实、忠贞纯洁的人，他们的志向和心思忠诚无二。因此先帝选拔他们留给陛下。我认为宫中之事，无论事情大小，都拿来跟他们商讨，然后再去实施，一定能够弥补缺点和疏漏之处，得到更多的启发和帮助。

将军向宠，性格和品行善良公正，精通军事，从前任用时，先帝称赞他很有才能，因此众人商议推举他做中部督。我认为营中的事，都拿来跟他商讨，就一定能使军队团结一心，不同才能的人各得其所。

亲近贤臣，疏远小人，这是前汉所以兴盛的原因；亲近小人，疏远贤臣，这是后汉衰败的原因。先帝在世的时候，每逢跟我谈论这些事情，未尝不叹息并对桓帝、灵帝时期的腐败感到痛心和遗憾。侍中、尚书、长史、参军，这些人都是忠贞善良、守节不渝的大臣，望陛下亲近他们，信任他们，那么蜀汉的兴隆就指日可待了。

我本来是平民，在南阳亲自耕田，在乱世中苟且保全性命，不奢求在诸侯之中出名。先帝不因为我身份卑微，屈尊三次去我的茅庐拜访我，征询我对时局大事的意见，我因此十分感动，就答应为先帝奔走效劳。后来遇到兵败，在兵败的时候接受任务，形势危急之时奉命出使，从此以来二十一年了。

先帝知道我做事小心谨慎，所以临终时把国家大事托付给我。接受遗命以来，我日夜忧虑叹息，只怕先帝托付给我的大任不能实现，以致损伤先帝的知人之明，所以我五月渡过泸水，深入到人烟稀少的地方。现在南方已经平定，兵员装备已经充足，应当激励将领士兵，平定中原，希望用尽我平庸的才能，铲除奸邪凶恶的敌人，兴复汉室，返还旧都。这是我用以报答先帝尽忠陛下的职责。至于权衡利弊，采取适当的措施，毫无保留地进谏忠言，那是郭攸之、费祎、董允的责任。

希望陛下能够把讨伐曹魏、兴复汉室的任务托付给我，若不能完成，就治我的罪，（从而）用来告慰先帝的在天之灵。如果没有振兴圣德的建议，那就责备郭攸之、费祎、董允等人的怠慢，来揭示他们的过失；陛下也应自行谋划，征求、寻问治国的好道理，采纳正确的言论，深切追念先帝临终留下的教诲。我感激不尽。

今天（我）将要告别陛下远行了，面对这份奏章禁不住热泪纵横，也不知说了些什么。

阅读贴士

　　《出师表》出自于《三国志·诸葛亮传》卷三十五。蜀章武元年（221），刘备称帝，诸葛亮为丞相。蜀汉建兴元年（223），刘备病死，将刘禅托付给诸葛亮。诸葛亮实行了一系列比较有效的政治和经济措施，使蜀汉境内呈现兴旺景象。为了实现全国统一，诸葛亮在平息南方叛乱之后，于建兴五年（227）决定北上伐魏，拟夺取魏的长安，临行之前上书后主，即这篇《出师表》。这篇表文以议论为主，兼用记叙和抒情，以恳切委婉的言辞劝勉后主要广开言路、严明赏罚、亲贤远佞，以此兴复汉室还于旧都；同时也表达自己以身许国、忠贞不贰的思想。全文既不借助于华丽的辞藻，又不引用古老的典故，多以四字句行文。

　　诸葛亮（181—234），字孔明，号卧龙，徐州琅琊阳都（今山东临沂市沂南县）人，三国时期蜀国丞相，杰出的政治家、军事家、外交家、文学家、书法家、发明家。

CHAPTER 1

木兰诗

佚名

唧唧复唧唧，木兰当户织。不闻机杼声，惟闻女叹息。问女何所思，问女何所忆。女亦无所思，女亦无所忆。昨夜见军帖，可汗大点兵，军书十二卷，卷卷有爷名。阿爷无大儿，木兰无长兄，愿为市鞍马，从此替爷征。

东市买骏马，西市买鞍鞯，南市买辔头，北市买长鞭。旦辞爷娘去，暮宿黄河边，不闻爷娘唤女声，但闻黄河流水鸣溅溅。旦辞黄河去，暮至黑山头，不闻爷娘唤女声，但闻燕山胡骑鸣啾啾。

万里赴戎机，关山度若飞。朔气传金柝，寒光照铁衣。将军百战死，壮士十年归。

归来见天子，天子坐明堂。策勋十二转，赏赐百千强。可汗问所欲，木兰不用尚书郎，愿驰千里足，送儿还故乡。

爷娘闻女来，出郭相扶将；阿姊闻妹来，当户理红妆；小弟闻姊来，磨刀霍霍向猪羊。开我东阁门，坐我西阁床，脱我战时袍，著我旧时裳。当窗理云鬓，对镜帖花黄。出门看火伴，火伴皆惊忙：同行十二年，不知木兰是女郎。

雄兔脚扑朔，雌兔眼迷离。双兔傍地走，安能辨我是雄雌？

参考译文

织布机声一声接着一声，木兰姑娘对着房门在织布。织机停下来不再作响，只听见姑娘在叹息。问姑娘在想什么，问姑娘在惦记什么。木兰说她没有在想什么，也没有在惦记什么。昨夜看见征兵的文书，知道君王在大规模征募兵士，那么多卷征兵文书，每卷上都有父亲的名字。父亲没有长大成人的儿子，木兰没有兄长，木兰愿意去买来马鞍和马匹，从此替父亲出征。在集市各处购买马具。第二天早上辞别父母，晚上宿营在黄河边，听不见父母呼唤女儿的声音，但能听到黄河汹涌奔流的声音。早上离开黄河上路，晚上到达黑山(燕山)脚下，听不见父母呼唤女儿的声音，但能听到燕山胡兵战马啾啾的鸣叫声。

行军万里奔赴战场作战，翻越关隘和山岭就像飞过去一样快。北方的寒风中传来打更声，清冷的月光映照着战士们的铠甲。将士们经过无数次出生入死的战斗，有些牺牲了，有的十年之后得胜而归。

归来朝见天子，天子坐上殿堂(论功行赏)。记功木兰最高一等，得到的赏赐千百金以上。天子问木兰有什么要求，木兰不愿做尚书省的官，希望骑上一匹千里马，送我回故乡。

父母听说女儿回来了，互相搀扶着出城(迎接木兰)。姐姐听说妹妹回来了，对门梳妆打扮起来。弟弟听说姐姐回来了，霍霍地磨刀杀猪宰羊。打开我闺房东面的门，坐在我闺房西面的床上，脱去我打仗时穿的战袍，穿上我姑娘时的衣裳，当着窗子整理像云一样柔美的鬓发，对着镜子在额上贴好花黄。出门去见一起打仗的伙伴，伙伴们都很吃惊，同行数年之久，竟然不知道木兰是女孩子。

雄兔两只前脚时时动弹，雌兔两只眼睛时常眯着，所以容易分辨。雄雌两兔一起并排跑，怎能分辨哪个是雄兔、哪个雌兔呢？

阅读贴士

《木兰诗》是一首长篇叙事诗，全诗以"木兰是女郎"来构思木兰的传奇故事，富有浪漫色彩；详略安排故事情节，极具匠心。虽然写的是战争题材，但着墨较多的却是生活场景和儿女情态，富有生活气息；以人物问答及铺陈、排比、对偶、互文等手法描述人物情态，刻画人物心理，生动细致，神气跃然，使作品具有强烈的艺术感染力。

CHAPTER 1

春望

杜甫

国破山河在①，城春草木深②。

感时花溅泪③，恨别④鸟惊心。

烽火连三月⑤，家书抵⑥万金。

白头搔⑦更短，浑欲不胜簪⑧。

随文注释

①国：国都，指长安(今陕西西安)。破：沦陷。山河在：旧日的山河仍然存在。

②城：长安城。草木深：指人烟稀少。

③感时：为国家的时局而感伤。溅泪：流泪。

④恨别：怅恨离别。

⑤烽火：古时边防报警的烟火，这里指安史之乱的战火。三月：正月、二月、三月。

⑥抵：值，相当。

⑦白头：这里指白头发。搔：用手指轻轻地抓。

⑧浑：简直。欲：想，要，就要。不胜：受不住，不能。簪：一种束发的首饰。古代男子蓄长发，成年后束发于头顶，用簪子横插住，以免散开。

阅读贴士

天宝十四年(755)十一月,安禄山起兵叛唐。次年六月,叛军攻陷潼关,唐玄宗匆忙逃往四川。七月,太子李亨即位于灵武(今属宁夏),史称肃宗,改元至德。杜甫闻讯,即将家属安顿在鄜州,只身一人投奔肃宗朝廷,结果不幸在途中被叛军俘获,解送至长安,后因官职卑微才未被囚禁。至德二年(757)春,身处沦陷区的杜甫目睹了长安城一片萧条零落的景象,百感交集,便写下了这首传诵千古的名作。

山河依旧,可是国都已经沦陷,城池也在战火中残破不堪了,乱草丛生,林木荒芜。诗人记忆中昔日长安的春天是何等的繁华,鸟语花香,飞絮弥漫,游人迤逦,可是那种景象今日已经荡然无存了。诗人睹物伤感,表现了强烈的黍离之悲。这首诗全篇情景交融,感情深沉,含蓄凝练,言简意赅,且诗歌结构紧凑,围绕"望"字展开,前四句借景抒情,情景结合。诗人由登高远望到焦点式的透视,由远及近,感情由弱到强,就在这感情和景色的交叉转换中含蓄地传达出诗人的感叹忧愤。由开篇描绘国都萧索的景色,到眼观春花而泪流,耳闻鸟鸣而怨恨;再写战事持续很久,以致家里音信全无,最后写到自己的哀怨和衰老,环环相生、层层递进,创造了一个能够引发人们共鸣、深思的境界。诗歌表现了在典型的时代背景下所生成的典型感受,反映了同时代的人们热爱国家、期待和平的美好愿望,表达了民众一致的内在心声,也展示出诗人忧国忧民、感时伤怀的高尚情感。

CHAPTER 1

茅屋为秋风所破歌

杜甫

八月秋高风怒号①，卷我屋上三重茅②。茅飞渡江洒江郊，高者挂罥长③林梢，下者飘转沉塘坳④。

南村群童欺我老无力，忍能对面为盗贼⑤。公然抱茅入竹去⑥，唇焦口燥呼不得⑦，归来倚杖自叹息。

俄顷⑧风定云墨色，秋天漠漠向昏黑⑨。布衾⑩多年冷似铁，娇儿恶卧踏里裂⑪。床头屋漏无干处⑫，雨脚如麻⑬未断绝。自经丧乱⑭少睡眠，长夜沾湿何由彻⑮！

安得广厦⑯千万间，大庇天下寒士俱欢颜⑰。风雨不动安如山。呜呼⑱！何时眼前突兀见⑲此屋，吾庐独破受冻死亦足⑳！

随文注释

①秋高：秋深。怒号(háo)：大声吼叫。

②三重(chóng)茅：几层茅草。三，泛指多。

③挂罥(juàn)：挂着，挂住。罥，挂。长(cháng)：高。

④塘坳(ào)：低洼积水的地方(即池塘)。塘，一作"堂"。坳，水边低地。

⑤忍能对面为盗贼：竟忍心这样当面做"贼"。忍能，忍心如此。对面，当面。为，做。

中华经典美文选读

⑥入竹去：进入竹林。

⑦呼不得：喝止不住。

⑧俄顷（qǐng）：不久，一会儿，顷刻之间。

⑨秋天漠漠向昏黑（古音念 hè）：指秋季的天空阴沉迷蒙，渐渐黑了下来。

⑩布衾（qīn）：布质的被子。衾，被子。

⑪娇儿恶卧踏里裂：孩子睡相不好，把被里都蹬坏了。恶卧，睡相不好。裂，使动用法，使……裂。

⑫床头屋漏无干处：整个房子都没有干的地方了。屋漏，根据《辞源》释义，指房子西北角，古人在此开天窗，阳光便从此处照射进来。"床头"，泛指整个屋子。

⑬雨脚如麻：形容雨点不间断，像下垂的麻线一样密集。雨脚，雨点。

⑭丧（sāng）乱：战乱，指安史之乱。

⑮沾湿：潮湿不干。何由彻：如何才能挨到天亮。彻，彻晓。

⑯安得：如何能得到。广厦（shà）：宽敞的大屋。

⑰大庇（bì）：全部遮盖、掩护起来。庇，遮盖，掩护。寒士："士"原指文化人，但此处泛指贫寒的人们。俱：都。欢颜：喜笑颜开。

⑱呜呼：书面感叹词，表示叹息，相当于"唉"。

⑲突兀（wù）：高耸的样子，这里用来形容广厦。见（xiàn）：通"现"，出现。

⑳庐：茅屋。亦：一作"意"。足：值得。

阅读贴士

此诗作于公元 761 年（唐肃宗上元二年）八月。公元 759 年（唐肃宗乾元二年）秋天，杜甫弃官到秦州（今甘肃天水），又辗转经同谷（今甘肃成县）到了巴陵。公元 760 年（唐肃宗乾元三年）春天，杜甫求亲告友，在成都浣花溪边盖起了一座茅屋，总算有了一个栖身之所。不料到了公元 761 年（唐肃宗上元二年）八月，大风破屋，大雨又接踵而至。当时安史之乱尚未平息，诗人由自身遭遇联想到战乱的万方多难，长夜难眠，感慨万千，写下了这篇脍炙人口的诗篇。

此诗叙述作者的茅屋被秋风所破，以致全家遭雨淋的痛苦经历，抒发了自己内心的感慨，体现了诗人忧国忧民的崇高思想境界。全篇可分为四段，第一段写面对狂风破屋的焦虑;第二段写面对群童抱茅的无奈;第三段写遭受夜雨的痛苦;第四段写期盼广厦,将苦难加以升华。前三段是写实式的叙事,诉述自家之苦,情绪含蓄压抑;后一段是理想的升华,直抒忧民之情,情绪激越轩昂。前三段的层层铺叙,为后一段的抒情奠定了坚实的基础,如此抑扬曲折的情绪变换,完美地呈现了杜诗"沉郁顿挫"的风格。

❦

CHAPTER 1

岳阳楼记

范仲淹

庆历四年春，滕子京谪守巴陵郡。越明年，政通人和，百废具兴。乃重修岳阳楼，增其旧制，刻唐贤、今人诗赋于其上。属予作文以记之。

予观夫巴陵胜状，在洞庭一湖。衔远山，吞长江，浩浩汤汤，横无际涯；朝晖夕阴，气象万千。此则岳阳楼之大观也。前人之述备矣。然则北通巫峡，南极潇湘，迁客骚人，多会于此，览物之情，得无异乎？

若夫淫雨霏霏，连月不开，阴风怒号，浊浪排空；日星隐耀，山岳潜形；商旅不行，樯倾楫摧；薄暮冥冥，虎啸猿啼。登斯楼也，则有去国怀乡，忧谗畏讥，满目萧然，感极而悲者矣。

至若春和景明，波澜不惊，上下天光，一碧万顷；沙鸥翔集，锦鳞游泳；岸芷汀兰，郁郁青青。而或长烟一空，皓月千里，浮光跃金，静影沉璧，渔歌互答，此乐何极！登斯楼也，则有心旷神怡，宠辱偕忘，把酒临风，其喜洋洋者矣。

嗟夫！予尝求古仁人之心，或异二者之为，何哉？不以物喜，不以己悲；居庙堂之高则忧其民；处江湖之远则忧其君。是进亦忧，退亦忧。然则何时而乐耶？其必曰"先天下之忧而忧，后天下之乐而乐"乎。噫！微斯人，吾谁与归？

时六年九月十五日。

庆历四年(1044)的春天,滕子京被降职到巴陵郡做太守。到了第二年,政务顺利,百姓和乐,各种荒废的事业都兴办起来了。于是重新修建岳阳楼,扩大它原有的规模,把唐代名家和当代人的诗赋刻在它上面。嘱托我写一篇文章来记述这件事情。

我观看那巴陵郡的美好景色,全在洞庭湖上。它连接着远处的山,吞吐长江的水流,浩浩荡荡,无边无际,一天里阴晴多变,气象千变万化。这就是岳阳楼的雄伟景象。前人的记述(已经)很详尽了。虽然如此,那么向北面通到巫峡,向南面直到潇水和湘水,降职的官吏和来往的诗人,大多在这里聚会,(他们)观赏自然景物而触发的感情大概会有所不同吧?

像那阴雨连绵,接连几个月不放晴,寒风怒吼,浑浊的浪冲向天空;太阳和星星隐藏起光辉,山岳隐没了形体;商人和旅客不能通行,船桅倒下,船桨折断;傍晚天色昏暗,虎在长啸,猿在悲啼,(这时)登上这座楼啊,就会有一种离开国都、怀念家乡,担心遭到诽谤、惧怕人家批评指责,满眼都是萧条的景象,悲伤的心情感慨到了极点。

到了春风和煦,阳光明媚的时候,湖面平静,没有惊涛骇浪,天色湖光相连,一片碧绿,广阔无际;沙洲上的鸥鸟,时而飞翔,时而停歇,美丽的鱼游来游去,岸边的香草和小洲上的兰花,草木茂盛,青翠欲滴。有时大片烟雾完全消散,皎洁的月光一泻千里,波动的光闪着金色,静静的月影像沉入水中的玉璧,渔夫的歌声在你唱我和地响起来,这种乐趣(真是)无穷无尽啊!(这时)登上这座楼,就会感到心胸开阔、心情愉快,光荣和屈辱一并忘了,端着酒杯,吹着微风,那真是快乐高兴极了。

唉! 我曾经探求古时品德高尚的人的思想感情,或许不同于(以上)两种人的心情,这是为什么呢?(是由于)不因身外之物的好坏和自己的得失而或喜或悲。在朝廷上做官时,就为百姓担忧;在江湖上不做官时,就为国君担忧。这样来说在朝廷做官也担忧,在僻远的江湖也担忧。既然这样,那么他们什么时候才会感到快乐呢? 他们一定会说:"在天下人忧之前先忧,在天下人乐之后才乐。"唉! 没有这种人,我同谁一道呢?

写于庆历六年(1046)九月十五日。

庆历新政失败后,范仲淹贬居邓州。昔日好友滕子京从湖南来信,要他为重新修竣的岳阳楼作记,并附上《洞庭晚秋图》。范仲淹一口答应,但是范仲淹其实没有去过岳阳楼。庆历六年六月,他挥毫撰写的著名的《岳阳楼记》,都是看图写的。"洞庭天下水,岳阳天下楼。"一提起岳阳楼,人们就会很自然地想起千古名臣范仲淹,千古名文《岳阳楼记》,想到其中表明范仲淹宽阔胸襟的句子"不以物喜,不以己悲",还会赞颂他"先天下之忧而忧,后天下之乐而乐"的政治抱负和生活态度。本文既是自勉,又是与友人共勉。文章叙述了事情的本末源起,通过描绘岳阳楼的景色及迁客骚人登楼览景后产生的不同感情,表达了自己"不以物喜,不以己悲"的旷达胸襟与"先天下之忧而忧,后天下之乐而乐"的政治抱负。

范仲淹(989—1052),字希文,汉族。北宋杰出的思想家、政治家、文学家。历任兴化县令、秘阁校理、陈州通判、苏州知州等职,因秉公直言而屡遭贬斥。庆历三年(1043),出任参知政事,发起"庆历新政"。新政受挫后,范仲淹被贬出京,辗转于邓州、杭州、青州。皇祐四年(1052),改知颖州,范仲淹扶疾上任,于途中逝世,年六十三。追赠兵部尚书、楚国公,谥号"文正",世称"范文正公"。范仲淹政绩卓著,文学成就突出。他倡导的"先天下之忧而忧,后天下之乐而乐"的思想和仁人志士节操,对后世影响深远。有《范文正公集》传世。

CHAPTER 1

永遇乐^①·京口北固亭^②怀古

辛弃疾

千古江山，英雄无觅孙仲谋^③处。舞榭歌台^④，风流总被雨打风吹去。斜阳草树，寻常巷陌^⑤，人道寄奴^⑥曾住。想当年，金戈铁马，气吞万里如虎^⑦。

元嘉草草^⑧，封狼居胥^⑨，赢得仓皇北顾^⑩。四十三年^⑪，望中犹记，烽火扬州路^⑫。可堪^⑬回首，佛狸祠^⑭下，一片神鸦社鼓^⑮。凭谁问：廉颇老矣，尚能饭否？^⑯

随文注释

①永遇乐：词牌名，又名"消息"。此调有平、仄两体。此体为双调一百零四字，上下阕各十一句四仄韵。

②京口：古城名，即今江苏镇江。因临京岘山、长江口而得名。北固亭：晋蔡谟筑楼北固山上，称北固亭，原址位于今江苏镇江，北临长江，又称北顾亭。

③孙仲谋：孙权（182—252），字仲谋。东吴大帝，三国时期吴国的开国皇帝，曾建都京口。吴郡富春县（今浙江富阳）人。长沙太守孙坚次子，幼年跟随兄长吴侯孙策平定江东，汉献帝建安五年（200）孙策早逝，孙权继位为江东之主。

④舞榭（xiè）歌台：演出歌舞用的台榭，这里代指孙权故宫。榭，建在高台上的房子。

⑤寻常巷陌：极窄狭的街道。寻常，古代指长度，八尺为寻，倍寻为常，形容窄

狭。引申为普通、平常。巷、陌,这里都指街道。

⑥寄奴:南朝宋武帝刘裕的小名。

⑦"想当年"句:刘裕曾两次领兵北伐,收复洛阳、长安等地。金戈,用金属制成的长枪。铁马,披着铁甲的战马。都是当时精良的军事装备。这里指代精锐的部队。

⑧元嘉草草:刘裕之子宋文帝刘义隆好大喜功,仓促北伐,反而让北魏太武帝拓跋焘抓住机会,以骑兵集团南下,兵抵长江北岸而返,遭到对手的重创。元嘉,刘义隆年号。草草,轻率。

⑨封,在山上筑坛祭神。狼居胥山即狼山,在今内蒙古自治区西北部。汉武帝元狩四年(前119)霍去病远征匈奴至此,登山祭神,歼敌七万余,于是"封狼居胥山,禅于姑衍",积土为坛于山上,祭天曰封,祭地曰禅,古时用这个方法庆祝胜利。南朝宋文帝刘义隆命王玄谟北伐,玄谟陈说北伐的策略,文帝说:"闻王玄谟陈说,使人有封狼居胥意。"词中用"元嘉北伐"失利之事,以影射南宋"隆兴北伐"。

⑩赢得仓皇北顾:即落得仓皇与北顾。宋军北伐,被北魏军击败,北魏军趁机大举南侵,直抵扬州,吓得宋文帝亲自登上建康幕府山向北观望形势。赢得,剩得,落得。

⑪四十三年:作者于宋高宗绍兴三十二年(1162),从北方抗金南归,至宋宁宗开禧元年(1205),任镇江知府登北固亭写这首词时,前后共四十三年。

⑫烽火扬州路:指当年扬州地区,到处都是抗击金兵南侵的战火烽烟。路,宋朝时的行政区划,扬州属淮南东路。

⑬可堪:表面意为可以忍受得了,实则为"岂堪""哪堪",即怎能忍受得了。堪,忍受。

⑭佛(bì)狸祠:北魏太武帝拓跋焘小名佛狸。元嘉二十七年(450),他曾反击刘宋,两个月的时间里,兵锋南下,五路远征军分道并进,从黄河北岸一路穿插到长江北岸。在长江北岸瓜埠山(今南京六合区)建立行宫,即后来的佛狸祠。

⑮神鸦:指在庙里吃祭品的乌鸦。社鼓:祭祀时的鼓声。整句话的意思是,到了南宋时期,当地老百姓只把佛狸祠当作供奉神祇的地方,而不知道它过去曾是异族皇帝的行宫。

⑯"廉颇"句:廉颇,战国时赵国名将。《史记·廉颇蔺相如列传》记载,廉颇被免职后,跑到魏国,赵王想再用他,派人去看他的身体情况,廉颇的仇人郭开贿赂使

者,令毁之。使者看到廉颇,廉颇为之一饭斗米,肉十斤,披甲上马,以示尚可用。使者回来报告赵王说:"廉颇将军虽老,尚善饭,然与臣坐,顷之三遗矢矣。"赵王以为廉颇已老,遂不用。

阅读贴士

《永遇乐·京口北固亭怀古》写于宋宁宗开禧元年(1205),当时辛弃疾六十六岁。作者是怀着深重的忧虑和一腔悲愤写这首词的。上阕赞扬在京口建立霸业的孙权和率军北伐气吞胡虏的刘裕,表示要像他们一样金戈铁马为国立功。下阕借讽刺刘义隆表明自己坚决主张抗金但反对冒进误国的立场和态度。从表面看来,朝廷对他似乎很重视,然而实际上只不过是利用他那主战派元老的招牌作为号召而已。辛弃疾到任后,一方面积极布置军事进攻的准备工作;但另一方面,他又清楚地意识到政治斗争的险恶,自身处境的孤危,深感很难有所作为。辛弃疾支持北伐抗金的决策,但是对独揽朝政的韩侂胄轻敌冒进的做法,感到忧心忡忡,他认为应当做好充分准备,绝不能草率行事,否则难免重蹈覆辙,使北伐再次遭到失败。辛弃疾的意见并没有引起南宋当权者的重视,他来到京口北固亭,登高眺望,怀古忆昔,心潮澎湃,感慨万千,写下了这篇词中佳作。全词豪壮悲凉,义重情深,散发着爱国主义的思想光辉。

辛弃疾(1140—1207),南宋词人。原字坦夫,改字幼安,别号稼轩,汉族,历城(今山东济南)人。出生时,中原已为金兵所占。二十一岁参加抗金义军,不久归南宋。历任湖北、江西、湖南、福建、浙东安抚使等职,一生力主抗金。其词抒写力图恢复国家统一的爱国热情,倾诉壮志难酬的悲愤,对当时执政者的屈辱求和颇多谴责,也有不少吟咏祖国河山的作品。题材广阔又善用前人典故入词,风格沉雄豪迈又不乏细腻柔媚之处。由于辛弃疾的抗金主张与当政的主和派政见不合,后被弹劾落职,退隐江西带湖。

❖

CHAPTER 1

项脊轩志

归有光

　　项脊轩，旧南阁子也。室仅方丈，可容一人居。百年老屋，尘泥渗漉，雨泽下注；每移案，顾视，无可置者。又北向，不能得日，日过午已昏。余稍为修葺，使不上漏。前辟四窗，垣墙周庭，以当南日，日影反照，室始洞然。又杂植兰桂竹木于庭，旧时栏楯，亦遂增胜。积书满架，偃仰啸歌，冥然兀坐，万籁有声；而庭阶寂寂，小鸟时来啄食，人至不去。三五之夜，明月半墙，桂影斑驳，风移影动，珊珊可爱。

　　然余居于此，多可喜，亦多可悲。先是庭中通南北为一。迨诸父异爨，内外多置小门，墙往往而是。东犬西吠，客逾庖而宴，鸡栖于厅。庭中始为篱，已为墙，凡再变矣。家有老妪，尝居于此。妪，先大母婢也，乳二世，先妣抚之甚厚。室西连于中闺，先妣尝一至。妪每谓余曰："某所，而母立于兹。"妪又曰："汝姊在吾怀，呱呱而泣，娘以指叩门扉曰：'儿寒乎？欲食乎？'吾从板外相为应答。"语未毕，余泣，妪亦泣。余自束发，读书轩中，一日，大母过余曰："吾儿，久不见若影，何竟日默默在此，大类女郎也？"比去，以手阖门，自语曰："吾家读书久不效，儿之成，则可待乎！"顷之，持一象笏至，曰："此吾祖太常公宣德间执此以朝，他日汝当用之！"瞻顾遗迹，如在昨日，令人长号不自禁。

轩东，故尝为厨，人往，从轩前过。余扃牖而居，久之，能以足音辨人。轩凡四遭火，得不焚，殆有神护者。

项脊生曰："蜀清守丹穴，利甲天下，其后秦皇帝筑女怀清台；刘玄德与曹操争天下，诸葛孔明起陇中。方二人之昧昧于一隅也，世何足以知之？余区区处败屋中，方扬眉、瞬目，谓有奇景。人知之者，其谓与坎井之蛙何异？"

余既为此志，后五年，吾妻来归。时至轩中，从余问古事，或凭几学书。吾妻归宁，述诸小妹语曰："闻姊家有阁子，且何谓阁子也？"其后六年，吾妻死，室坏不修。其后二年，余久卧病无聊，乃使人复葺南阁子，其制稍异于前。然自后余多在外，不常居。

庭有枇杷树，吾妻死之年所手植也，今已亭亭如盖矣。

参考译文

项脊轩，作者的书斋名，是过去的南阁楼。屋里只有一丈见方，可以容纳一个人居住。百年老屋，(屋顶墙上的)泥土从上边漏下来，积聚的雨水一直往下流淌；我每次挪动书桌，环视四周没有可以安置桌案的地方(意指无处不漏雨)。屋子又朝北，不能照到阳光，过了中午，室内就已经昏暗。我稍稍修理了一下，使它不从上面漏土漏雨。在前面开了四扇窗子，在院子四周砌上围墙，用来挡住南面射来的日光，日光反射照耀，室内才明亮起来。我在庭院里随意地种上兰花、桂树、竹子等，往日的栏杆，也增加了新的光彩。积累的书摆满了书架，我安居室内，吟诵诗文，有时又静静地独自端坐，听到自然界各种各样的声音；庭院、台阶前静悄悄的，小鸟不时飞下来啄食，人走到它跟前也不离开。十五的夜晚，明月高悬，照亮半截墙壁，桂树的影子交杂错落，微风吹过影子摇动，可爱极了。

然而我住在这里，有许多值得高兴的事，也有许多值得悲伤的事。在这以前，庭院南北相通成为一体。等到伯父叔父们分了家，在室内外设置了许多小门，墙壁到处都是。分家后，狗把原住同一庭院的人当作陌生人，客人得越过厨房去吃饭，鸡在厅堂里栖息。庭院中开始是篱笆隔开，然后又砌成了墙，一共变了两次。家中有个老婆婆，曾经在这里居住过。这个老婆婆，是我死去的祖母的婢女，给两代人喂过奶，先母对她很好。房子的西边和内室相连，先母曾经经常来。老婆婆常常对我说："这个地方，你母亲曾经站在这儿。"老婆婆又说："你姐姐在我怀中，呱呱地哭泣；你母亲用手指敲着房门说：'孩子是冷呢？还是想吃东西呢？'我隔着门一一回答……"话还没有说完，我就哭起来，老婆婆也流下了眼泪。我从十五岁起就在轩内读书，有一天，祖母来看我，说："我的孩子，好久没有见到你的身影了，为什么整天默默地待在这里，怎么像个女孩子呀？"等到离开时，用手关上门，自言自语地说："我们家读书人很久没有得到功名了，（我）孩子的成功，就指日可待了啊！"不一会，拿着一个象笏过来，说："这是我祖父太常公宣德年间拿着去朝见皇帝用的，以后你一定会用到它！"回忆起旧日这些事情，就好像发生在昨天一样，真让人忍不住放声大哭。

项脊轩的东边曾经是厨房，人们到那里去，必须从轩前经过。我关着窗子住在里面，时间长了，能够根据脚步声辨别是谁。项脊轩一共遭过四次火灾，能够不被焚毁，大概是有神灵在保护着吧。

项脊生说："巴蜀地方有个名叫清的寡妇，她继承了丈夫留下的朱砂矿，采矿获利为天下第一，后来秦始皇筑'女怀清台'纪念她。刘备与曹操争夺天下，诸葛亮由务农出而建立勋业。当这两个人还待在不为人所知的偏僻角落时，世人又怎么能知道他们呢？我今天居住在这破旧的小屋里，却自得其乐，以为有奇景异致。如果有知道我这种境遇的人，恐怕会把我看作目光短浅的井底之蛙吧！"

我作了这篇文章之后，过了五年，我的妻子嫁到我家来，她时常来到轩中，向我问一些旧时的事情，有时伏在桌旁学写字。我妻子回娘家探亲，回来转述她的小妹妹们的话说："听说姐姐家有个小阁楼，那么，什么叫小阁楼呢？"这以后六年，我的妻子去世，项脊轩破败没有整修。又过了两年，我很长时间生病卧床没有什么（精神上的）寄托，就派人再次修缮南阁子，格局跟过去稍有不同。这之后我多在外边，不常住在这里。

庭院中有一株枇杷树，是我妻子去世那年我亲手种植的，现在已经高高挺立，枝叶繁茂像伞一样了。

阅读贴士

《项脊轩志》是明代文学家归有光的作品。项脊轩,归有光家的一间小屋。轩,小的房室。归有光的远祖曾居住在江苏太仓的项脊泾。作者把小屋命名为项脊轩,有纪念意义。"志"即"记",是古代记叙事物、抒发感情的一种文体。借记物、记事来表达作者的感情。撷取日常琐事,通过细节描写,来抒情言志。他的风格"不事雕琢而自有风味",借日常生活和家庭琐事来表现母子、夫妻、兄弟之间的感情。此文是归有光抒情散文的代表作。文章通过记作者青年时代的书斋,着重叙述与项脊轩有关的人事变迁,借"百年老屋"的几经兴废,回忆家庭琐事,抒发了物在人亡、三世变迁的感慨。文章紧扣项脊轩来写,又用或喜或悲的感情作为贯穿全文的意脉,将生活琐碎事串为一个整体。善于撷取生活中的细节和场面来表现人物。不言情而情无限,言有尽而意无穷。

归有光(1507—1571)。明代散文家、文学家、古文家。字熙甫,又字开甫,别号震川,自号项脊生,是"唐宋八大家"与清代"桐城派"之间的桥梁,与王慎中、唐顺之、茅坤并称为"唐宋派"。其文被称作"明文第一",有"今之欧阳修"的赞誉,世称"震川先生"。文学上,归有光以散文创作为主,其散文继承欧阳修、曾巩的文风,文风朴实自然,浑然天成,无故意雕琢之痕,感情真挚,选材上多着眼于家庭琐事,以此表达母子、夫妻、兄弟等之间的深情,文笔清淡朴素,自然亲切,感情真挚深沉,细节生动传情。归有光生平坎坷,历经幼年丧母、科场八次落第、青年丧妻、家道衰落和叔伯不睦的挫折,但正是这逆境促成了其不事雕琢的散文风格,不妨碍他被世人称为"今之欧阳修",成为明代伟大的散文家。

CHAPTER 1

韬钤①深处

戚继光

小筑②暂高枕，忧时旧有盟。

呼樽来揖客，挥麈③坐谈兵。

云护④牙签⑤满，星含宝剑横。

封侯非我意，但愿海波平。

随文注释

①韬钤（qián）：即《六韬》和《玉钤》，皆是兵书。后来称用兵的谋略为"韬钤"。

②小筑：小楼。

③挥麈（zhǔ）：挥动麈尾。晋人清谈时，常挥动麈尾以为谈助。后也称谈论为挥麈。

④云护：云层遮掩，即天黑。

⑤牙签：即书签，代指书籍。如孔尚任《桃花扇》："堂名二西，万卷牙签求售。"

阅读贴士

　　《韬钤深处》是明代军事家戚继光将军少年时所写的一首诗。该诗表达了作者自己习文练武就是为了抵御倭寇入侵，以使百姓早日过上安居乐业的生活。戚继光的《韬钤深处》出自戚继光的诗文集《止止堂集·横槊稿》，是他任登州卫指挥金事时所写。当时戚继光的生活十分平静,每天除处理公务外,就是闭门读书。但是,他不甘心这种碌碌无为的生活,渴望做出一番事业,为边疆的安宁奉献一生。于是在一本兵书的空白处,他写下了如此惊天动地的诗句。

"遥知夷岛浮天际,未敢忘危负年华。"表达了戚继光决心将自己的一生和抗倭事业结合起来,使自己处在时代激流的中心,体现了为民族、为国家做出贡献的决心。戚继光能在国家危难之时立下远大志向,挺身而出,时刻以国家和民族安危为己任的高尚品质,值得我们学习。诗句"封侯非我意,但愿海波平"则更明确地表明戚继光为驱逐倭患、保卫海防、拯救百姓于水火并非追求个人功名的崇高品质。

CHAPTER 1

别云间①

夏完淳

三年②羁旅③客，今日又南冠④。

无限山河泪，谁言天地宽！

已知泉路⑤近，欲别故乡难。

毅魄⑥归来日，灵旗⑦空际看。

随文注释

①云间：上海松江区古称云间，是作者家乡。永历元年/顺治四年(1647)，他在这里被逮捕。

②三年：作者自弘光元年/顺治二年(1645)起，参加抗清斗争，出入于太湖及其周围地区，至顺治四年(1647)，共三年。

③羁(jī)旅：寄居他乡，生活漂泊不定。羁：停留。

④南冠(guàn)，被囚禁的人。语出《左传》。楚人钟仪被俘，晋侯见他戴着楚国的帽子，问左右的人："南冠而絷者，谁也？"后世以"南冠"代被俘。

⑤泉路：黄泉路，死路。泉，黄泉，指人死后埋葬的地穴。

⑥毅魄，坚强不屈的魂魄，语出屈原《九歌·国殇》："身即死兮神以灵，魂魄毅兮为鬼雄。"。

⑦灵旗，又叫魂幡，古代招引亡魂的旗子。这里指后继者的队伍。

阅读贴士

　　《别云间》是明代少年抗清英雄、诗人夏完淳创作的一首五言律诗。此诗起笔叙艰苦卓绝的飘零生涯,承笔发故土沦丧、山河破碎之悲愤慨叹,转笔抒眷念故土、怀恋亲人之深情,结笔盟誓志恢复之决心。弘光元年,即顺治二年(1645),夏完淳时年十五岁,从父允彝、师陈子龙在松江起兵抗清。永历元年(1647)夏,作者因鲁王遥授中书舍人之职而上表谢恩,为清廷发觉,遭到逮捕,被解送南京。诗歌是作者在被解送往南京前,临别松江时所作,是作者诀别故乡之作,表达的不是对生命苦短的感慨,而是对山河沦丧的极度悲愤,对家乡亲人的无限依恋和对抗清斗争的坚定信念。在表达此去誓死不屈的决心的同时,又对行将永别的故乡流露出无限的依恋和深切的感叹。全诗思路流畅清晰,感情跌宕豪壮,格调慷慨激昂,读来令人荡气回肠。

CHAPTER 1

我用残损的手掌

戴望舒

我用残损的手掌

摸索这广大的土地：

这一角已变成灰烬，

那一角只是血和泥；

这一片湖该是我的家乡，

（春天，堤上繁花如锦幛，

嫩柳枝折断有奇异的芬芳，）

我触到荇藻和水的微凉；

这长白山的雪峰冷到彻骨，

这黄河的水夹泥沙在指间滑出；

江南的水田，你当年新生的禾草

是那么细，那么软……现在只有蓬蒿；

岭南的荔枝花寂寞地憔悴，

尽那边，我蘸着南海没有渔船的苦水……

无形的手掌掠过无限的江山，

手指沾了血和灰，手掌沾了阴暗，

只有那辽远的一角依然完整，

温暖，明朗，坚固而蓬勃生春。

在那上面，我用残损的手掌轻抚，

像恋人的柔发，婴孩手中乳。

我把全部的力量运在手掌

贴在上面，寄与爱和一切希望，

因为只有那里是太阳，是春，

将驱逐阴暗，带来苏生，

因为只有那里我们不像牲口一样活，

蝼蚁一样死……那里，永恒的中国！

一九四二年七月三日

阅读贴士

《我用残损的手掌》是"雨巷诗人"戴望舒(1905—1950)在日寇铁窗下向苦难祖国的抒怀之作。"残损的手掌"既是写实，也是诗人坚贞不屈的写照。诗歌一方面从实处着笔，描写沦陷区阴暗，表现对祖国命运的深切关注。另一方面抒写解放区的明丽，侧重于写意，对象征着"永恒的中国"的土地，发出深情赞美。

1939 年，在日寇侵华战争步步升级的时候，戴望舒携领全家奔赴香港，任《星岛日报》的副刊编务。1941 年，香港英国当局向日本投降。1942 年春，戴望舒因为在报纸上编发宣传抗战的诗歌被日寇逮捕入狱，受尽种种酷刑，但他并没有屈服。及至 1942 年 5 月，被叶灵凤设法保释出狱的时候，身体已被折磨得异常虚弱，而且还落下哮喘病的病根，最后导致他过早地离开了人间。《我用残损的手掌》即写于他出狱不久的日子里。

世界上美好的事物，大都具有和谐的、完整的外形，小到一片树叶，大到一座丘山、一座建筑。但是美好的事物会遭到突然的暴力的破坏，和谐的会成为畸形，完整的会沦为残缺。由残缺引起的对于完形的追寻和思慕，正是"残缺美"得以生成的心理机因。用残损的手掌,"摸索这广大的土地",实际上也已经是残损的土地,立即会引起读者一种异样的感觉,一种对于美好事物遭到破坏的惋惜痛楚感,一种形体和心灵遭到扭曲时的逆反。这首诗的深厚内涵和鲜明、强烈的政治倾向性,反映出经过狱中磨难的戴望舒,其思想和诗风产生了何等的巨变。他以"残损"者的心灵推想"残损"的祖国,于是心心相印、同命运、共患难,倍感亲切。深刻的体验和深厚的感情,铸成了这首诗的感人的生命。诗歌既是诗人长期孕育的情感的结晶,也是他在困苦抑郁中依旧保持着的爱国精神的升华。

第二单元

敬老尊贤

JINGLAOZUNXIAN

中华经典美文选读

CHAPTER 2

孝经·开宗明义

仲尼居，曾子侍。子曰："先王有至德要道，以顺天下，民用和睦，上下无怨。汝知之乎？"

曾子避席曰："参不敏，何足以知之？"

子曰："夫孝，德之本也，教之所由生也。复坐，吾语汝。身体发肤，受之父母，不敢毁伤，孝之始也。立身行道，扬名于后世，以显父母，孝之终也。夫孝，始于事亲，中于事君，终于立身。《大雅》云：'无念尔祖，聿修厥德。'"

参考译文

孔子在家里闲坐，他的学生曾子侍坐在旁边。孔子说："先代的帝王有其至高无上的品行和最重要的道德，以其使天下人心归顺，人民和睦相处。人们无论是尊贵还是卑贱，上上下下都没有怨恨不满。你知道那是为什么吗？"

曾子站起身来，离开自己的座位回答说："学生我不够聪明，哪里会知道呢？"

孔子说："这就是孝。它是一切德行的根本，也是教化产生的根源。你回原来位置坐下，我告诉你。人的身体四肢、毛发皮肤，都是父母赋予的，不敢损毁，这是孝的开始。人在世上遵循仁义道德，有所建树，显扬名声于后世，从而使父母显赫荣耀，这是孝的终极目标。所谓孝，最初是从侍奉父母开始，然后效力于国君，最终建功立业，功成名就。《诗经·大雅·文王》篇中说过：'思念你的先祖，修养自己的德行。'"

阅读贴士

《孝经》，以孝为中心，比较集中地阐述了儒家的伦理思想。它肯定"孝"是上天所定的规范，"夫孝，天之经也，地之义也，人之行也"。指出孝是诸德之本，认为"人之行，莫大于孝"，国君可以用孝治理国家，臣民能够用孝立身理家。《孝经》首次将孝与忠联系起来，认为"忠"是"孝"的发展和扩大，并把"孝"的社会作用推而广之，认为"孝悌之至"就能够"通于神明，光于四海，无所不通"。

对实行"孝"的要求和方法也作了系统而详细的规定。

它主张把"孝"贯穿于人的一切行为之中，"身体发肤，受之父母，不敢毁伤"，是孝之始；"立身行道，扬名于后世，以显父母"，是孝之终。它把维护宗法等级关系与为君主服务联系起来，认为"孝"要"始于事亲，中于事君，终于立身"。具体要求："居则致其敬，养则致其乐，病则致其忧，丧则致其哀，祭则致其严"。《孝经》还根据不同人的身份差别规定了行"孝"的不同内容：天子之"孝"要求"爱敬尽于其事亲，而德教加于百姓，刑于四海"；诸侯之"孝"要求"在上不骄，高而不危，制节谨度，满而不溢"；卿大夫之"孝"要求"非法不言，非道不行，口无择言，身无择行"；士阶层的"孝"要求"忠顺事上，保禄位，守祭祀"；庶人之"孝"要求"用天之道，分地之利，谨身节用，以养父母"。

CHAPTER 2

小雅·蓼莪

佚名

蓼蓼者莪①，匪莪伊蒿②。哀哀父母，生我劬劳③。

蓼蓼者莪，匪莪伊蔚④。哀哀父母，生我劳瘁。

瓶之罄矣⑤，维罍⑥之耻。鲜民⑦之生，不如死之久矣。无父何怙⑧？无母何恃？出则衔恤⑨，入则靡至。

父兮生我，母兮鞠⑩我。拊⑪我畜⑫我，长我育我，顾⑬我复我，出入腹⑭我。欲报之德，昊天罔极⑮！

南山烈烈⑯，飘风发发⑰。民莫不穀⑱，我独何害！南山律律⑲，飘风弗弗⑳。民莫不穀，我独不卒㉑！

随文注释

①蓼(lù)蓼：长又大的样子。莪(é)：一种草，即莪蒿。李时珍《本草纲目》："莪抱根丛生，俗谓之抱娘蒿。"

②匪：同"非"。伊：是。

③劬(qú)劳：与下章"劳瘁"皆劳累之意。

④蔚(wèi)：一种草，即牡蒿。

⑤瓶：汲水器具。罄(qìng)：尽。

⑥罍(léi)：盛水器具。

⑦鲜(xiǎn):指寡、孤。民:人。

⑧怙(hù):依靠。

⑨衔恤:心怀忧愁。恤:忧愁。

⑩鞠:通"掬",养。

⑪拊:通"抚",抚摩。

⑫畜:通"慉",喜爱。

⑬顾:顾念。复:返回,指不忍离去。

⑭腹:指怀抱。

⑮昊(hào)天:广大的天。罔:无。极:准则。

⑯烈烈:通"颲颲",山风大的样子。

⑰飘风:同"飙风"。发发:读"拨拨",风声。

⑱穀:善。

⑲律律:同"烈烈"。

⑳弗弗:同"发发"。

㉑卒:终,指养老送终。

参考译文

看那莪蒿长得高,却非莪蒿是散蒿。可怜我的爹与妈,抚养我大太辛劳!
看那莪蒿相依偎,却非莪蒿只是蔚。可怜我的爹与妈,抚养我大太劳累!
汲水瓶儿空了底,装水坛子真羞耻。孤独活着没意思,不如早点就去死。
没有亲爹何所靠?没有亲妈何所恃?出门行走心含悲,入门茫然不知止。
爹爹呀你生下我,妈妈呀你喂养我。你们护我疼爱我,养我长大培育我。
想我不愿离开我,出入家门怀抱我。想报爹妈大恩德,老天降祸难预测!
南山高峻难逾越,飙风凄厉令人怯。大家没有不幸事,独我为何遭此劫?
南山高峻难迈过,飙风凄厉人哆嗦。大家没有不幸事,不能终养独是我!

阅读贴士

《诗经》,是中国古代诗歌的开端,是最早的一部诗歌总集,收集了西周初年至春秋中叶(前 11 世纪至前 6 世纪)的诗歌,共 311 篇,其中 6 篇为笙诗,即只有标题,没有内容,称为笙诗 6 篇(南陔、白华、华黍、由庚、崇伍、由仪),反映了周初至周晚期约 500 年间的社会面貌。

《诗经》的作者绝大部分已经无法考证,传为尹吉甫采集、孔子编订。《诗经》在先秦时期称为《诗》,或取其整数称"诗三百"。西汉时被尊为儒家经典,始称《诗经》,并沿用至今。诗经在内容上分为《风》《雅》《颂》三个部分。《风》是周代各地的歌谣;《雅》是周人的正声雅乐,又分《小雅》和《大雅》;《颂》是周王庭和贵族宗庙祭祀的乐歌,又分为《周颂》《鲁颂》和《商颂》。

孔子曾概括《诗经》宗旨为"无邪",并教育弟子读《诗经》以作为立言、立行的标准。先秦诸子中,引用《诗经》者颇多,如孟子、荀子、墨子、庄子、韩非子等人在说理论证时,多引述《诗经》中的句子以增强说服力。至汉武帝时,《诗经》被儒家奉为经典,成为"六经"及"五经"之一。

《诗经》内容丰富,反映了劳动与爱情、战争与徭役、压迫与反抗、风俗与婚姻、祭祖与宴会,甚至天象、地貌、动物、植物等方方面面,是周代社会生活的一面镜子。

CHAPTER 2

陈情表

李密

　　臣密言：臣以险衅，夙遭闵凶。生孩六月，慈父见背；行年四岁，舅夺母志。祖母刘愍臣孤弱，躬亲抚养。臣少多疾病，九岁不行，零丁孤苦，至于成立。既无伯叔，终鲜兄弟。门衰祚薄，晚有儿息。外无期功强近之亲，内无应门五尺之僮，茕茕孑立，形影相吊。而刘夙婴疾病，常在床蓐。臣侍汤药，未曾废离。

　　逮奉圣朝，沐浴清化。前太守臣逵察臣孝廉；后刺史臣荣举臣秀才。臣以供养无主，辞不赴命。诏书特下，拜臣郎中，寻蒙国恩，除臣洗马。猥以微贱，当侍东宫，非臣陨首所能上报。臣具以表闻，辞不就职。诏书切峻，责臣逋慢；郡县逼迫，催臣上道；州司临门，急于星火。臣欲奉诏奔驰，则以刘病日笃，欲苟顺私情，则告诉不许。臣之进退，实为狼狈。

　　伏惟圣朝以孝治天下，凡在故老，犹蒙矜育，况臣孤苦，特为尤甚。且臣少仕伪朝，历职郎署，本图宦达，不矜名节。今臣亡国贱俘，至微至陋，过蒙拔擢，宠命优渥，岂敢盘桓，有所希冀！但以刘日薄西山，气息奄奄，人命危浅，朝不虑夕。臣无祖母，无以至今日，祖母无臣，无以终余年。母孙二人，更相为命，是以区区不能废远。

　　臣密今年四十有四，祖母今年九十有六，是臣尽节于陛下之日长，报养刘之日短也。乌鸟私情，愿乞终养。臣之辛苦，非独蜀之人士及二州牧伯所见明知，皇天后土，实所共鉴。愿陛下矜愍愚诚，听臣微志，庶刘侥幸，保卒余年。臣生当陨首，死当结草。臣不胜犬马怖惧之情，谨拜表以闻。

参考译文

　　臣李密陈言：我因命运不好，很早就遭遇到了不幸，刚出生六个月，父亲就弃我而死去。我四岁的时候，舅父强迫母亲改变了守节的志向。我的祖母刘氏，怜悯我年幼丧父，便亲自抚养。臣小的时候经常生病，九岁时不能走路。孤独无靠，一直到成人自立。既没有叔叔伯伯，又缺少兄弟，门庭衰微、福分浅薄，很晚才有儿子。在外面没有比较亲近的亲戚，在家里又没有照应门户的童仆，生活孤单没有依靠，只有自己的身体和影子相互安慰。但祖母刘氏又早被疾病缠绕，常年卧床不起，我侍奉她吃饭喝药，从来就没有离开她。

　　到了晋朝建立，我蒙受着清明的政治教化。先前有名叫逵的太守，察举臣为孝廉，后来又有名叫荣的刺史，推举臣为秀才。臣因为供奉赡养祖母的事无人承担，婉言辞谢。朝廷又特地下了诏书，任命我为郎中，不久又蒙国家恩典，任命我为太子的侍从。凭我这种卑微低贱的身份，担当侍奉太子的职务，这实在不是我牺牲生命所能报答朝廷的。我将以上苦衷上表奏闻，加以推辞不去就职。但是诏书急切、严厉，责备我怠慢不敬。郡县长官催促我立刻上路；州县的长官登门敦促，急如星火。我很想奉旨为皇上奔走效劳，但祖母刘氏的病却一天比一天重；想要姑且顺从自己的私情，但报告申诉不被允许。我是进退两难，十分狼狈。

　　我想晋朝是用孝道来治理天下的，所有年老而德高的旧臣，都受到怜悯和赡养，何况我孤单凄苦的程度更为严重呢？况且我年轻的时候曾经做过蜀汉的官，担任过郎官职务，本来希望官阶显达，并不顾惜名声和节操。现在我是一个低贱的亡国俘虏，十分卑微浅陋，受到过分提拔，恩宠优厚，怎敢观望不前而有非分的企求呢？只是因为祖母刘氏寿命即将终了，气息微弱，生命垂危，早上不能想到晚上怎样。我如果没有祖母，就无法活到今天；祖母如果没有我的照料，也无法度过她的余生。祖孙二人，互相依靠而维持生命，因此我不能废止侍养祖母而远离。

我今年四十四岁了，祖母现在九十六岁了，这样看来我在陛下面前尽忠的日子还很长，而在祖母刘氏面前尽孝尽心的日子却很短了。我怀着乌鸦反哺的私情，乞求能够准许我完成对祖母养老送终的心愿。我的辛酸苦楚，并不仅仅是蜀地的百姓及益州、梁州的长官所能明白知晓的，天地神明，实在也都能明察。希望陛下能怜悯我的诚心，满足我微不足道的心愿，使祖母刘氏能够侥幸地保全她的余生。我活着应当誓死报效朝廷，死了也要结草衔环来报答陛下的恩情。我怀着像犬马一样不胜恐惧的心情，恭敬地呈上此表来使陛下知道这件事。

阅读贴士

李密（224—287），字令伯，又名虔，西晋犍为武阳（今四川彭山县）人。晋初散文家。幼年丧父，母何氏改嫁，由祖母抚养成人。后李密以对祖母孝敬甚笃而名扬乡里。师事当时著名学者谯周，博览五经，尤精《春秋左传》。初仕蜀汉为尚书郎。蜀汉亡，晋武帝召为太子洗马，李密以祖母年老多病、无人供养而力辞。祖母去世后，方出仕，官至汉中太守。著有《述理论》十篇，不传。《华阳国志》《晋书》均有李密传。

李密原是蜀汉后主刘禅的郎官（官职不详）。三国魏元帝（曹奂）景元四年（263），司马昭灭蜀，李密沦为亡国之臣。司马昭之子司马炎废魏元帝，史称"晋武帝"。泰始三年（267），朝廷采取怀柔政策，极力笼络蜀汉旧臣，征召李密为太子洗马。李密时年四十四岁，以晋朝"以孝治天下"为口实，以祖母供养无主为由，上《陈情表》以明志，要求暂缓赴任，上表恳辞。晋武帝为什么要这样重用李密呢？第一，当时东吴尚据江左，为了减少灭吴的阻力，收拢东吴民心，晋武帝对亡国之臣实行怀柔政策，以显示其宽厚之胸怀。第二，李密当时以孝闻名于世，据《晋书》本传记载，李密侍奉祖母刘氏"以孝谨闻，刘氏有疾，则涕泣侧息，未尝解衣，饮膳汤药，必先尝后进"。晋武帝承继汉代以来以孝治天下的策略，实行孝道，以显示自己清正廉明，同时也用孝来维持君臣关系，维持社会的安定秩序。正因为如此，李密屡被征召。李密则向晋武帝上此表"辞不就职"。

据说晋武帝览此表，赞叹说："密不空有名也。"感动之际，因赐奴婢二人，并令郡县供应其祖母膳食，密遂得以终养。在李密写完这篇表后一年左右的时间，刘氏就去世了。他在家守孝两年后，出仕官职很小，因为当时的政局已相当稳定，晋武帝不需要李密了，便不再重视他。李密做了两年官后辞去职务。

CHAPTER 2

隆中对

陈寿

亮躬耕陇亩，好为《梁父吟》。身长八尺，每自比于管仲、乐毅，时人莫之许也。惟博陵崔州平、颍川徐庶元直与亮友善，谓为信然。

时先主屯新野。徐庶见先主，先主器之，谓先主曰："诸葛孔明者，卧龙也，将军岂愿见之乎？"先主曰："君与俱来。"庶曰："此人可就见，不可屈致也。将军宜枉驾顾之。"

由是先主遂诣亮，凡三往，乃见。因屏人曰："汉室倾颓，奸臣窃命，主上蒙尘。孤不度德量力，欲信大义于天下；而智术浅短，遂用猖蹶，至于今日。然志犹未已，君谓计将安出？"

亮答曰："自董卓已来，豪杰并起，跨州连郡者不可胜数。曹操比于袁绍，则名微而众寡。然操遂能克绍，以弱为强者，非惟天时，抑亦人谋也。今操已拥百万之众，挟天子而令诸侯，此诚不可与争锋。孙权据有江东，已历三世，国险而民附，贤能为之用，此可以为援而不可图也。荆州北据汉、沔，利尽南海，东连吴会，西通巴、蜀，此用武之国，而其主不能守，此殆天所以资将军，将军岂有意乎？益州险塞，沃野千里，天府之土，高祖因之以成帝业。刘璋暗弱，张鲁在北，民殷国富而不知存恤，智能之士思得明君。将军既帝室之胄，信义著于四海，总揽英雄，思贤如渴，若跨有荆、益，保其岩阻，西和诸戎，南抚夷越，外结好孙权，内修政理；天下有变，则命一上将将荆州之军以向宛、洛，将军身率益州之众出于秦川，百姓孰敢不箪食壶浆以迎将军者乎？诚如是，则霸业可成，汉室可兴矣。"

先主曰："善！"于是与亮情好日密。

关羽、张飞等不悦，先主解之曰："孤之有孔明，犹鱼之有水也。愿诸君勿复言。"羽、飞乃止。

参考译文

诸葛亮亲自在田地中耕种，喜爱吟唱《梁父吟》，他身高八尺，常常把自己和管仲、乐毅相比，当时人们都不承认这件事。只有博陵的崔州平，颍川（河南禹州）的徐庶与诸葛亮关系甚好，说确实是这样。

适逢先帝刘备驻扎在新野。徐庶拜见刘备，刘备很器重他，徐庶对刘备说："诸葛孔明这个人，是人间卧伏着的龙啊，将军可愿意见他？"刘备说："您和他一起来吧。"徐庶说："这个人只能你去他那里拜访，不可以委屈他，召他上门来，将军你应该屈尊亲自去拜访他。"

因此先帝就去隆中拜访诸葛亮，总共去了三次，才见到诸葛亮。于是刘备叫旁边的人退下，说："汉室的统治崩溃，奸邪的臣子盗用政令，皇上蒙受风尘遭难出奔。我不能衡量自己的德行能否服人，估计自己的力量能否胜任，想要为天下人伸张大义，然而我才智与谋略短浅，就因此失败，弄到今天这个局面。但是我的志向到现在还没有罢休，您认为该采取怎样的办法呢？"

诸葛亮回答道："自董卓独掌大权以来，各地豪杰同时起兵，占据州、郡的人数不胜数。曹操与袁绍相比，声望少之又少，然而曹操最终之所以能打败袁绍，凭借弱小的力量战胜强大的原因，不仅依靠的是天时好，而且也是人的谋划得当。现在曹操已拥有百万大军，挟持皇帝来号令诸侯，这确实不能与他争强。孙权占据江东，已经历三世了，地势险要，民众归附，又任用了有才能的人，孙权这方面只可以把他作为外援，但是不可谋取他。荆州北靠汉水、沔水，一直到南海的物资都能得到,东面和吴郡、会稽郡相连,西边和巴郡、蜀郡相通,这是大家都要争夺的地方,但是它的主人却没有能力守住它,这大概是天拿它来资助将军的,将军你可有占领它的意思呢?益州地势险要,有广阔肥沃的土地,自然条件优越,高祖凭借它建立了帝业。刘璋昏庸懦弱,张鲁在北面占据汉中,那里人民殷实富裕,物产丰富,刘璋却不知道爱惜,有才能的人都渴望得到贤明的君主。将军既是皇室的后代,而且声望很高,闻名天下,广泛地罗致英雄,思慕贤才,如饥似渴,如果能占据荆、益两州,守住险要的地方,和西边的各个民族和好,又安抚南边的少数民族,对外联合孙权,对内革新政治;一旦天下形势发生了变化,就派一员上将率领荆州的军队直指中原一带,将军您亲自率领益州的军队从秦川出击,老百姓谁敢不用竹篮盛着饭食,用壶装着酒来欢迎将军您呢?如果真能这样做,那么称霸的事业就可以成功,汉室天下就可以复兴了。"

刘备说:"好!"从此与诸葛亮的关系一天天亲密起来。关羽、张飞等人不高兴了,刘备劝解他们说:"我有了孔明,就像鱼得到水一样。希望你们不要再说什么了。"关羽、张飞于是不再说什么了。

阅读贴士

陈寿(233—297)字承祚,西晋史学家,"二十四史"中《三国志》的作者。他小时候好学,师事同郡学者谯周,在蜀汉时曾任卫将军主簿、东观秘书郎、观阁令史、散骑黄门侍郎等职。当时,宦官黄皓专权,大臣都曲意附从。

陈寿因为不肯屈从黄皓,所以屡遭遣黜。入晋以后,历任著作郎、长平太守、治书待御史等职。280 年,晋灭东吴,结束了分裂局面。陈寿当时 48 岁,开始撰写《三国志》。历经 10 年艰辛,陈寿完成了流传千古的历史巨著《三国志》。《三国志》是一部纪传体三国史,书中有 440 名三国历史人物的传记,全书共 65 卷,36.7 万字,完整地记述了自汉末至晋初近百年间中国由分裂走向统一的历史全貌。

东汉末年,宦官专权,朝政腐败,政治黑暗,民不聊生,阶级矛盾和统治阶级内部矛盾都极为尖锐,终于在公元 184 年爆发了全国规模的黄巾农民大起义。黄巾农民起义军失败后,地主阶级加重剥削农民,政治异常黑暗,地方豪强的武装割据一方,这就形成了长达十年之久的军阀混战。在割据混战的初期,曹操占据兖州、豫州(山东南部、河南),袁绍占据冀、青、并、幽四州(河北省、辽宁省、山东省、山西省及河南省北部),刘表占据荆州(湖北、湖南省),孙策占据江东(长江下游),刘焉、刘璋父子占据益州(四川)。刘备先后依附公孙瓒、陶谦、曹操、袁绍后来又到荆州投靠刘表,企图以"帝室之胄"的身份,用"恢复汉室"的名义,广揽人才,称雄天下。

公元 207 年,徐庶把诸葛亮推荐给刘备。刘备前往隆中,三顾诸葛亮草庐之中,诸葛亮在自己的草屋里接待刘备,并分析了天下形势。后诸葛亮出山辅佐刘备。这篇《隆中对》就是陈寿《三国志·诸葛亮传》中对诸葛亮当时纵谈天下大事的一段记载。文章通过隆中对策,给读者塑造了诸葛亮这个具有远见卓识的政治家和军事家的形象。他善于审时度势,观察分析形势,善于透过现状,掌握全局,并能高瞻远瞩,推知未来。作者对诸葛亮这个人物形象的塑造,是逐步深入地完成的。

中华经典美文选读

CHAPTER 2

谏太宗十思疏

魏征

臣闻：求木之长者，必固其根本；欲流之远者，必浚其泉源；思国之安者，必积其德义。源不深而望流之远，根不固而求木之长，德不厚而思国之治，臣虽下愚，知其不可，而况于明哲乎？人君当神器之重，居域中之大，将崇极天之峻，永保无疆之休。不念居安思危，戒奢以俭，德不处其厚，情不胜其欲，斯亦伐根以求木茂，塞源而欲流长也。

凡昔元首，承天景命，莫不殷忧而道著，功成而德衰，有善始者实繁，能克终者盖寡，岂其取之易守之难乎？昔取之而有余，今守之而不足，何也？夫在殷忧必竭诚以待下，既得志则纵情以傲物；竭诚则吴、越为一体，傲物，则骨肉为行路。虽董之以严刑，震之以威怒，终苟免而不怀仁，貌恭而不心服。怨不在大，可畏惟人；载舟覆舟，所宜深慎。奔车朽索，其可忽乎？

君人者，诚能见可欲，则思知足以自戒；将有作，则思知止以安人；念高危，则思谦冲而自牧；惧满溢，则思江海下百川；乐盘游，则思三驱以为度；忧懈怠，则思慎始而敬终；虑壅蔽，则思虚心以纳下；惧谗邪，则思正身以黜恶；恩所加，则思无因喜以谬赏；罚所及，则思无以怒而滥刑。总此十思，宏兹九德。简能而任之，择善而从之，则智者尽其谋，勇者竭其力，仁者播其惠，信者效其忠；文武争驰，君臣无事，可以尽豫游之乐，可以养松乔之寿，鸣琴垂拱，不言而化。何必劳神苦思，代下司职，役聪明之耳目，亏无为之大道哉？

参考译文

我听说想要树木生长得高大，一定要稳固它的根；想要泉水流得远，一定要疏通它的源头；想要国家安定，一定要厚积道德仁义。源泉不深却希望泉水流得远，根系不牢固却想要树木生长得高大，道义不深厚却想要国家安定，我虽然地位低见识短，(也)知道这是不可能的，更何况国君这样聪明睿智呢！国君处于皇帝的重要位置，在天地间尊大，就要推崇皇权的高峻，永远保持政权的和平美好。如果不在安逸的环境中想着危难，戒奢侈，行节俭，道德不能保持宽厚，性情不能克服欲望，这也(如同)挖断树根来求得树木茂盛，堵塞源头而想要泉水流得远是一样的啊。

大凡古代的帝王，承受了上天赋予的重大使命，他们没有一个不为国家深切地忧虑而且治理成效显著的，但大功告成之后国君的品德就开始衰微了。国君开头做得好的确实很多，能够坚持到底的大概不多，难道是取得天下容易守住天下困难吗？过去夺取天下时力量有余，现在守卫天下却力量不足，这是为什么呢？通常处在深重的忧虑之中一定能竭尽诚心来对待臣民，一旦成功，就放纵自己的性情来傲视别人。对人竭诚相待，那么吴国和越国也能结成一体；而傲视别人，就会使亲人成为陌路之人。即使用严酷的刑罚来督责(人们)，用威风怒气来吓唬(人们)，(臣民)只求苟且免于刑罚而不会感激国君的恩德，表面上恭敬而在内心里却不服气。(臣民)对国君的怨恨不在大小，可怕的只是民心；(他们像水一样)水能够负载船只，也能颠覆船只，这是应当谨慎的。疾驰的马车却用腐烂的绳索驾驭，怎么可以疏忽大意呢？

做国君的人，如果真的能够做到一见到能引起(自己)喜好的东西就要想到用知足来自我克制，将要兴建宫殿时，就要想到适可而止，以使百姓安定；想到帝位高高在上就要想到谦虚并加强自我约束；害怕骄傲自满，就想到要像江海那样能够容纳百川；喜爱狩猎，就想到作为国君有一年三次的围猎限度；担心意志松懈，就想到（做事）要慎始慎终；担心（言路）不通受蒙蔽，就想到虚心采纳群臣的意见，考虑到（朝中可能会出现）谗佞奸邪，就想到端正自身，罢黜奸邪；施加恩泽于人，就要考虑到不要因为一时高兴而奖赏不当；动用刑罚，就要想到不要因为一时发怒而滥用刑律。全面做到这十件应该深思的事，弘扬这九种美德，选拔有才能的人而任用他，挑选好的意见而听从它。那么有智慧的人就能充分献出他的谋略，勇敢的人就能完全竭尽他的力量，仁爱的人就能散播他的恩惠，诚信的人就能献出他的忠诚。文臣武将争先恐后前来效力，国君和大臣没有大事烦扰，可以尽情享受出游的快乐，可以颐养得像赤松子与王子乔那样长寿，皇上弹着琴垂衣拱手就能治理好天下，不用再说什么，天下人就已经都有教化了。为什么一定要（自己）劳神费思，代替百官管理职事，役使自己灵敏、明亮的耳、眼，减损顺其自然就能治理好天下的大道理呢！

阅读贴士

魏征（580—643），字玄成，汉族，唐朝政治家、思想家、文学家和史学家，曾任谏议大夫、左光禄大夫，封郑国公，谥文贞，为凌烟阁二十四功臣之一。以直谏敢言著称，是中国史上最负盛名的谏臣。贞观十七年（643），魏征病死。官至光禄大夫，封郑国公，谥号"文贞"。葬礼从简。同年入凌烟阁。魏征陵墓位于陕西省礼泉县。著有《隋书》序论，《梁书》《陈书》《齐书》的总论等。其言论多见《贞观政要》。其中最著名、并流传下来的谏文表——《谏太宗十思疏》。曾提出"兼听则明，偏听则暗"，"居安思危，戒奢以俭"，主张"薄赋敛"，"轻租税"，"息末敦本"，"宽仁治天下"等，对太宗的行动及政策措施产生有益的影响。他的重要言论大都收录《魏郑公谏录》和《贞观政要》两本书里。

《谏太宗十思疏》是魏徵于贞观十一年（637）写给唐太宗的奏疏，太宗，即李世民，唐朝第二个皇帝，是中国历史上最有成就的开明君主之一，在他的统治时期，出现了安定富强的政治局面，史称"贞观之治"。"十思"是奏章的主要内容，即十条值得深思的情况。"疏"即"奏疏"，是古代臣下向君主议事进言的一种文体，属于议论文。

唐太宗李世民跟随其父亲李渊反隋时作战勇敢，生活俭朴，颇有作为。公元

627年李世民即位，改元贞观。在贞观初年，他吸取隋炀帝覆亡的教训，进一步保持了节俭、谨慎的作风，实行了不少有利于国计民生的政策。经过十几年的治理，经济得到发展，百姓生活也富裕起来，加上边防巩固，内外无事，唐太宗逐渐骄奢忘本，大修庙宇宫殿，广求珍宝，四处巡游，劳民伤财。魏征对此极为忧虑，他清醒地看到了繁荣昌盛的背后隐藏着危机，在贞观十一年（637）的三月到七月，"频上四疏，以陈得失"，《谏太宗十思疏》就是其中第二疏，因此也称"论时政第二疏"。文章中，魏征紧扣"思国之安者，必积其德义"，对这个安邦治国的重要思想作了非常精辟的论述，意在劝谏太宗居安思危，戒奢以俭，积其德义。唐太宗看了猛然警醒，写了《答魏征手诏》，表示从谏改过。这篇文章被太宗置于案头，奉为座右铭。贞观十三年（639），魏征又上《十渐不克终疏》，直指太宗十个方面行为不如初期谨慎，被太宗书于屏风之上。

CHAPTER 2

游子吟①

孟郊

慈母手中线，游子身上衣。

临②行密密缝，意恐迟迟归③。

谁言寸草心④，报得三春晖⑤。

随文注释

①游子：古代称远游旅居的人。吟：诗体名称。

②临：将要。

③意恐：担心。归：回来，回家。

④谁言：一作"难将"。言，说。寸草：小草。这里比喻子女。心：语义双关，既指草木的茎干，也指子女的心意。

⑤报得：报答。三春晖：春天灿烂的阳光，指慈母之恩。三春，旧称农历正月为孟春，二月为仲春，三月为季春，合称三春。晖，阳光。形容母爱如春天温暖、和煦的阳光照耀着子女。

参考译文

慈祥的母亲手里把着针线，为即将远游的孩子赶制新衣。

临行前一针针密密地缝缀，怕儿子回来得晚衣服破损。

谁说像小草那样微弱的孝心，能报答得了像春晖普泽般的慈母恩情？

阅读贴士

　　孟郊(751—814),唐代诗人。字东野。湖州武康(今浙江德清)人。少年时隐居嵩山。近五十岁中进士,任溧阳县尉。与韩愈交情颇深。其诗感伤自己的遭遇,多寒苦之音。用字造句力避平庸浅率,追求瘦硬奇僻的风格。与贾岛齐名,有"郊寒岛瘦"之称。有《孟东野诗集》。

　　《游子吟》写于溧阳(今属江苏)。此诗题下孟郊自注:"迎母溧上作。"孟郊早年漂泊无依,一生贫困潦倒,直到五十岁时才得到了一个溧阳县尉的卑微之职,结束了长年的漂泊流离生活,便将母亲接来同住。诗人仕途失意,饱尝了世态炎凉,此时愈觉亲情之可贵,于是写出这首发于肺腑、感人至深的颂母之诗。

❧

CHAPTER 2

弟子规（节选）

李毓秀

总叙

弟子规，圣人训。首孝悌，次谨信。

泛爱众，而亲仁。有余力，则学文。

入则孝

父母呼，应勿缓，父母命，行勿懒，

父母教，须敬听，父母责，须顺承。

冬则温，夏则清，晨则省，昏则定。

出必告，反必面，居有常，业无变。

事虽小，勿擅为，苟擅为，子道亏。

物虽小，勿私藏，苟私藏，亲心伤。

亲所好，力为具，亲所恶，谨为去。

身有伤，贻亲忧，德有伤，贻亲羞。

亲爱我，孝何难，亲憎我，孝方贤。

亲有过，谏使更，怡吾色，柔吾声。

谏不入，悦复谏，号泣随，挞无怨。

亲有疾，药先尝，昼夜侍，不离床。

丧三年，常悲咽，居处变，酒肉绝。

丧尽礼，祭尽诚，事死者，如事生。

总叙

弟子规，是圣人孔子的教诲。首先是孝敬父母、友爱兄弟姐妹，其次是谨言慎行、信守承诺。

博爱大众，亲近有仁德的人。学好自己的思想道德之后，有多余精力，就应该多学多问。

入则孝

如果父母呼唤自己，应该及时应答，不要故意拖延迟缓；如果父母交代自己去做事情，应该立刻动身去做，不要故意拖延或推辞偷懒。

父母教诲自己的时候，态度应该恭敬，并仔细聆听父母的话；父母批评和责备自己的时候，不管自己认为父母批评的是对是错，面对父母的批评都应该态度恭顺，不要当面顶撞。

冬天天气寒冷，在父母睡觉之前，应该提前为父母温暖被窝，夏天天气酷热，应该提前帮父母把床铺扇凉；早晨起床后，应该先探望父母，向父母请安问好；到了晚上，应该伺候父母就寝后，再入睡。

出门前，应该告诉父母自己的去向，免得父母找不到自己，担忧记挂；回到家，应该先当面见一下父母，报个平安；虽然子女有出息，父母会高兴，但是父母辈对子女最大的期望不是你多么有出息，而是你平平安安稳稳当当，一生没有灾殃。所以，居住的地方尽量固定，不要经常搬家，谋生的工作也不要经常更换。

事情虽小，也不要擅自做主和行动；擅自行动造成错误，让父母担忧，有失做子女的本分。

自己有什么东西，就算很小，也不要背着父母私藏。天下没有不透风的墙，如果私藏东西，即使自己很谨慎，也免不了会有被父母发现的一天，那时父母会伤心。

父母喜欢的事情，应该尽力去做；父母厌恶的事情，应该小心谨慎不要去做。

自己的身体受到伤害，必然会引起父母忧虑。所以，应该尽量爱惜自己的身体，不要让自己受到不必要的伤害。自己的名声德行受损，必然会令父母蒙羞受辱。所以，应该谨言慎行，不要让自己的名声和德行无端受损，更不要去做那种伤风败俗，自污名声，自贱德行的事情。

父母对我们态度慈爱的时候，孝敬父母恭顺父母不是什么难事；父母对我们态度不好，批评我们，埋怨我们，或者恶声恶气，厌恶我们，憎恨我们，打骂我们，还能对父母心存孝意，才是难能可贵。

如果自己认为父母有过错，应该努力劝导父母改过向善，以免父母铸成更大的错误，使父母陷于不义的境地；不过要注意方法，劝导时应该和颜悦色、态度诚恳，说话的时候应该语气轻柔。

如果自己劝解的时候，父母听不进去，不要强劝，应该等父母高兴的时候再规劝，别跟父母顶撞，徒惹父母生气，还达不到规劝的效果；如果父母不听劝，又哭又闹，就暂时顺从父母；如果把父母劝恼，生气责打自己，不要心生怨恨，更不要当面埋怨。

父母亲生病时，要替父母先尝药的冷热和安全；应该尽力昼夜服侍，一时也不离开父母床前。

父母去世之后，守孝三年，经常追思、感怀父母的养育之恩；生活起居，戒酒戒肉。

办理父母的丧事要合乎礼节，不可铺张浪费；祭奠父母要诚心诚意；对待去世的父母，要像生前一样恭敬。

阅读贴士

《弟子规》是清代教育家李毓秀所作的三言韵文。全文共 360 句、1080 个字。《弟子规》文笔自然流畅，朴实无华，影响深远，在清代文化中占有重要地位。《弟子规》全书以《论语》中"弟子入则孝，出则悌，谨而信，泛爱众，而亲仁，行有余力，则以学文"一章为总纲，分为五部分，各选择《论语》《孟子》《礼记》《孝经》和朱熹语录编辑而成。内容涉及生活起居、衣服纽冠、行为仪止、道德品性、处世之道等，详于道德教育。本文是节选。

　　《弟子规》是一部经典启蒙读物，所谓"弟子"，不是一般的意义，而是指要做圣贤弟子，而"规"则是"夫""见"二字的合体，意思是大丈夫的见识。"弟子规"便是说，要学习圣贤经典，做圣贤弟子，成为大丈夫。《弟子规》就是其入门读本。此书原名《训蒙文》，具体列述弟子在家、出外、待人、接物与学习上应该恪守的守则规范。后贾存仁加以改编，改名《弟子规》。此书是启蒙养正，教育子弟远邪小、走正道，养成忠厚家风的必备读物。

❦

CHAPTER 2

岁末到家

蒋士铨

爱子心无尽，归家喜及辰①。

寒衣针线密②，家信墨痕新。

见面怜清瘦，呼儿问苦辛。

低徊愧人子③，不敢叹风尘④。

随文注释

①及辰：及时，正赶上时候。这里指过年之前能够返家。

②寒衣针线密：唐诗人孟郊《游子吟》："慈母手中线，游子身上衣。临行密密缝，意恐迟迟归。谁言寸草心，报得三春晖。"

③低徊：迟疑徘徊，扪心自问。愧人子：有愧于自己当儿子的未能尽到孝养父母的责任，反而惹得父母为自己操心。

④风尘：这里指的是旅途的劳累苦辛。

参考译文

母亲爱子女的心是无穷无尽的，我在过年的时候到家，母亲多高兴啊！

她正在为我缝棉衣，针针线线缝得密，我寄的家书刚收到，墨迹还新。

一见面母亲便怜爱地说我瘦了，连声问我在外苦不苦？

我惭愧地低下头，不敢对她说我在外漂泊的境况。

阅读贴士

蒋士铨(1725—1785)字心馀、苕生,号藏园,又号清容居士,晚号定甫。汉族,铅山(今属江西)人,清代诗人、戏曲家。乾隆二十二年(1757)进士,曾任翰林院编修。乾隆二十九年(1764)辞官后主持蕺山、崇文、安定三书院讲席。乾隆称蒋士铨与彭元瑞为"江右两名士"。其诗与袁枚、赵翼并称为"乾隆三大家"。蒋士铨所著《忠雅堂诗集》存诗 2569 首,存于稿本的未刊诗达数千首,其戏曲创作存《红雪楼九种曲》等四十九种。

《岁末到家》一诗用朴素的语言,细腻地刻画了久别回家后母子相见时真挚而复杂的感情。神情话语,如见如闻,游子归家,为母的定然高兴,"爱子心无尽",数句虽然直白,却意蕴深重。"寒衣针线密,家信墨痕新",体现母亲对自己的十分关切、爱护。"见面怜清瘦,呼儿问苦辛"二句,把母亲对爱子无微不至的关怀写得多么真实、生动,情深义重,让所有游子读后热泪盈眶。最后二句"低徊愧人子,不敢叹风尘"是写作者自己心态的。"低徊",迂回曲折的意思。这里写出了自己出外谋生,没有成就,惭愧没有尽到儿子照应母亲和安慰母亲的责任。不敢直率诉说在外风尘之苦,而是婉转回答母亲的问话,以免老人家听了难受。

全诗质朴无华,没有一点矫饰,却能引起读者的共鸣和回味。

🌸

CHAPTER 2

我的母亲（节选）

胡适

我小时身体弱，不能跟着野蛮的孩子们一块儿玩。我母亲也不准我和他们乱跑乱跳。小时不曾养成活泼游戏的习惯，无论在什么地方，我总是文绉绉地。所以家乡老辈都说我"像个先生样子"，遂叫我做（作）"糜先生"。这个绰号叫出去之后，人都知道三先生的小儿子叫做（作）糜先生了。即有"先生"之名，我不能不装出点"先生"样子，更不能跟着顽童们"野"了。有一天，我在我家八字门口和一班孩子"掷铜钱"，一位老辈走过，见了我，笑道："糜先生也掷铜钱吗？"我听了羞愧得面红耳热，觉得大失了"先生"的身份！

大人们鼓励我装先生样子，我也没有嬉戏的能力和习惯，又因为我确是喜欢看书，故我一生可算是不曾享过儿童游戏的生活。每年秋天，我的庶祖母同我到田里去"监割"（顶好的田，水旱无忧，收成最好，佃户每约田主来监割，打下谷子，两家平分），我总是坐在小树下看小说。

十一二岁时，我稍活泼一点，居然和一群同学组织了一个戏剧班，做了一些木刀竹枪，借得了几副假胡须，就在村口田里做戏。我做的往往是诸葛亮、刘备一类的文角儿；只有一次我做史文恭，被花荣一箭从椅子上射倒下去，这算是我最活泼的玩艺儿了。

我在这九年（1895—1904）之中，只学得了读书写字两件事。在文字和思想的方面，不能不算是打了一点底子。但别的方面都没有发展的机会。有一次我们村里"当朋"（八都凡五村，称为"五朋"，每年一村轮着做太子会，名为"当朋"）筹备太子会，有人提议要派我加入前村的昆腔队里学习吹笙或吹笛。族里长辈反对，说我年纪太小，不能跟着太子会走遍五朋。于是我便失掉了学习音乐的唯一机会。三十年来，我不曾拿过乐器，也全不懂音乐；究竟我有没有一点学音乐的天资，我至今不知道。至于学图画，更是不可能的事。我常常用竹纸蒙在小说书的石印绘像上，摹画书上的英雄美人。有一天，被先生看见了，挨了一顿大骂，抽屉里的图画都被搜出撕毁了。于是我又失掉了学做画家的机会。

但这九年的生活，除了读书看书之外，究竟给了我一点做人的训练。在这一点上，我的恩师便是我的慈母。

每天天刚亮时，我母亲便把我喊醒，叫我披衣坐起。我从不知道她醒来坐了多久了。她看我清醒了，便对我说昨天我做错了什么事，说错了什么话，要我认错，要我用功读书。有时候她对我说父亲的种种好处，她说："你总要踏上你老子的脚步。我一生只晓得这一个完全的人，你要学他，不要跌他的股（跌股便是丢脸出丑）。"她说到伤心处，往往掉下泪来。到天大明时，她才把我的衣服穿好，催我去上早学。学堂门上的锁匙放在先生家里；我先到学堂门口一望，便跑到先生家里去敲门。先生家里有人把锁匙从门缝里递出来，我拿了跑回去，开了门，坐下念生书。十天之中，总有八九天我是第一个去开学堂门的。等到先生来了，我背了生书，才回家吃早饭。

我母亲管束我最严，她是慈母兼任严父。但她从来不在别人面前骂我一句，打我一下，我做错了事，她只对我一望，我看见了她的严厉眼光，便吓住了。犯的事小，她等到第二天早晨我睡醒时才教训我。犯的事大，她等人静时，关了房门，先责备我，然后行罚，或罚跪，或拧我的肉。无论怎样重罚，总不许我哭出声音来，她教训儿子不是借此出气叫别人听的。

有一个初秋的傍晚，我吃了晚饭，在门口玩，身上只穿着一件单背心，这时候我母亲的妹子玉英姨母在我家住。她怕我冷了，拿了一件小衫出来叫我穿上。我不肯穿，她说："穿上吧，凉了。"我随口回答："娘（凉）什么！老子都不老子呀。"我刚说了这句话，一抬头，看见母亲从家里走出，我赶快把小衫穿上。但她已听见这句轻薄的话了。晚上人静后，她罚我跪下，重重的责罚了一顿。她说："你没了老子，是多么得意的事！好用来说嘴！"她气得坐着发抖，也不许我上床去睡。我跪着哭，用手擦眼泪，不知道擦进了什么细菌，后来足足害了一年多的眼翳病。医来医去，总医不好。我母亲心里又悔又急，听说眼翳可以用舌头舔去，有一夜她把我叫醒，她真用舌头舔我的病眼。这是我的严师，我的慈母。

我母亲二十三岁做了寡妇，又是当家的后母。这种生活的痛苦，我的笨笔写不出一万分之一二。家中财政本不宽裕，全靠二哥在上海经营调度。大哥从小便是败子，吸鸦片烟，赌博，钱到手就光，光了便回家打主意，见了香炉便拿出去卖，捞着锡茶壶便拿出押。我母亲几次邀了本家长辈来，给他定下每月用费的数目。但他总不够用，到处都欠下烟债赌债。每年除夕我家中总有一大群讨债的，每人一盏灯笼，坐在大厅上不肯去。大哥早已避出去了。大厅的两排椅子上满满的都是灯笼和债主。我母亲走进走出，料理年夜饭，谢灶神，压岁钱等事，只当做（作）不曾看见这一群人。到了近半夜，快要"封门"了，我母亲才走后门出去，央一位邻居本家到我家来，每一家债户开发一点钱。做好做歹的，这一群讨债的才一个一个提着灯笼走出去。一会儿，大哥敲门回来了。我母亲从不骂他一句。并且因为是新年，她脸上从不露出一点怒色。这样的过年，我过了六七次。

大嫂是个最无能而又最不懂事的人，二嫂是个很能干而气量很窄小的人。他们常常闹意见，只因为我母亲的和气榜样，他们还不曾有公然相骂相打的事。她们闹气时，只是不说话，不答话，把脸放下来，叫人难看；二嫂生气时，脸色变青，更是怕人。她们对我母亲闹气时，也是如此，我起初全不懂得这一套，后来也渐渐懂得看人的脸色了。我渐渐明白，世间最可厌恶的事莫如一张生气的脸；世间最下流的事莫如把生气的脸摆给旁人看。这比打骂还难受。

我母亲的气量大，性子好，又因为做了后母后婆，她更事事留心，事事格外容忍。大哥的女儿比我只小一岁，她的饮食衣料总是和我的一样。我和她有小争执，总是我吃亏，母亲总是责备我，要我事事让她。后来大嫂二嫂都生了儿子了，她们生气时便打骂孩子来出气，一面打，一面用尖刻有刺的话骂给旁人听。我母亲只装做（作）不听见。有时候，她实在忍不住了，便悄悄走出门去，或到左邻立大嫂家去坐一会，或走后门到后邻度嫂家去闲谈。她从不和两个嫂子吵一句嘴。

每个嫂子一生气，往往十天半个月不歇，天天走进走出，板着脸，咬着嘴，打骂小孩子出气。我母亲只忍耐着，到实在不可再忍的一天，她也有她的法子。这一天的天明时，她就不起床，轻轻地哭一场。她不骂一个人，只哭她的丈夫，哭她自己苦命，留不住她丈夫来照管她。她先哭时，声音很低，渐渐哭出声来。我醒了起来劝她，她不肯住。这时候，我总听得见前堂（二嫂住前堂东房）或后堂（大嫂住后堂西房）有一扇房门开了，一个嫂子走出房向厨房走去。不多一会，那位嫂子来敲我们的房门了。我开了房门，她走进来，捧着一碗热茶，送到我母亲床前，劝她止哭，请她喝口热茶。我母亲慢慢停住哭声，伸手接了茶碗。那位嫂子站着劝一会，才退出去。没有一句话提到什么人，也没有一个字提到这十天半个月来的气脸，然而各人心里明白，泡茶进来的嫂子总是那十天半个月来闹气的人。奇怪得很，这一哭之后，至少有一两个月的太平清静日子。

我母亲待人最仁慈，最温和，从来没有一句伤人感情的话；但她有时候也很有刚气，不受一点人格上的侮辱。我家五叔是个无正业的浪人，有一天在烟馆里发牢骚，说我母亲家中有事总请某人帮忙，大概总有什么好处给他。这句话传到了我母亲耳朵里，她气得大哭，请了几位本家来，把五叔喊来，她当面质问他，她给了某人什么好处。直到五叔当众认错赔罪，她才罢休。

我在我母亲的教训之下住了九年，受了她的极大极深的影响。我十四岁（其实只有十二零两三个月）便离开她了，在这广漠的人海里独自混了二十多年，没有一个人管束过我。如果我学得了一丝一毫的好脾气，如果我学得了一点点待人接物的和气，如果我能宽恕人，体谅人——我都得感谢我的慈母。

阅读贴士

胡适(1891—1962),原名洪骍,字适之,安徽绩溪人。现代著名学者、诗人、历史学家、文学家、哲学家。因提倡文学革命而成为新文化运动的领袖之一。

《我的母亲》是一篇自传体散文,作者通过具体的事例,回忆了母亲对自己的教育、关心以及与家人和睦相处的过程,展示了母亲对自己的爱和母亲善良、宽容、有骨气的性格特征,表达了作者对母亲的感激和怀念之情。

该文没有花哨的文字,没有华丽的比喻,语言简洁流畅,举重若轻,显示了白话文的美感与魅力。

胡适的母亲对胡适的教育严而有宽,宽容不纵容。这种方法既保护了孩子的自尊心,又让胡适有了是非意识,学会担当。有了过失就必须自己承担后果。胡适的母亲没有直接灌输给胡适多少知识,但她重德垂范,用较为科学的方法始终勉励儿子一心向学,鞭策儿子学有所成。

CHAPTER 2

背影

朱自清

我与父亲不相见已二年余了，我最不能忘记的是他的背影。

那年冬天，祖母死了，父亲的差使也交卸了，正是祸不单行的日子。我从北京到徐州，打算跟着父亲奔丧回家。到徐州见着父亲，看见满院狼藉的东西，又想起祖母，不禁簌簌地流下眼泪。父亲说："事已如此，不必难过，好在天无绝人之路！"

回家变卖典质，父亲还了亏空；又借钱办了丧事。这些日子，家中光景很是惨澹，一半为了丧事，一半为了父亲赋闲。丧事完毕，父亲要到南京谋事，我也要回北京念书，我们便同行。

到南京时，有朋友约去游逛，勾留了一日；第二日上午便须渡江到浦口，下午上车北去。父亲因为事忙，本已说定不送我，叫旅馆里一个熟识的茶房陪我同去。他再三嘱咐茶房，甚是仔细。但他终于不放心，怕茶房不妥帖；颇踌躇了一会。其实我那年已二十岁，北京已来往过两三次，是没有甚么要紧的了。他踌躇了一会，终于决定还是自己送我去。我再三劝他不必去；他只说："不要紧，他们去不好！"

我们过了江，进了车站。我买票，他忙着照看行李。行李太多，得向脚夫行些小费才可过去。他便又忙着和他们讲价钱。我那时真是聪明过分，总觉他说话不大漂亮，非自己插嘴不可。但他终于讲定了价钱，就送我上车。他给我拣定了靠车门的一张椅子；我将他给我做的紫毛大衣铺好座位。他嘱我路上小心，夜里要警醒些，不要受凉。又嘱托茶房好好照应我。我心里暗笑他的迂；他们只认得钱，托他们只是白托！而且我这样大年纪的人，难道还不能料理自己么？唉，我现在想想，那时真是太聪明了！

我说道："爸爸，你走吧。"他望车外看了看，说："我买几个橘子去。你就在此地，不要走动。"我看那边月台的栅栏外有几个卖东西的等着顾客。走到那边月台，须穿过铁道，须跳下去又爬上去。父亲是一个胖子，走过去自然要费事些。我本来要去的，他不肯，只好让他去。我看见他戴着黑布小帽，穿着黑布大马褂，深青布棉袍，蹒跚地走到铁道边，慢慢探身下去，尚不大难。可是他穿过铁道，要爬上那边月台，就不容易了。他用两手攀着上面，两脚再向上缩；他肥胖的身子向左微倾，显出努力的样子。这时我看见他的背影，我的泪很快地流下来了。我赶紧拭干了泪。怕他看见，也怕别人看见。我再向外看时，他已抱了朱红的橘子往回走了。过铁道时，他先将橘子散放在地上，自己慢慢爬下，再抱起橘子走。到这边时，我赶紧去搀他。他和我走到车上，将橘子一股脑儿放在我的皮大衣上。于是扑扑衣上的泥土，心里很轻松似的。过一会说："我走了；到那边来信！"我望着他走出去。他走了几步，回过头看见我，说："进去吧，里边没人。"等他的背影混入来来往往的人里，再找不着了，我便进来坐下，我的眼泪又来了。

近几年来，父亲和我都是东奔西走，家中光景是一日不如一日。他少年出外谋生，独力支持，做了许多大事。哪知老境却如此颓唐！他触目伤怀，自然情不能自已。情郁于中，自然要发之于外；家庭琐屑便往往触他之怒。他待我渐渐不同往日。但最近两年的不见，他终于忘却我的不好，只是惦记着我，惦记着我的儿子。我北来后，他写了一信给我，信中说道："我身体平安，惟膀子疼痛利（厉）害，举箸提笔，诸多不便，大约大去之期不远矣。"我读到此处，在晶莹的泪光中，又看见那肥胖的，青布棉袍，黑布马褂的背影。唉！我不知何时再能与他相见！

1925 年 10 月在北京

阅读贴士

朱自清（1898—1948），原名自华，字佩弦，号秋实。江苏扬州人。"文学研究会"的早期成员，现代散文家、学者。原任清华大学教授，抗日战争爆发后转西南联合大学任教。在抗日民主运动的影响下，政治态度明显倾向进步。晚年积极参加反帝民主运动。他的散文，结构严谨，笔触细致，不论写景抒情，均能通过细密观察或深入体味，委婉地表现出对自然景色的内心感受，抒发自己的真挚感情，具有浓厚的诗情画意。主要作品有《毁灭》《踪迹》《背影》《欧游杂记》《伦敦杂记》等。

1917 年，作者的祖母去世，父亲任徐州烟酒公卖局局长的差事也交卸了。办完丧事，父子同到南京，父亲送作者上火车北去，那年作者二十岁。在那特定的场合下，作为父亲对儿子的关怀、体贴、爱护，使儿子极为感动，这印象经久不忘，并且几年之后，想起那背影，父亲的影子出现在"晶莹的泪光中"，使人不能忘怀。1925 年，作者有感于世事，便写了此文。

这篇散文通过一条与众不同的途径，反映了一种在旧道德观念的冰水退潮时，人与人之间的关系——特别是父子关系中最真诚、最动人的天伦的觉醒。在这种觉醒面前，人们第一次作为一个真实的人来占有并表露自己的感情。这也是文章中蕴藏的革命性的历史内容及思想意义。它的出版不仅提高了朱自清在散文史上的地位，也使人们竞相模仿他情真意切、平和淡泊的散文风格。

第三单元

兄友弟恭

XIONGYOUDIGONG

CHAPTER 3

七步诗

曹植

煮豆燃豆萁①，豆在釜②中泣。

本是同根生，相煎③何太急？　（版本一）

煮豆持④作羹⑤，漉⑥豉⑦以为汁。

萁在釜下燃，豆在釜中泣。

本自同根生，相煎何太急？　（版本二）

随文注释

①萁(qí)：豆茎，晒干后用作柴火烧。

②釜(fǔ)：古代的一种锅。

③煎：煎熬，比喻迫害。

④持：用来、用作。

⑤羹(gēng)：用肉或菜做成的糊状食物。

⑥漉(lù)：过滤。

⑦豉(chǐ)：豆。有版本也作菽(shū)。

阅读贴士

曹植(192—232)，字子建，沛国谯(今安徽省亳州市)人。是曹操与武宣卞皇后所生第三子，生前曾为陈王，去世后谥号"思"，因此又称陈思王。曹植是三国时期著名文学家，作为建安文学的代表人物之一与集大成者，他在两晋南北朝时期，被推尊到文章典范的地位。其代表作有《洛神赋》《白马篇》《七哀诗》等。后人因其文学上的造诣而将他与曹操、曹丕合称为"三曹"。其诗以笔力雄健和辞采华美见长，留有集三十卷，已佚，今存《曹子建集》为宋人所编。曹植的散文同样具有"情兼雅怨，体被文质"的特色，加上其品种的丰富多样，使他在这方面取得了卓越的成就。南朝宋文学家谢灵运有"天下才有一石，曹子建独占八斗"的评价。文学批评家钟嵘亦赞曹植"骨气奇高，词彩华茂，情兼雅怨，体被文质，粲溢今古，卓尔不群"。并在《诗品》中把他列为品第最高的诗人。王士祯尝论汉魏以来两千年间诗家堪称"仙才"者，曹植、李白、苏轼三人耳。

《七步诗》用同根而生的萁和豆来比喻同父共母的兄弟，用萁煎其豆来比喻同胞骨肉的哥哥曹丕残害弟弟，表达了对曹丕的强烈不满，生动形象、深入浅出地反映了封建统治集团内部的残酷斗争和诗人自身处境艰难、沉郁激愤的思想感情。

CHAPTER 2

月夜忆舍弟①

杜甫

戍鼓断人行②，边秋一雁③声。

露从今夜白④，月是故乡明。

有弟皆分散⑤，无家⑥问死生。

寄书长不达⑦，况乃未休兵⑧。

 随文注释

①舍弟：家弟。杜甫有四弟：杜颍、杜观、杜丰、杜占。

②戍鼓：戍楼上用以报时或告警的鼓声。断人行：指鼓声响起后，就开始宵禁。

③边秋：一作"秋边"，秋天边远的地方，此指秦州。一雁：孤雁。古人以雁行比喻兄弟，一雁，比喻兄弟分散。

④露从今夜白：指在节气"白露"的一个夜晚。

⑤分散：一作"羁旅"。

⑥无家：杜甫在洛阳附近的老宅已毁于安史之乱。

⑦长：一直，老是。不达：收不到。达，一作"避"。

⑧况乃：何况是。未休兵：此时叛将史思明正与唐将李光弼激战。

阅读贴士

杜甫(712—770)，唐代诗人，字子美。诗中尝自称少陵野老，世称杜少陵。其先代由原籍襄阳(今属湖北襄阳市襄州区)迁居巩县(今河南巩义市)。杜审言之孙。开元(唐玄宗年号,713—741)后期,举进士不第。漫游各地。天宝三载(744),在洛阳与李白相识。后寓居长安近十年,未能有所施展,生活贫困,对当时人民生活状况有较深的认识。及安禄山军临长安,曾被困城中半年,后逃至凤翔,谒见肃宗,官左拾遗。长安收复后,随肃宗还京,不久出为华州司功参军。旋弃官居秦州,未几,又移家成都,筑草堂于浣花溪上,世称"浣花草堂"。一度在剑南节度使严武幕中任参谋,武表为检校工部员外郎,故世称杜工部。晚年举家出蜀,病死于湘江途中。其诗大胆揭露当时社会矛盾,对穷苦人民寄予深切同情,内容深刻。许多优秀作品表现了唐代由盛转衰的历史过程,被称为"诗史"。在艺术上,善于运用各种诗歌形式,尤长于律诗;风格多样,而以沉郁为主;语言精练,具有高度的表达能力。继承并发展了《诗经》以来注重反映社会现实的优良文学传统,成为古代诗歌艺术的又一高峰,对后世影响巨大。杜甫是唐代最伟大的现实主义诗人,宋以后被尊为"诗圣",与李白并称"李杜"。存诗一千四百多首,有《杜工部集》。

《月夜忆舍弟》首联和颔联写景,烘托出战争的氛围。颈联和尾联在此基础上写兄弟因战乱而离散,居无定处,杳无音信,于是思念之情油然而生,特别是在入秋以后的白露时节,在戍楼上的鼓声和失群孤雁的哀鸣声的映衬之下,这种思念之情越发显得深沉和浓烈。全诗托物咏怀,层次井然,首尾照应,承转圆熟,结构严谨,语言精工,格调沉郁哀伤,真挚感人。

CHAPTER 2

九月九日忆山东①兄弟

王维

独在异乡为异客②，每逢佳节③倍思亲。

遥知兄弟登高④处，遍插茱萸⑤少一人。

随文注释

①九月九日：即重阳节。古以九为阳数，故曰重阳。忆：想念。山东：王维迁居于蒲州（今山西永济市），在函谷关与华山以东，所以称山东。

②异乡：他乡、外乡。为异客：作他乡的客人。

③佳节：美好的节日。

④登高：古有重阳节登高的风俗。

⑤茱萸(zhū yú)：一种香草，即草决明。古时人们认为重阳节插戴茱萸可以避灾克邪。

阅读贴士

王维(701—761)，唐代诗人。字摩诘。原籍为太原祁(今属山西祁县)人，其父迁居于蒲州(治今山西永济西南蒲州镇)，遂为河东人。开元(唐玄宗年号，公元713—741)进士。累官至给事中。安禄山叛军攻陷长安时曾受职，乱平后，降为太子中允。后官至尚书右丞，故世称王右丞。晚年居蓝田辋川，过着亦官亦隐的优游生活。诗与孟浩然齐名，并称"王孟"。前期写过一些边塞题材的诗篇，但其作品最主要的则为山水诗,通过对田园山水的描绘,宣扬隐士生活和佛教禅理;体物精细,状写传神,有独特成就。兼通音乐,工书画。有《王右丞集》。

王维这首《九月九日忆山东兄弟》载于《全唐诗》卷一百二十八。诗因重阳节思念家乡的亲人而作。王维家居蒲州,在华山之东,所以题称"忆山东兄弟"。写这首诗时他大概正在长安谋取功名。繁华的帝都对当时热衷进仕的年轻士子虽有很大吸引力,但对一个少年游子来说,毕竟是举目无亲的"异乡";而且越是繁华热闹,在茫茫人海中的游子就越显得孤孑无亲。第一句用了一个"独"字,两个"异"字,分量下得很足。对亲人的思念,对自己孤孑处境的感受,都凝聚在这个"独"字里面。"异乡为异客",不过说他乡作客,但两个"异"字所造成的艺术效果,却比一般的叙说他乡作客要强烈得多。在自然经济占主要地位的封建时代,不同地域之间的风土、人情、语言以及生活习惯差别很大,离开多年生活的故乡到异地去,会感到一切都陌生、不习惯,感到自己是漂浮在异地生活中的一叶浮萍。"异乡""异客",正是质朴而真切地道出了这种感受。作客他乡者的思乡怀亲之情,在平日自然也是存在的,不过有时不一定是显露的,但一旦遇到某种触媒——最常见的是"佳节"——就很容易爆发出来,甚至一发而不可抑制。这就是所谓"每逢佳节倍思亲"。佳节,往往是家人团聚的日子,而且往往和对家乡风物的许多美好记忆联结在一起,所以"每逢佳节倍思亲"就是十分自然的了。这种体验,可以说人人都有,但在王维之前,却没有任何诗人用这样朴素无华而又高度概括的诗句成功地表现过。而一经诗人道出,它就成了最能表现思乡之情的格言式的名句。

CHAPTER 2

渭城①曲

王维

渭城朝雨浥②轻尘，客舍青青柳色③新。

劝君更尽④一杯酒，西出阳关⑤无故人⑥。

随文注释

①渭城：在今陕西省西安市西北，渭水北岸。即秦代咸阳古城。

②朝雨：早晨下的雨。浥（yì）：润湿。

③客舍：驿馆，旅馆。柳色：柳树象征离别。

④更尽：再喝干，再喝完。

⑤阳关：在今甘肃省敦煌西南，为古代通西域的要道。

⑥故人：老朋友。

阅读贴士

　　王维，字摩诘，汉族，唐朝诗人，有"诗佛"之称。苏轼评价其："味摩诘之诗，诗中有画；观摩诘之画，画中有诗。"开元九年（721）中进士，任太乐丞。王维是盛唐诗人的代表，今存诗四百余首，重要诗作有《相思》《山居秋暝》等。王维精通佛学，受禅宗影响很大。佛教有一部《维摩诘经》，是王维名和字的由来。王维的诗、书、画都很有名，多才多艺，对音乐也很精通。与孟浩然合称"王孟"。

♣
CHAPTER 2

别董大①二首
高适

其一

千里黄云白日曛②，北风吹雁雪纷纷。

莫愁前路无知己，天下谁人不识君③？

其二

六翮飘飖④私自怜，一离京洛⑤十余年。

丈夫贫贱应未足，今日相逢无酒钱。

随文注释

①董大：指董庭兰，是当时有名的音乐家，在其兄弟中排名第一，故称"董大"。

②黄云：天上的乌云，在阳光下，乌云是暗黄色，所以叫黄云。白日曛(xūn)：太阳黯淡无光。曛，即曛黄，指夕阳西沉时的昏黄景色。

③谁人：哪个人。君：你，这里指董大。

④六翮(hé)：谓鸟类双翅中的正羽，用以指鸟的两翼。翮，禽鸟羽毛中间的硬管，代指鸟翼。飘飖(yáo)：飘动。六翮飘飖，比喻四处奔波而无结果。

⑤京洛：本指洛阳，后多泛指国都。

阅读贴士

　　高适(700—765),唐代诗人。字达夫,一字仲武,渤海蓨(今河北景县)人。早年仕途失意。后来客游河西,先为哥舒翰书记,后历任淮南、四川节度使,散骑常侍,封渤海县侯。其诗以七言歌行最富特色,笔力雄健,气势奔放。边塞诗与岑参齐名,并称"高岑",风格也大略相近。有《高常侍集》。

❀
CHAPTER 2

望月有感

白居易

自河南①经乱,关内②阻饥③,兄弟离散,各在一处。因望月有感,聊书所怀,寄上浮梁大兄④、於潜七兄⑤、乌江十五兄⑥,兼示符离⑦及下邽⑧弟妹。

时难年荒⑨世业⑩空,弟兄羁旅⑪各西东。

田园寥落⑫干戈⑬后,骨肉流离道路中。

吊影⑭分为千里雁⑮,辞根⑯散作九秋蓬⑰。

共看明月应垂泪,一夜乡心⑱五处⑲同。

随文注释

①河南:唐时河南道,辖今河南省大部和山东、江苏、安徽三省的部分地区。

②关内:关内道,辖今陕西大部及甘肃、宁夏、内蒙古的部分地区。

③阻饥:遭受饥荒等困难。

④浮梁大兄:白居易的长兄白幼文,贞元十四、十五年(798—799)间任饶州浮梁(今属江西景德镇)主簿。

⑤於潜七兄:白居易叔父白季康的长子,时为於潜(今浙江临安市)县尉。

⑥乌江十五兄:白居易的从兄白逸,时任乌江(今安徽和县)主簿。

⑦符离:在今安徽宿州市内。白居易的父亲在彭城(今江苏徐州)做官多年,就把家安置在符离。

⑧下邽：县名，治所在今陕西省渭南县。白氏祖居曾在此。

⑨时难年荒：指遭受战乱和灾荒。荒，一作"饥"。

⑩世业：祖传的产业。唐代初年推行授田制度，所授之田分"口分田"和"世业田"，人死后，子孙可以继承"世业田"。

⑪羁旅：漂泊流浪。

⑫寥落：荒芜零落。

⑬干戈：古代两种兵器，此代指战争。

⑭吊影：一个人孤身独处，形影相伴，没有伴侣。

⑮千里雁：比喻兄弟们相隔千里，皆如孤雁离群。

⑯辞根：草木离开根部，比喻兄弟们各自背井离乡。

⑰九秋蓬：深秋时节随风飘转的蓬草，古人用来比喻游子在异乡漂泊。九秋，秋天。

⑱乡心：思亲恋乡之心。

⑲五处：即诗题所言五处。

阅读贴士

白居易（772—846），唐诗人，字乐天，晚年号香山居士，又号醉吟先生，祖籍太原，到其曾祖父时迁居下邽，生于河南新郑。是唐代伟大的现实主义诗人，唐代三大诗人之一。白居易与元稹共同倡导新乐府运动，世称"元白"，与刘禹锡并称"刘白"。白居易的诗歌题材广泛，形式多样，语言平易通俗，有"诗魔"和"诗王"之称。官至翰林学士、左赞善大夫。公元846年，白居易在洛阳逝世，葬于香山。有《白氏长庆集》传世，代表诗作有《长恨歌》《卖炭翁》《琵琶行》等。

这首诗约作于唐德宗贞元十五年（799）秋至贞元十六年（800）春之间。其时诗人到符离（今安徽省宿州市），曾有《乱后过流沟寺》诗，流沟寺即在符离。题中所言"弟妹"，可能和诗人自己均在符离，因此合起来就有五处。贞元十五年春二月，宣武（治所在今河南省开封市）节度使董晋死后部下叛乱。三月，彰义（治所在今河南省汝南县）节度使吴少诚又叛乱。唐朝廷分遣十六道兵马去攻打，战事发生在河南境内。平叛战争规模较大，时间亦长。此即诗题所言"河南经乱"。当时南方漕运主要经过河南输送关内,由于"河南经乱"使得"关内阻饥"。值此人祸天灾纷至沓来之际,田园荒芜,骨肉离散,诗人不免忧国思亲,伤乱悲离。就在这一年秋天,白居易为宣州刺史所贡,第二年春天在长安考中进士,旋即东归省亲。这首诗大约就写于这一时期。见祖业一空,兄弟姊妹失业羁旅,天各一方,于是有感而作。

CHAPTER 3

水调歌头·明月几时有

苏轼

丙辰①中秋,欢饮达旦②,大醉作此篇,兼怀子由③。

明月几时有?把酒④问青天。不知天上宫阙⑤,今夕是何年?我欲乘风⑥归去,又恐琼楼玉宇⑦,高处不胜⑧寒。起舞弄清影⑨,何似⑩在人间?

转朱阁,低绮户,照无眠⑪。不应有恨,何事长向别时圆⑫?人有悲欢离合,月有阴晴圆缺,此事⑬古难全。但⑭愿人长久,千里共婵娟⑮。

随文注释

①丙辰:指公元 1076 年(宋神宗熙宁九年)。这一年苏轼在密州(今山东省诸城市)任太守。

②达旦:到天亮。

③子由:苏轼的弟弟苏辙的字,与其父苏洵、其兄苏轼并称"三苏"。

④把酒:端起酒杯。把:执、持。

⑤天上宫阙(què):指月中宫殿。阙,古代城墙后的石台。

⑥乘风:驾着风;凭借风力。归去:回去,这里指回到月宫里去。

⑦琼(qióng)楼玉宇:美玉砌成的楼宇,指想象中的仙宫。

⑧不胜(shèng,旧时读 shēng):经不住,承受不了。胜:承担、承受。

⑨弄:玩弄,欣赏。意思是月光下的身影也跟着做出各种舞姿。

⑩何似:何如,哪里比得上。

⑪转朱阁,低绮(qǐ)户,照无眠:月儿移动,转过了朱红色的楼阁,低低地挂在雕花的窗户上,照着没有睡意的人(指诗人自己)。朱阁:朱红的华丽楼阁。绮户:雕饰华丽的门窗。

⑫不应有恨,何事长(cháng)向别时圆:(月儿)不该(对人们)有什么遗憾吧,为什么偏在人们分离时圆呢? 何事:为什么。

⑬此事:指人的"欢""合"和月的"晴""圆"。

⑭但:只。

⑮千里共婵(chán)娟(juān):只希望两人年年平安,虽然相隔千里,也能一起欣赏这美好的月光。共:一起欣赏。婵娟:原指美好的事物。这里指月亮。

阅读贴士

苏轼(1037—1101),字子瞻,又字和仲,号铁冠道人、东坡居士,世称苏东坡、苏仙。汉族,眉州眉山(今属四川省眉山市)人,祖籍河北栾城,北宋文学家、书法家、画家。嘉祐二年(1057),苏轼进士及第。宋神宗时曾在凤翔、杭州、密州、徐州、湖州等地任职。元丰三年(1080),因"乌台诗案"被贬为黄州团练副使。宋哲宗即位后,曾任翰林学士、侍读学士、礼部尚书等职,并出知杭州、颍州、扬州、定州等地,晚年因新党执政被贬惠州、儋州。宋徽宗时获大赦北还,途中于常州病逝。宋高宗时追赠太师,谥号"文忠"。苏轼是北宋中期的文坛领袖,在诗、词、散文、书、画等方面取得了很高的成就。其文纵横恣肆;其诗题材广阔,清新豪健,善用夸张比喻,独具风格,与黄庭坚并称"苏黄";其词开豪放一派,与辛弃疾同是豪放派代表,并称"苏辛";其散文著述宏富,豪放自如,与欧阳修并称"欧苏",为"唐宋八大家"之一。苏轼亦善书,为"宋四家"之一;工于画,尤擅墨竹、怪石、枯木等。有《东坡七集》《东坡易传》《东坡乐府》等传世。

《水调歌头·明月几时有》是苏轼于公元 1076 年(宋神宗熙宁九年)中秋在密州(今山东省诸城市)时所作。这首词以月起兴,与其弟苏辙七年未见之情为基础,围绕中秋明月展开想象和思考,把人世间的悲欢离合之情纳入对宇宙人生的哲理性追寻之中,反映了作者复杂而又矛盾的思想感情,又表现出作者热爱生活与积极向上的乐观精神。词作上阕问天反映执着人生,下阕问月表现善处人生。词人运用形象描绘手法,勾勒出一种皓月当空、亲人千里、孤高旷远的境界,反衬自己遗世独立的意绪,与往昔的神话传说融合一处,在月的阴晴圆缺当中,渗进浓厚的哲学意味,可以说是一首将自然和社会高度契合的感喟作品。在月亮这一意象上集中了人类无限美好的憧憬与理想。苏轼是一位性格豪放、气质浪漫的文学家,当他抬头遥望中秋明月时,其思想情感犹如长上了翅膀,天上人间自由翱翔。反映到词里,遂形成了一种豪放洒脱的风格。

CHAPTER 3

踏莎行·寒草烟光阔

寇准

寒草烟光阔，渭水波声咽。春潮雨霁轻尘歇。征鞍发。指青青杨柳，又是轻攀折。动黯然，知有后会甚时节？

更进一杯酒，歌一阕。叹人生，最难欢聚易离别。且莫辞沉醉，听取阳关彻。念故人，千里至此共明月。

阅读贴士

莱国忠愍公寇准（961—1023），字平仲。汉族，华州下邽（今陕西渭南）人。北宋政治家、诗人。这是一首送别词，首句描写边关壮阔的山河，早春烟草犹寒，渭水河水声鸣咽，以愁心观景，景物也仿佛凝愁一般。后面的几句化用"渭城朝雨浥轻尘，客舍青青柳色新"诗意，也就是说春雨涨潮，雨后出发时，马蹄扬不起飞尘。柳与"留"音近，折柳赠别是古代常见习俗，折柳送人时黯然伤神，不知再次相逢是何年何月了。下阕写饯别敬酒，继续化用王维的诗意，饮酒饯别，由眼前的离别，联想到人生苦短，别时容易见时难，所以更要把握眼前相聚的时光，不要推辞说喝醉了，阳关就是《阳关三叠》，由王维的《渭城曲》改编的配乐歌曲，"渭城朝雨浥轻尘，客舍青青柳色新。劝君更尽一杯酒，西出阳关无故人"，用《阳关三叠》曲子做劝酒之辞，让朋友一定要喝尽兴，今天聚过之后，只能对着明月思念远方的朋友了。

CHAPTER 3

题三义塔

鲁迅

三义塔①者,中国上海闸北三义里②遗鸠③埋骨之塔也,在日本,农人共建。

奔霆飞熛④歼人子, 败井⑤颓垣⑥剩饿鸠。

偶值⑦大心⑧离火宅, 终遗高塔念瀛洲⑨。

精禽⑩梦觉仍衔石, 斗士⑪诚坚共抗流⑫。

度尽劫波⑬兄弟在, 相逢一笑泯⑭恩仇。

西村博士⑮于上海战后得丧家之鸠,持归⑯养之,初亦相安,而终化去⑰。建塔以藏,且征题咏,率成一律,聊答遐情⑱云尔⑲。

随文注释

①塔:对冢上立碑的美称。

②三义里:当时上海闸北的一个里弄,焚毁于1932年1月上海抗战中。

③鸠:即鸽子,日本人称为"堂鸠"。

④奔霆飞熛(biāo):指激战中枪炮和炸弹的轰击焚烧。霆:疾雷;熛:火焰,原作"焰"。

⑤败井:被毁坏了的井。

⑥颓垣(yuán):倒塌了的墙。垣:墙。

⑦值:碰到。

⑧大心：宽厚的心。

⑨瀛洲：传说东海中的神山名，这里是指日本。

⑩精禽：指精卫鸟。《山海经》中说：炎帝的小女儿女娃在东海淹死，后变成精卫鸟，为了复仇，它不停地衔来西山的木石，要把东海填平。这句是说死去的鸽子如能像梦醒似的复活，它也一定会像精卫鸟一样，去填平东海（暗指向日本帝国主义讨还血债）。

⑪斗士：指中日两国的反法西斯战士。

⑫抗流：抗击当时世界上的法西斯逆流。

⑬劫波：佛教用语，这里是指长时期的意思。

⑭泯（mǐn）：消去。

⑮西村博士：西村真琴（1883—1956），日本生物学家。一·二八事变时曾来上海。

⑯持归：带回日本去。

⑰化去：死去。

⑱遐情：远道来的情谊，指从日本来征求题咏。

⑲云尔：罢了。

阅读贴士

鲁迅（1881—1936），原名周樟寿，后改名周树人，字豫山，后改豫才，"鲁迅"是他1918年发表《狂人日记》时所用的笔名，也是他影响最为广泛的笔名，浙江绍兴人。著名文学家、思想家，五四新文化运动的重要参与者，中国现代文学的奠基人。毛泽东曾评价："鲁迅的方向，就是中华民族新文化的方向。"鲁迅一生在文学创作、文学批评、思想研究、文学史研究、翻译、美术理论引进、基础科学介绍和古籍校勘与研究等多个领域具有重大贡献。他对于五四运动以后的中国社会思想文化发展具有重大影响，蜚声世界文坛，尤其在韩国、日本的思想文化领域有极其重要的地位和影响，被誉为"二十世纪东亚文化地图上占最大领土的作家"。

在日军侵华时期，日本生物学家西村真琴博士为了救援战争中的受伤者，于1932年2月作为"服务团长"到中国。在上海郊外的三义里战乱的废墟里，发现了因饥饿飞不动的鸽子,便带回日本,取名"三义",精心喂养。为了表达两国人民的友善,他"期待生下小鸽子后,作为日中友好象征送回上海"。可惜这只带回日本的鸽子后来遭遇黄鼠狼的袭击死亡,博士及周围人在悲痛之余决定将其立冢掩埋。出于对鲁迅先生的景仰,西村博士修书一封细说原委,并将自己画的鸽子一并寄给在上海的鲁迅,表达了中日两国友好的愿望。作者鲁迅于是在 1933 年 6 月 21 日写了这首诗。

第四单元

尊师重道
ZUNSHIZHONGDAO

中华经典美文选读

CHAPTER 4

道德经·第二十五章

李耳

　　有物混成，先天地生。寂兮寥兮①，独立而不改②，周行而不殆，可以为天地母。吾不知其名，字之曰道，强为之名曰大③。大曰逝④，逝曰远，远曰反⑤。故道大、天大、地大、人亦大。域中⑥有四大，而人居其一焉。人法地，地法天，天法道，道法自然⑦。

随文注释

①寂兮寥兮："寂兮"，静而无声。"寥兮"，动而无形。

②独立而不改：形容道的绝对性和永存性。

③大：形容"道"的没有边际，无所不包。

④曰逝：以下三个"曰"字，可作"而"或"则"字解。"逝"，指"道"的进行，周流不息。

⑤反：《道德经》(《老子》)书上的"反"字有两种用法：一作"返"；另一作"相反"。本章属前者。

⑥域中：空间之中，犹今人所讲宇宙之中。

⑦道法自然：道取法于自然。

阅读贴士

《道德经》是中国古代先秦诸子分家前的一部著作，为其时诸子所共仰，传说是春秋时期的老子李耳(似是作者、注释者、传抄者的集合体)所撰写,是道家哲学思想的重要来源,是老子思想的完美理论系统,是中国古代哲学的创世之作,亦是道家学派的开宗总纲,更是道教的万经之祖。"道法自然"是《道德经》的核心,是道学理论的机要,它强调宇宙万物和谐,论述构建宇宙万物、社会政治、社会生活的和谐。本章对道的状况,进行深层次推进。道祖老子以先哲的睿智提出了"道""德""自然""无为"等诸多的哲学概念。

老子说:"人法地,地法天,天法道,道法自然。""自然"是道的自性,自然是最大的和谐。道,生天生地生万物,为天地万物之祖源。其函于万物、运化万物,却"生而不有",始终与天地万物共生相处。宇宙万物自化自为、自主自体。道,顺应事物发展规律而运化,丝毫不碍万物的自然运行。无为而无不为,不作妄为。如此而行,如此和谐,是万物的常态。反之,不和谐就失去了万物生存的条件。正是"内不和不生,外不和不存"。能生能存,谓之和谐。故"道生之,德蓄之"。亦生亦存,才"道法自然"成世界。

只有按照道法自然的规律,以自然完美之态而和谐于宇宙万物、社会生活的千姿百态之中,才能"道生之、德育之",而成就繁华的世界。天地效法"道本自然"的法性,"无为而无不为",不自生而长生,从而呈现出天长地久的和谐之状。"人法地,地法天,天法道",归根到底是"道法自然",是遵循自然规律。因而,宇宙万物要和谐,就必须尊道贵德,人类社会更应该修道养德,以期社会的和谐。

CHAPTER 4

论语·公冶长篇第五(二六)

佚名

颜渊、季路侍①。子曰："盍②各言尔志?"子路曰："愿车马衣裘与朋友共,敝之而无憾。"颜渊曰："愿无伐③善,无施劳④。"子路曰:"愿闻子之志。"子曰:"老者安之,朋友信之,少者怀之⑤。"

随文注释

①侍:位卑的人在位尊的人旁叫作"侍"。单用"侍"字是站立在两旁的意思,而坐着叫"侍坐"。

②盍:何不。

③伐:夸耀。

④施劳:不表白自己的功劳。施:表白的意思。

⑤老者安之,朋友信之,少者怀之:使老人安享晚年;使平辈的人(朋友)信任我;让年轻的子弟们怀念我。

阅读贴士

《论语》是儒家学派的经典著作之一,由孔子的弟子及其再传弟子编撰而成。它以语录体和对话文体为主,记录了孔子及其弟子言行,集中体现了孔子的政治主张、伦理思想、道德观念及教育原则等。与《大学》《中庸》《孟子》《诗》《书》《礼》《易》《春秋》并称"四书五经"。通行本《论语》共二十篇。《论语》的语言简洁精练,含义深刻,其中有许多言论至今仍被世人视为至理。

在这一章里,孔子及其弟子们自述志向,主要谈的是个人道德修养及为人处世的态度。孔子重视培养"仁"的道德情操,从各方面严格要求自身和学生。从本篇中看出,只有夫子的志向最接近于"仁德",是大道之境。

CHAPTER 4

礼记·学记·尊师重教

凡学之道，严师①为难。师严然后道尊②，道尊然后民知敬学。是故君之所不臣于其臣者③二：当其为尸④，则弗臣也；当其为师，则弗臣也。大学之礼，虽诏⑤于天子，无北面⑥，所以尊师也。

随文注释

①严师：以师为尊，尊敬老师。

②道尊：以道为尊，尊重知识。

③不臣于其臣者：对于下属，却不把他当作下属看待。

④尸：祭主，执掌祭祀的人。

⑤诏：告诉，教授。

⑥北面：称臣，行下属礼节。

阅读贴士

乐正克（约前300—前200），姓乐正，名克，战国时鲁国人，是思孟学派的重要人物，孟轲的学生。据《礼记·王制》载："乐正崇四术，立四教。"他是以职业为姓，他的祖先是学官。乐正克是深得孟轲信任的高才生。战国时代儒分为八，其中一派就是"乐正氏之儒"。

《尊师重教》出自《礼记·学记》，是中国古代也是世界上最早的一篇专门论述教育、教学问题的论著。写作于战国晚期。

　　据郭沫若考证，作者为孟子的学生乐正克。尊师重教这个成语出自《后汉书·孔僖传》："臣闻明王圣主，莫不尊师贵道。"可见尊师重道是中华民族的传统美德。

CHAPTER 4

师说

韩愈

古之学者必有师。师者，所以传道、受业、解惑也。人非生而知之者，孰能无惑？惑而不从师，其为惑也，终不解矣。生乎吾前，其闻道也固先乎吾，吾从而师之；生乎吾后，其闻道也亦先乎吾，吾从而师之。吾师道也，夫庸知其年之先后生于吾乎？是故无贵无贱，无长无少，道之所存，师之所存也。

嗟乎！师道之不传也久矣！欲人之无惑也难矣！古之圣人，其出人也远矣，犹且从师而问焉。今之众人，其下圣人也亦远矣，而耻学于师。是故圣益圣，愚益愚；圣人之所以为圣，愚人之所以为愚，其皆出于此乎？爱其子，择师而教之。于其身也，则耻师焉，惑矣。彼童子之师，授之书而习其句读者也，非吾所谓传其道、解其惑者也。句读之不知，惑之不解，或师焉，或不焉，小学而大遗，吾未见其明也。巫医乐师百工之人，不耻相师。士大夫之族，曰师曰弟子云者，则群聚而笑之。问之，则曰："彼与彼年相若也，道相似也。"位卑则足羞，官盛则近谀。呜呼！师道之不复可知矣！巫医乐师百工之人，君子不齿。今其智乃反不能及，其可怪也欤！

圣人无常师。孔子师郯子、苌弘、师襄、老聃。郯子之徒，其贤不及孔子。孔子曰："三人行，则必有我师。"是故弟子不必不如师，师不必贤于弟子。闻道有先后，术业有专攻，如是而已。

李氏子蟠，年十七，好古文，六艺经传皆通习之。不拘于时，学于余。余嘉其能行古道，作《师说》以贻之。

参考译文

古代求学的人必定有老师。老师，是传授道理，讲授学业，解答疑难问题的人。人不是一生下来就有知识懂道理的，谁能没有疑惑呢？有了疑惑，如果不跟老师学习，那些存在的疑惑，就始终不能解开。出生在我之前的人，他懂得"道"本来就比我早，我跟从他，拜他为老师；出生在我之后的人，如果他懂得"道"也比我早，我也跟从他，拜他为老师。我是向他学习"道"的，哪里用得着知道他的年龄比我大还是小呢？因此，无论高低贵贱，无论年长年幼，"道"存在的地方，就是老师所在的地方。

唉！古代从师学习的风尚不流传已经很久了，想要人没有疑惑也太难了！古代的圣人，他们超出一般人很远（多），尚且还要跟从老师请教；现在的一般人，才智不及圣人也很远（多），却以向老师学习为耻。因此，圣人更加圣明，愚人更加愚昧。圣人之所以圣明，愚人之所以愚昧，大概都是由于这个原因吧。爱自己的孩子，选择老师来教他。但是对于他自己，却以跟从老师学习为耻，糊涂啊！那些儿童的老师，教他读书，学习书中的文句，并不是我所说的传授儒家之道、解答疑难问题的老师。不知句读要问老师，有疑惑不能解决却不愿问老师；小的问题学了，大的问题却丢了。我没有看到他的明达。医生、乐师及各种工匠，这些人不以互相学习为耻。而士大夫这一类人，听到有人称人家为老师，称自己为学生，这些人就聚在一起嘲笑他。问他们（为什么笑），他们就说："那个人和他年龄差不多，懂得的道理也差不多。"以地位低的人为师就感到耻辱；以地位高的人为师，则被认为近于阿谀奉承。哎！求师风尚的难以恢复由此可以知道了！医生、乐师和各种工匠，这些人士大夫们不屑一提的，现在士大夫们的智慧竟然反而比不上这些人了，这真是奇怪啊！

圣人没有固定的老师，孔子曾以郯子、苌弘、师襄、老聃为师。郯子这些人，道德才能都比不上孔子。孔子说："三个人同行，那么里面一定有可以当我的老师的人。"所以学生不一定不如老师，老师不一定比学生贤能。懂得"道"有早有晚，学问和技艺上各有各的专门研究，如此而已。

李蟠，今年十七岁，喜欢古文，六艺的经文和传记全部学习了，不受世俗的限制，在我这里求学。我赞赏他能履行古人之道，写《师说》送给他。

阅读贴士

《师说》作于唐贞元十八年（802）韩愈任四门博士时，这篇文章是韩愈写给他的学生李蟠的。

《师说》是一篇说明教师的重要作用、从师学习的必要性以及择师的原则的论说文。韩愈针对魏晋以来的门第观念和"耻学于师"的坏风气，以非凡的勇气和知识，抨击当时"士大夫之族"耻于从师的错误观念，倡导从师而学的风气，同时，也是对那些诽谤者的公开答复和严正的驳斥，其对教师职责和择师原则的论述，至今广为流传。韩愈是唐代古文运动的倡导者，他主张文以载道，恢复先秦两汉的优秀散文传统。作者表明任何人都可以做自己的老师，不应因地位贵贱或年龄差别，就不肯虚心学习。文末以孔子言行作证，申明求师重道是自古已然的做法，时人实不应背弃古道。

CHAPTER 4

奉和①令公②绿野堂③种花

白居易

绿野堂开④占物华⑤，路人指道令公家。

令公桃李⑥满天下，何用堂前更种花。

随文注释

①奉和：作诗词和别人相应和，达到一唱一和的效果。

②令公：即指裴度，令公是唐朝对中书令的尊称，裴度(765—839)唐代文学家、政治家，字中立，河东闻喜(今山西闻喜)人。因为拥立文宗有功，进位至中书令。又绿野堂为裴度之宅，所以这里的令公是指裴度。

③绿野堂：唐代裴度的住宅名，故址在今天的河南省洛阳市南。《旧唐书·裴度列传》；又于午桥创别墅，花木万株，中起凉台暑馆，名曰绿野堂。

④开：创立，建设。

⑤物华：万物的精华。

⑥桃李：代指学生。

阅读贴士

《奉和令公绿野堂种花》是唐朝著名文学家白居易的代表作品之一。绿野堂开着占尽了万物的精华，路人说那就是令公的家，令公的学生遍布天下，何须在房前再种花呢？此诗运用借代的修辞，以桃李代学生，绿野堂指的是唐代裴度的宅名。这首诗通过写裴度房子不用种花就占尽了万物的精华(房子显眼气派)，表现了对一个老师桃李满天下芳名远播的赞美。

CHAPTER 4

酬问师

刘商

虚空无处所，仿佛似琉璃。

诗境何人到，禅心又过诗。

阅读贴士

刘商,字子夏,彭城(今江苏徐州)人。唐代诗人、画家,官至礼部郎中。能文善画,诗以乐府见长。刘商的诗歌作品很多,代表作有《琴曲歌辞·胡笳十八拍》,这是他罢庐州合肥县令后所作,约写于大历四五年(769—770)。《唐才子传》卷四说他"拟蔡琰《胡笳曲》,脍炙当时"。《全唐诗》收录有刘商的很多诗歌。从本诗来看,世界到处都是虚无缥缈的空幻,就像琉璃一样透明,谁能到达诗词中那样的心境状态呢,只有内心纯粹才行,只有禅心才能产生美妙的诗词。从诗的名字来看"酬问师",三个字就表达了对老师的赞美与歌颂;其次全诗表达了只有像老师那样,有一种包容、大爱的禅心,才能在这个空幻的世界谱写出美妙的诗章。

🍃

CHAPTER 4

新竹

郑燮

新竹高于旧竹枝，全凭老干为扶持。

明年再有新生者，十丈龙孙①绕凤池②。

随文注释

①龙孙：竹笋的别称。

②凤池：凤凰池，古时指宰衙门所在地，这里指周围生长竹子的池塘。

阅读贴士

诗歌比喻青出于蓝而胜于蓝，而新生力量的成长又须老一代积极扶持。前两句是回顾，既表达了"长江后浪推前浪，一代新人胜旧人"，又表达了后辈不忘前辈扶持教导之恩；后两句是展望，用以表达新生力量将更好更强大。

郑板桥（1693—1765），清代官吏、书画家、文学家。名燮，字克柔，汉族，江苏兴化人。一生主要客居扬州，以卖画为生。"扬州八怪"之一。其诗、书、画均旷世独立，世称"三绝"，擅画兰、竹、石、松、菊等植物，其中画竹五十余年，成就最为突出。著有《板桥全集》。

❧ CHAPTER 4

藤野先生

鲁迅

东京也无非是这样。上野的樱花烂熳的时节，望去确也像绯红①的轻云，但花下也缺不了成群结队的"清国留学生"的速成班，头顶上盘着大辫子，顶得学生制帽的顶上高高耸起，形成一座富士山。也有解散辫子，盘得平的，除下帽来，油光可鉴②，宛如小姑娘的发髻一般，还要将脖子扭几扭。实在标致③极了。

中国留学生会馆的门房里有几本书买，有时还值得去一转；倘在上午，里面的几间洋房里倒也还可以坐坐的。但到傍晚，有一间的地板便常不免要咚咚咚地响得震天，兼以满房烟尘斗乱④；问问精通时事⑤的人，答道："那是在学跳舞。"

到别的地方去看看，如何呢?

我就往仙台的医学专门学校去。从东京出发，不久便到一处驿站，写道：日暮里。不知怎地，我到现在还记得这名目。其次却只记得水户了，这是明的遗民朱舜水⑥先生客死⑦的地方。仙台是一个市镇，并不大；冬天冷得厉害；还没有中国的学生。

大概是物以稀为贵罢。北京的白菜运往浙江，便用红头绳系住菜根，倒挂在水果店头，尊为"胶菜"；福建野生着的芦荟，一到北京就请进温室，且美其名曰"龙舌兰"。我到仙台也颇受了这样的优待，不但学校不收学费，几个职员还为我的食宿操心。我先是住在监狱旁边一个客店里的，初冬已经颇冷，蚊子却还多，后来用被盖了全身，用衣服包了头脸，只留两个鼻孔出气。在这呼吸不息的地方，蚊子竟无从插嘴，居然睡安稳了。饭食也不坏。但一位先生却以为这客店也包办囚人的饭食，我住在那里不相宜，几次三番，几次三番地说。我虽然觉得客店兼办囚人的饭食和我不相干，然而好意难却，也只得别寻相宜的住处了。于是搬到别一家，离监狱也很远，可惜每天总要喝难以下咽的芋梗汤。

从此就看见许多陌生的先生，听到许多新鲜的讲义⑧。解剖学是两个教授分任的。最初是骨学。其时进来的是一个黑瘦的先生，八字须，戴着眼镜，挟着一叠大大小小的书。一将书放在讲台上，便用了缓慢而很有顿挫的声调，向学生介绍自己道："我就是叫作藤野严九郎的……"

后面有几个人笑起来了。他接着便讲述解剖学在日本发达的历史，那些大大小小的书，便是从最初到现今关于这一门学问的著作。起初有几本是线装的；还有翻刻中国译本的，他们的翻译和研究新的医学，并不比中国早。

那坐在后面发笑的是上学年不及格的留级学生，在校已经一年，掌故⑨颇为熟悉的了。他们便给新生讲演每个教授的历史。这藤野先生，据说是穿衣服太模糊了，有时竟会忘记带领结；冬天是一件旧外套，寒颤颤的，有一回上火车去，致使管车的疑心他是扒手，叫车里的客人大家小心些。

他们的话大概是真的，我就亲见他有一次上讲堂没有带领结。

过了一星期，大约是星期六，他使助手来叫我了。到得研究室，见他坐在人骨和许多单独的头骨中间——他其时正在研究着头骨，后来有一篇论文在本校的杂志上发表出来。

"我的讲义，你能抄下来么？"他问。

"可以抄一点。"

"拿来我看！"

我交出所抄的讲义去，他收下了，第二三天便还我，并且说，此后每一星期要送给他看一回。我拿下来打开看时，很吃了一惊，同时也感到一种不安和感激。原来我的讲义已经从头到末，都用红笔添改过了，不但增加了许多脱漏的地方，连文法的错误，也都一一订正。这样一直继续到教完了他所担任的功课：骨学、血管学、神经学。

可惜我那时太不用功，有时也很任性。还记得有一回藤野先生将我叫到他的研究室里去，翻出我那讲义上的一个图来，是下臂的血管，指着，向我和蔼地说道："你看，你将这条血管移了一点位置了——自然，这样一移，的确比较的好看些，然而解剖图不是美术，实物是那么样的，我们没法改换它。现在我给你改好了，以后你要全照着黑板上那样的画。"

但是我还不服气，口头答应着，心里却想道："图还是我画的不错；至于实在的情形，我心里自然记得的。"

学年试验完毕之后，我便到东京玩了一夏天，秋初再回学校，成绩早已发表了，同学一百余人之中，我在中间，不过是没有落第[10]。这回藤野先生所担任的功课，是解剖实习和局部解剖学。

解剖实习了大概一星期，他又叫我去了，很高兴地，仍用了极有抑扬的声调对我说道："我因为听说中国人是很敬重鬼的，所以很担心，怕你不肯解剖尸体。现在总算放心了，没有这回事。"

但他也偶有使我很为难的时候。他听说中国的女人是裹脚的，但不知道详细，所以要问我怎么裹法，足骨变成怎样的畸形，还叹息道，"总要看一看才知道。究竟是怎么一回事呢?"

有一天，本级的学生会干事到我寓里来了，要借我的讲义看。我检出来交给他们，却只翻检了一通，并没有带走。但他们一走，邮差就送到一封很厚的信，拆开看时，第一句是："你改悔罢!"

这是《新约》上的句子罢，但经托尔斯泰新近引用过的。其时正值日俄战争，托老先生便写了一封给俄国和日本的皇帝的信，开首便是这一句。日本报纸上很斥责他的不逊⑪，爱国青年也愤然，然而暗地里却早受了他的影响了。其次的话，大略是说上年解剖学试验的题目，是藤野先生在讲义上做了记号，我预先知道的，所以能有这样的成绩。末尾是匿名。

我这才回忆到前几天的一件事。因为要开同级会，干事便在黑板上写广告，末一句是"请全数到会勿漏为要"，而且在"漏"字旁边加了一个圈。我当时虽然觉到圈得可笑，但是毫不介意，这回才悟出那字也在讥刺我了，犹言我得了教员漏泄出来的题目。

我便将这事告知了藤野先生；有几个和我熟识的同学也很不平，一同去诘责⑫干事托辞⑬检查的无礼，并且要求他们将检查的结果，发表出来。终于这流言消灭了，干事却又竭力运动，要收回那一封匿名信去。结末是我便将这托尔斯泰式的信退还了他们。

中国是弱国，所以中国人当然是低能儿，分数在六十分以上，便不是自己的能力了：也无怪他们疑惑。但我接着便有参观枪毙中国人的命运了。第二年添教霉菌学，细菌的形状是全用电影来显示的，一段落已完而还没有到下课的时候，便影几片时事的片子，自然都是日本战胜俄国的情形。但偏有中国人夹在里边：给俄国人做侦探，被日本军捕获，要枪毙了，围着看的也是一群中国人；在讲堂里的还有一个我。

"万岁！"他们都拍掌欢呼起来。

这种欢呼，是每看一片都有的，但在我，这一声却特别听得刺耳。此后回到中国来，我看见那些闲看枪毙犯人的人们，他们也何尝不酒醉似的喝彩——呜呼，无法可想！但在那时那地，我的意见却变化了。

到第二学年的终结，我便去寻藤野先生，告诉他我将不学医学，并且离开这仙台。他的脸色仿佛有些悲哀，似乎想说话，但竟没有说。

"我想去学生物学，先生教给我的学问，也还有用的。"其实我并没有决意要学生物学，因为看得他有些凄然，便说了一个安慰他的谎话。

"为医学而教的解剖学之类，怕于生物学也没有什么大帮助。"他叹息说。

将走的前几天，他叫我到他家里去，交给我一张照相，后面写着两个字道："惜别"，还说希望将我的也送他。但我这时适值没有照相了；他便叮嘱我将来照了寄给他，并且时时通信告诉他此后的状况。

我离开仙台之后，就多年没有照过相，又因为状况也无聊，说起来无非使他失望，便连信也怕敢写了。经过的年月一多，话更无从说起，所以虽然有时想写信，却又难以下笔，这样的一直到现在，竟没有寄过一封信和一张照片。从他那一面看起来，是一去之后，杳无消息了。

但不知怎地，我总还时时记起他，在我所认为我师的之中，他是最使我感激、给我鼓励的一个。有时我常常想：他的对于我的热心的希望，不倦的教诲，小而言之，是为中国，就是希望中国有新的医学；大而言之，是为学术，就是希望新的医学传到中国去。他的性格，在我的眼里和心里是伟大的，虽然他的姓名并不为许多人所知道。

他所改正的讲义，我曾经订成三厚本，收藏着的，将作为永久的纪念。不幸七年前迁居的时候，中途毁坏了一口书箱，失去半箱书，恰巧这讲义也遗失在内了。责成运送局去找寻，寂无回信。只有他的照相至今还挂在我北京寓居的东墙上，书桌对面。每当夜间疲倦，正想偷懒时，仰面在灯光中瞥见他黑瘦的面貌，似乎正要说出抑扬顿挫⑭的话来，便使我忽又良心发现，而且增加勇气了，于是点上一支烟，再继续写些为"正人君子"之流所深恶痛疾⑮的文字。

十月十二日 （一九二六年）

随文注释

①绯(fēi)红：中国传统色彩名称，红色的一种，艳丽的深红。鲜红，通红，深红色。

②油光可鉴：形容非常光亮润泽；鉴：照。

③标致：外表、风度等接近完美或理想境界，唤起美感上的极大享受（在本文意是：漂亮，这里是反语，用来讽刺）。

④斗乱：飞腾纷乱。斗：通"抖"。

⑤精通时事：这是讽刺的说法，"精通"的"时事"，其实是一些无聊的事。

⑥明的遗民朱舜水：即朱之瑜（1600—1682），号舜水，浙江余姚人。明末思想家。明亡后曾进行反清复明活动，事败后定居日本讲学，客死水户。他忠于明朝，所以说是"明的遗民"。

⑦客死：死在异国他乡。

⑧讲义：为讲课而编写的材料。这里指讲课的内容。

⑨掌故：关于历史人物、典章制度的传说或故事。这里指学校里发生过的一些事情。

⑩落第：原指科举时代应试不中，文中指考试不及格。

⑪不逊：没有礼貌，骄傲，蛮横。逊：谦逊。

⑫诘（jié）责：质问并责备。

⑬托辞：借口。

⑭抑扬顿挫：指声音的高低起伏和停顿转折，节奏分明，和谐悦耳。

⑮深恶痛疾：指对某人或某事物极端厌恶痛恨。

阅读贴士

《藤野先生》是一篇回忆散文，选自鲁迅散文集《朝花夕拾》，1926 年 10 月 12 日写于厦门大学。藤野先生本名藤野严九郎，是作者的老师。文章讲述了鲁迅从东京到仙台学医的几个生活片断，其中有东京"清国留学生"的生活情况，有东京到仙台的旅途回忆，有在仙台的食住情况，也有受到日本具有狭隘民族观念的学生的排斥，还有一次看电影受到的刺激，重点是记叙藤野先生的可贵品质，同时交织着对自己的责备和对老师感激之情，巧妙地突出了作者为祖国而刻苦学习的精神。是一篇看似十分零散的生活片断，却有机地统一在作者的爱国主义思想中的文章。

1902 年 3 月，二十二岁的鲁迅为了寻求救国救民的真理，离别祖国，到日本留学，1904 年 8 月入仙台医学专门学校学医。他想用医学"救活像我父亲似的被误的病人的疾苦，战争时候便去当医"，为反压迫、反侵略的斗争出力；还想以医学作为宣传新思想的工具，启发人们社会改革的信仰，达到改造国家的目的。但是，现实的教育，使他终于认识到"医学并非一件紧要事"，重要的是改变人们的精神，于是 1906 年秋便弃医从文，离开仙台去东京，决定用文艺唤醒人民，使祖国富强起来。鲁迅在仙台医专学习期间，结识了藤野先生，并建立了深挚的情谊。

鲁迅与藤野先生分别二十年后的 1926 年，正值中国第一次国内革命战争进入高潮的时期，也是鲁迅世界观发生伟大飞跃的前夜。这年秋天，在反动军阀及其御用文人的迫害下，鲁迅离开北京，来到厦门。他在一封信中曾说："我来厦门，虽是为了暂避军阀官僚'正人君子'们的迫害,然而小半也在休息几时,使有些准备。"所谓"休息"和"准备",乃是回顾自己走过的革命路程,清理和解剖自己的思想,总结斗争经验,以迎接新的更大的战斗。

第五单元

勤学好问

QINXUEHAOWEN

中华经典美文选读

CHAPTER 5

论语·论学四则

佚名

子①曰："学而时习之，不亦说②乎？有朋③自远方来，不亦乐乎？人不知而不愠④，不亦君子乎？"（《论语》·学而第一）

子曰："弟子入则孝，出则弟⑤，谨而信，泛爱众而亲仁。行有余力，则以学文。"（《论语》·学而第一）

子夏曰："贤贤，易色⑥；事父母，能竭其力；事君，能致⑦其身；与朋友交，言而有信。虽曰未学，吾必谓之学矣。"（《论语》·学而第一）

子曰："君子食无求饱，居无求安，敏于事而慎于言，就⑧有道而正焉，可谓好学也已。"（《论语》·学而第一）

随文注释

①子：中国古代对于有地位、有学问的男子的尊称，有时也泛称男子。《论语》中"子曰"的子，都是指孔子而言。

②说：音 yuè，同悦，愉快、高兴的意思。

③有朋：一本作"友朋"。旧注说，"同门曰朋"，即同在一位老师门下学习的叫朋，也就是志同道合的人。

④愠：音 yùn，恼怒，怨恨。

⑤弟：通"悌"，敬重兄长，善事兄长。

⑥贤贤，易色：对妻子，重品德，不重容貌。

⑦致：给予，献出。

⑧就：靠近。正，匡正。

阅读贴士

孔子（前551—前479），名丘，字仲尼，先秦时期伟大的思想家、教育家、政治家，儒家学派创始人。相传有弟子三千，贤弟子七十二人，曾修《诗》《书》，定《礼》《乐》，序《周易》，作《春秋》。其儒家思想及学说对中国和世界都有极其深远的影响。

《论语》是儒家学派的经典著作之一，由孔子的弟子及其再传弟子编撰。以语录体和对话文体为主，记录了孔子及其弟子的言行，体现了孔子的政治主张、伦理思想、道德观念及教育原则等。与《大学》《中庸》《孟子》《诗经》《尚书》《礼记》《易经》《春秋》并称"四书五经"。《论语》中的学习主张，始终以致用为纲，"学"是为了修身养性而成为"君子"，君子行"仁"而为政。为达到学以修身，学以成仁的目的，孔子论述了许多学习之道。

CHAPTER 5

礼记·大学（节选）

　　大学之道①：在明明德②，在亲民③，在止于至善。知止④而后有定，定而后能静，静而后能安，安而后能虑，虑而后能得⑤。物有本末，事有终始。知所先后，则近道矣。

　　古之欲明明德于天下者，先治其国。欲治其国者，先齐其家⑥。欲齐其家者，先修其身⑦。欲修其身者，先正其心。欲正其心者，先诚其意。欲诚其意者，先致其知⑧。致知在格物⑨。物格而后知至，知至而后意诚，意诚而后心正，心正而后身修，身修而后家齐，家齐而后国治，国治而后天下平。

　　自天子以至于庶人⑩，壹是⑪皆以修身为本。其本乱而末⑫治者，否矣。其所厚者薄⑬，而其所薄者厚，未之有也⑭！

随文注释

　　①大学之道：大学的宗旨。"大学"一词在古代有两种含义：一是"博学"的意思；二是相对于小学而言的"大人之学"。古人八岁入小学，学习"洒扫应对进退、礼乐射御书数"等文化基础知识和礼节；十五岁入大学，学习伦理、政治、哲学等"穷理正心，修己治人"的学问。所以，后一种含义其实也和前一种含义有相通的地方，同样有"博学"的意思。"道"的本义是道路，引申为规律、原则等，在中国古代哲学、

政治学里,也指宇宙万物的本原、个体,一定的政治观或思想体系等,在不同的上下文环境里有不同的意思。

②明明德:前一个"明"作动词,有使动的意味,即"使彰明",也就是发扬、弘扬的意思。后一个"明"作形容词,明德也就是光明正大的品德。

③亲民:根据后面的"传"文,"亲"应为"新",即革新、弃旧图新。亲民,也就是新民,使人弃旧图新、去恶从善。

④知止:知道目标所在。

⑤得:收获。

⑥齐其家:管理好自己的家庭或家族,使家庭或家族和和美美,蒸蒸日上,兴旺发达。

⑦修其身:修养自身的品性。

⑧致其知:使自己获得知识。

⑨格物:认识、研究万事万物。

⑩庶人:指平民百姓。

⑪壹是:都是。本:根本。

⑫末:相对于本而言,指枝末、枝节。

⑬厚者薄:该重视的不重视。薄者厚:不该重视的却加以重视。

⑭未之有也:即未有之也。没有这样的道理(事情、做法等)。

参考译文

大学的宗旨在于弘扬光明正大的品德,在于使人弃旧图新,在于使人达到最完善的境界。

知道应达到的境界才能够志向坚定;志向坚定才能够镇静不躁;镇静不躁才能够心安理得;心安理得才能够思虑周详;思虑周详才能够有所收获。每样东西都有根本有枝末,每件事情都有开始有终结。明白了这本末始终的道理,就接近事物发展的规律了。

古代那些要想在天下弘扬光明正大品德的人,先要治理好自己的国家;要想治理好自己的国家,先要管理好自己的家庭和家族;要想管理好自己的家庭和家族,先要修养自身的品性;要想修养自身的品性,先要端正自己的心思;要想端正自己的心思,先要使自己的意念真诚;要想使自己的意念真诚,先要使自己获得知识。获得知识的途径在于认识、研究万事万物。通过对万事万物的认识、研究后才能获得知识;获得知识后意念才能真诚;意念真诚后心思才能端正;心思端正后才能修养品性;品性修养后才能管理好家庭和家族;管理好家庭和家族后才能治理好国家;治理好国家后天下才能太平。

上自国家元首,下至平民百姓,人人都要以修养品性为根本。

若这个根本被扰乱了,家庭、家族、国家、天下要治理好是不可能的。不分轻重缓急,本末倒置却想做好事情,这也同样是不可能的!

阅读贴士

《大学》原为《礼记》中的一篇,约为秦汉之际儒家作品。一说曾子作。宋代程颢、程颐兄弟从《礼记》中把它抽出,以与《论语》《孟子》《中庸》相配合。至南宋淳熙年间(1174—1189),朱熹撰《四书集注》,将它和《中庸》《论语》《孟子》合为"四书"。

这里所展示的,是儒学三纲八目的追求。所谓三纲,是指明德、新民,止于至善。它既是《大学》的纲领旨趣,也是儒学"垂世立教"的目标所在。所谓八目,是指格物、致知、诚意、正心、修身、齐家、治国、平天下。它既是为达到"三纲"而设计的条目,也是儒学为我们所展示的人生进修阶梯。纵览四书五经,我们发现,儒家的全部学说实际上都是循着这三纲八目而展开的。所以,抓住这三纲八目就等于抓住了一把打开儒学大门的钥匙。循着这进修阶梯一步一个脚印,你就会登堂入室,领略儒学经典的奥义。就这里的阶梯本身而言,实际上包括"内修"和"外治"两大方面:前面四级"格物、致知,诚意、正心"是"内修";后面三纲"齐家、治国、平天下"是"外治"。而其中间的"修身"一环,则是连结"内修"和"外治"两方面的枢纽,它与前面的"内修"项目连在一起,是"独善其身";它与后面的"外治"项目连在一起,是"兼善天下"。两千多年来,一代又一代中国知识分子"穷则独善其身,达则兼善天下"(《孟子·尽心下》),把生命的历程铺设在这一阶梯之上。

❦ CHAPTER 5

杂诗十二首(之一)

陶渊明

人生无根蒂①，飘如陌上尘。

分散逐风转，此已非常身②。

落地为兄弟③，何必骨肉亲!

得欢当作乐，斗酒聚比邻④。

盛年⑤不重来，一日难再晨。

及时⑥当勉励⑦，岁月不待人。

随文注释

①蒂(dì):瓜、果、花与枝茎相连处都叫蒂。陌:东西的路,这里泛指路。这两句是说人生在世没有根蒂,漂泊如路上的尘土。

②此:指此身。非常身:不是经久不变的身,即不再是盛年壮年之身。这句和上句是说生命随风飘转,此身历尽了艰难,已经不是原来的样子了。

③落地:刚生下来。这句和下句是说,何必亲生的同胞弟兄才能相亲呢? 意思是世人都应当视同兄弟。

④斗:酒器。比邻:近邻。这句和上句是说遇到高兴的事就应当作乐,有酒就要邀请近邻共饮。

⑤盛年:壮年。

⑥及时:趁盛年之时。这句和下句是说应当趁年富力强之时勉励自己,光阴流

逝,并不等待人。

⑦勉励:激励。

阅读贴士

陶渊明(355、372 或 376—427),字元亮,又名潜,私谥"靖节",世称靖节先生。浔阳柴桑(今江西省九江市)人。东晋末至南朝宋初期伟大的诗人、辞赋家。曾任江州祭酒、建威参军、镇军参军、彭泽县令等职,最末一次出仕为彭泽县令,八十多天便弃职而去,从此归隐田园。他是中国第一位田园诗人,被称为"古今隐逸诗人之宗",有《陶渊明集》。

陶渊明《杂诗》共有十二首,此为第一首。王瑶先生认为前八首"辞气一贯",当作于同一年内。据其六"奈何五十年,忽已亲此事"句意,证知作于公元 414 年(晋安帝义熙十年),时陶渊明五十岁,距其辞官归田已有八年。

这组《杂诗》,实即"不拘流例,遇物即言"(《文选》李善注)的杂感诗。正如明黄文焕《陶诗析义》卷四所云:"十二首中愁叹万端,第八首专叹贫困,余则慨叹老大,屡复不休,悲愤等于《楚辞》。"可以说,慨叹人生之无常,感喟生命之短暂,是这组《杂诗》的基调。

CHAPTER 5

劝学

颜真卿

三更灯火五更鸡①，正是男儿读书时。

黑发②不知勤学早，白首方③悔读书迟。

随文注释

①更：古时夜间计算时间的单位，一夜分五更，每更为两小时。午夜 11 点到 1 点为三更。五更鸡：天快亮时，鸡啼叫。

②黑发：年少时期，指少年。

③白首：头发白了，这里指老年。方：才。

阅读贴士

颜真卿(708—784)，字清臣，汉族，唐京兆万年(今陕西西安)人，祖籍琅琊临沂(今山东临沂)。唐代中期杰出书法家，所创"颜体"楷书对后世影响很大。与赵孟頫、柳公权、欧阳询并称为"楷书四大家"。

《劝学》是诗人颜真卿所写的一首七言古诗。颜真卿三岁丧父，家道中落，母亲殷氏对他寄予厚望，实行严格的家庭教育，亲自督学。颜真卿也格外勤奋好学，每日苦读。这首诗正是颜真卿为了勉励后人所作。

❀

CHAPTER 5

金缕衣①

佚名

劝君莫惜金缕衣，劝君惜取少年时。

有花堪②折直须③折，莫待④无花空折枝。

随文注释

①金缕衣：缀有金线的衣服，比喻荣华富贵。

②堪：可以，能够。

③直须：不必犹豫。直：直接，爽快。

④莫待：不要等到。

阅读贴士

《金缕衣》是唐朝时期的一首七言乐府。这是一首富有哲理、含义深永的小诗，它劝诫人们不要重视荣华富贵，而要爱惜少年时光，可以说它劝喻人们要及时摘取爱情的果实，也可以说是启示人们要及时建立功业，正因为它没有说得十分具体，反而更觉内涵丰富。

这是中唐时的一首流行歌词。据说元和(唐宪宗的年号)时期镇海节度使李锜酷爱此词，常命侍妾杜秋娘在酒宴上演唱(见杜牧《杜秋娘诗》及自注)。歌词的作者已不可考。有的唐诗选本注为杜秋娘作或李锜作，是不确切的。

❀
CHAPTER 5

白鹿洞①二首(其一)

王贞白

读书不觉已春深，一寸光阴一寸金。

不是道人来引笑，周情孔思②正追寻。

随文注释

①白鹿洞：庐山五老峰下，是中国古代最早建立的书院之一。诗人曾在此读书求学。

②周情孔思：指周公礼法、孔子儒学，诗中乃泛指经史之学。

阅读贴士

王贞白，字有道(875—958)，号灵溪。信州永丰(今江西广丰)人。唐末五代十国著名诗人。唐乾宁二年(895)登进士，七年后(902)授职校书郎。在登第授职之间的七年中，他随军出塞抵御外敌，写下了许多边塞诗，有不少反映边塞生活，激励士气的佳作。征戍之情，深切动人。对军旅之劳、战争景象描写气势豪迈、色彩浓烈、音调铿锵。后以世知己而不仕，归隐后，曾在西山(今广丰中学内)建"山斋"，传道授业，常与罗隐、方干、贯休等名士同游唱和，手编所作诗三百首及赋文等，为《灵溪集》，共七卷。

王贞白"学力精湛，笃志于诗"，其诗"内涵深刻，意存高远"，"清秀典雅，辞意工丽"，对江西文坛曾产生过一定的影响，其诗深受四方学者所推崇，尊以为师。王贞白诗以《白鹿洞二首》称著。王贞白卒葬于县城西门外,并建有有道公祠。

　　这是一首作者写自己的读书生活的诗,也是一首惜时诗。诗中"一寸光阴一寸金"诗句成为劝勉世人珍惜光阴的千古流传的至理名言。后人应当从中受到启发和教育,知识是靠时间积累起来的,为充实和丰富自己,应十分珍惜时间才是。

CHAPTER 5

孙权劝学

司马光

初，权谓吕蒙曰："卿今当涂掌事，不可不学！"蒙辞以军中多务。权曰："孤岂欲卿治经为博士邪？但当涉猎，见往事耳。卿言多务，孰若孤？孤常读书，自以为大有所益。"蒙乃始就学。

及鲁肃过寻阳，与蒙论议，大惊曰："卿今者才略，非复吴下阿蒙！"蒙曰："士别三日，即更刮目相待，大兄何见事之晚乎！"肃遂拜蒙母，结友而别。

参考译文

当初，孙权对吕蒙说："你现在当权掌管事务，不可以不学习！"吕蒙用军中事务繁多来推托。孙权说："我难道想要你研究儒家经典，成为传授经典的学官吗？我只是让你粗略地阅读，了解历史罢了。你说军务繁多，谁能比我更忙呢？我经常读书，自己觉得获益很多。"吕蒙于是开始学习。

当鲁肃到寻阳的时候，鲁肃和吕蒙一起谈论国家大事，鲁肃十分吃惊地说："你现在军事方面和政治方面的才干和谋略，不再是原来的那个吴县的（没有学识的）阿蒙了！"吕蒙说："与读书人（君子）分别几天，就得重新另眼看待了，长兄你认清事物怎么这么晚呢？"于是，鲁肃就拜见吕蒙的母亲，和吕蒙结为朋友才分别。

阅读贴士

　　司马光(1019—1086),北宋时期著名政治家、史学家、文学家。陕州夏县(今属山西)涑水乡人,字君实,号迂叟,世称涑水先生。宋仁宗宝元元年(1038),中进士甲科。宋英宗继位前任谏议大夫,宋神宗熙宁初拜翰林学士、御史中丞。北宋熙宁三年(1070),因反对王安石变法,出知永兴军。次年,判西京御史台,居洛阳十五年,专门从事《资治通鉴》的编撰。哲宗即位,还朝任职。元丰八年(1085),任尚书左仆射兼门下侍郎,主持朝政,排斥新党,废止新法。数月后去世。追赠太师,温国公,谥文正,著作收录于《司马文正公集》中。

　　《孙权劝学》是一篇记叙文。选自《资治通鉴》,文题为后人所加。此文既记叙了吕蒙在孙权劝说下开始学习,之后大有长进的故事,也赞扬了孙权、吕蒙认真学习的精神,并告诫人们学习的重要性。此文简练生动,以对话表现人物,对话言简意丰,生动传神,极富表现力,毫无冗繁之处,更是运用了侧面烘托及对比的手法来塑造人物形象,突出了人物的风采。

　　该文是根据先前的史书改写的。因先前的史书已有较详细的记载,而又无新的史料可以补充,所以文章是根据从略的原则对先前史书的有关记载进行改写的。文章篇幅小,仅119字,虽极简略但剪裁精当,不仅保留了原文的精华和故事的完整性,而且以更精练的文笔突出了人物的风采,是一篇成功的改写之作。

❧

CHAPTER 5

冬夜读书示子聿

陆游

古人学问无遗力，少壮工夫老始成。

纸上得来终觉浅，绝知此事要躬行。

阅读贴士

陆游（1125—1210），字务观，号放翁。南宋文学家、史学家、爱国诗人。诗词文俱有很高成就，兼具李白的雄奇奔放与杜甫的沉郁悲凉，尤以饱含爱国热情对后世影响深远。陆游亦有史才，他的《南唐书》，"简核有法"，史评色彩鲜明，具有很高的史料价值。

《冬夜读书示子聿》是陆游晚年写的一首哲理诗，也是一首教子诗，深刻阐述了读书做学问的道理。饱含了诗人深邃的教育理念，更寄托了诗人对子女的殷切希望。

CHAPTER 5

朱熹诗歌二首

朱熹

观书有感

半亩方塘①一鉴②开，天光云影共徘徊。

问渠③那④得清如许？为有源头活水来。

随文注释

①塘：又称半亩塘，在福建尤溪城南郑义斋馆舍（后为南溪书院）内。

②鉴：镜。古人以铜为镜，包以镜袱，用时打开。这句是说天的光和云的影反映在塘水之中，不停地变动，犹如人在徘徊。

③渠：它，代词，这里指方塘。

④那：通"哪"。

阅读贴士

朱熹（1130—1200）宋代理学的集大成者，诗人、哲学家。这是一首有哲理性的小诗。借助池塘水清因有活水注入的现象，比喻要不断接受新事物，才能保持思想的活跃和进步。

中华经典美文选读

劝学诗

少年易老学难成，一寸光阴不可轻。

未觉池塘春草梦，阶前梧叶已秋声。

阅读贴士

　　这首诗是劝青年人珍视光阴，努力向学，既用以劝人，亦用于自警。该诗语言明白易懂，形象生动地把岁月易逝的程度，用未觉"池塘春草梦未觉，阶前梧叶已秋声"来比喻，十分贴切，倍增劝勉的力量。

CHAPTER 5

为学

彭端淑

天下事有难易乎？为之，则难者亦易矣；不为，则易者亦难矣。人之为学有难易乎？学之，则难者亦易矣；不学，则易者亦难矣。

吾资之昏，不逮人也，吾材之庸，不逮人也；旦旦而学之，久而不怠焉，迄乎成，而亦不知其昏与庸也。吾资之聪，倍人也，吾材之敏，倍人也；屏弃而不用，其与昏与庸无以异也。圣人之道，卒于鲁也传之。然则昏庸聪敏之用，岂有常哉？

蜀之鄙有二僧：其一贫，其一富。贫者语于富者曰："吾欲之南海，何如？"富者曰："子何恃而往？"曰："吾一瓶一钵足矣。"富者曰："吾数年来欲买舟而下，犹未能也。子何恃而往！"越明年，贫者自南海还，以告富者，富者有惭色。

西蜀之去南海，不知几千里也，僧富者不能至而贫者至焉。人之立志，顾不如蜀鄙之僧哉？是故聪与敏，可恃而不可恃也；自恃其聪与敏而不学者，自败者也。昏与庸，可限而不可限也；不自限其昏与庸，而力学不倦者，自力者也。

参考译文

天下的事情有困难和容易的区别吗？只要肯做，那么困难的事情也变得容易了；如果不做，那么容易的事情也变得困难了。人们做学问有困难和容易的区别吗？只要肯学，那么困难的学问也变得容易了；如果不学，那么容易的学问也变得困难了。

我天资愚笨，赶不上别人，我才能平庸，赶不上别人。我每天持之以恒地提高自己，（也可翻译为：每天不停地学习。）等到学成了，也就不知道自己愚笨与平庸了。我天资聪明，超过别人，能力也超过别人，却不努力去发挥，即与普通人无异。孔子的学问最终是靠不怎么聪明的曾参传下来的。如此看来聪明愚笨，难道是一成不变的吗？

四川境内有两个和尚，其中一个贫穷，一个富裕。穷和尚对有钱的和尚说："我想要到南海去，怎么样？"富和尚说："你凭着什么去？"穷和尚说："我只需要一个水瓶一个饭碗就足够了。"富和尚说："我几年来想要雇船顺江而下，尚且没有成功。你凭着什么去？"到了第二年，穷和尚从南海回来了，把到过南海的这件事告诉富和尚。富和尚的脸上露出了惭愧的神情。

四川距离南海，不知道有几千里路，富和尚不能到达可是穷和尚到达了。一个人立志求学，难道还不如四川的那个穷和尚吗？因此，聪明与敏睿，可以依靠但也不可以依靠；自己依靠着聪明与敏捷而不努力学习的人，是自己毁了自己。愚笨和平庸，可以限制又不可以限制；不被自己的愚笨平庸所局限而努力不倦地学习的人，是靠自己努力学成的。

阅读贴士

《为学》选自《白鹤堂文集》，原题为《为学一首示子侄》。

这个故事告诉我们，我们只有立下了目标，努力去实现，才会获得成功。主观努力是成败的关键。人贵立志，事在人为。人要立长志，不要常立志。人之为学，贵在立志，无论客观条件的好坏，天资的高低，关键在于主观努力。

文中"吾一瓶一钵足矣"的两个"一"字表现贫者对物质要求极低，一个"足"字体现了他战胜困难的坚定信心，表现了贫者面对困难知难而进的勇气和实现远大理想的坚定信念以及无所畏惧的坚强意志和敢于大胆实践的精神。从成功到行动，从坚持到立志，文中以四川两个和尚去南海的故事为例，生动形象地说明了难与易的辩证关系，告诉我们事在人为的道理。所以我们要奋发学习。

也就是说：人贵立志，事在人为。立志求学，勤奋努力。

彭端淑（1699—1779）字乐斋，号仪一，清代眉州丹棱（今四川丹棱县）。生于清圣祖康熙三十八年，卒于清高宗乾隆四十四年。清朝官员、文学家，与李调元、张问陶一起被后人并称为"清代四川三才子"。彭端淑十岁能文，十二岁入县学，与兄彭端洪、弟彭肇洙、彭遵泗在丹棱萃龙山的紫云寺读书。雍正四年（1726），彭端淑考中举人；雍正十一年（1733）又考中进士，进入仕途，任吏部主事，迁本部员外郎、郎中。乾隆十二年（1747），彭端淑充顺天（今北京）乡试同考官。乾隆二十年（1755）辞职返川，任成都锦江书院主讲、院长二十年，造就了大批如李调元、张船山等优秀人才。著有《白鹤堂集》《雪夜诗坛》等。八十一岁时病故于成都南郊白鹤堂。

CHAPTER 5

人间词话七则（节选）

王国维

　　古今之成大事业、大学问者，罔经过三种之境界："昨夜西风凋碧树，独上高楼，望尽天涯路"。此第一境也。"衣带渐宽终不悔，为伊消得人憔悴。"此第二境也。"众里寻他千百度，蓦然回首，那人却在灯火阑珊处"。此第三境也。此等语皆非大词人不能道。然遽以此意解释诸词，恐为晏欧诸公所不许也。

阅读贴士

　　王国维（1877—1927），字静安、亦字伯隅，号观堂，浙江海宁人。近代中国著名学者，杰出的古文字、古器物、古史地学家，诗人、文艺理论学家、哲学家。王国维少年时代心悦《汉书》等历史著作，不喜举子业和《十三经注疏》，但十八岁之前所接受的仍是传统的旧式教育。甲午战争后，使他"始知世尚有所谓新学者"（《静安文集·自序》）。二十二岁起，他至上海《时务报》馆会书记校。利用公余，他到罗振玉办的"东文学社"学习外语，并在罗振玉资助下于 1901 年赴日本留学。次年因病辍学回国，读康德哲学而爱之，又转研叔本华哲学。后觉得哲学"可爱者不可信，可信者不可爱"（《静安文集·自序》），便从哲学转向文学、史学、考古学和金石、音韵学方面。在此期间，曾任北京大学研究所国学门通信导师、清华研究院教授等。1922 年在溥仪的紫禁城小朝廷内当五品官"南书房行走"，并得到了"食五品俸"，"赐紫禁城骑马"的封赏。1927 年国民革命军北上时，王国维留下"经此世变，义地再辱"的遗书,投颐和园昆明湖自尽。

读书的三重境界,符合古学的小学、大学的通义。

古人治学讲究"厚积薄发",所以第一阶段,重点在于"独上高楼,望尽天涯路",这是要看,要博览;其次的阶段就是要思考,论语中讲"学而不思则罔"。看了那么多东西,就会互相比较,和自己的经历比较,就有所得,就外显"衣带渐宽终不悔,为伊消得人憔悴";然而,最终的成就要返璞归真,也是大学中所说的"在明明德,在止于至善",也是老子中的"地法天,天法道,道法自然"。学习的最后是体悟自然的规律,顺应于这个规律"从心所欲不逾矩"。

初能望文生义,死记硬背,可小成。

进能变通运用,巧舌如簧,有一得。

终能深入浅出,知行合一,方大就。

第六单元

修身立德
XIUSHENLIDE

中华经典美文选读

CHAPTER 6

论语·里仁篇

佚名

子曰："里仁为美①，择不处②仁，焉得知③？"

子曰："不仁者不可以久处约④，不可以长处乐。仁者安仁，知者利仁⑤。"

子曰："唯仁者能好⑥人，能恶⑦人。"

子曰："苟志于仁矣，无恶也。"

子曰："富与贵，是人之所欲也，不以其道得之，不处也；贫与贱，是人之所恶也，不以其道得之，不去也。君子去仁，恶乎成名？君子无终食之间违仁，造次必于是，颠沛必于是。"

子曰："我未见好仁者，恶不仁者。好仁者，无以尚之；恶不仁者，其为仁矣，不使不仁者加乎其身。有能一日用其力于仁矣乎？我未见力不足者。盖有之矣，我未之见也。"

子曰："人之过也，各于其党。观过，斯知仁矣。"

子曰："朝闻道，夕死可矣。"

子曰："士志于道，而耻恶衣恶食者，未足与议也。"

子曰："君子之于天下也，无适⑧也，无莫⑨也，义之与比⑩。"

子曰："君子怀⑪德，小人怀土⑫；君子怀刑⑬，小人怀惠。"

子曰："放⑭于利而行，多怨⑮。"

子曰："能以礼让为国乎，何有？不能以礼让为国，如礼何⑯？"

子曰："不患无位，患所以立；不患莫己知，求为可知也。"

子曰："参乎！吾道一以贯之。"曾子曰："唯。"子出，门人问曰："何谓也？"曾子曰："夫子之道，忠恕而已矣。"

子曰："君子喻于义，小人喻于利。"

子曰："见贤思齐焉，见不贤而内自省也。"

子曰："事父母几⑰谏，见志不从，又敬不违，劳⑱而不怨。"

子曰："父母在，不远游⑲，游必有方⑳。"

子曰："三年无改于父之道，可谓孝矣。"

子曰："父母之年，不可不知也。一则以喜，一则以惧。"

子曰："古者言之不出，耻躬之不逮也。"

子曰："以约㉑失之者，鲜㉒矣。"

子曰："君子欲讷㉓于言而敏㉔于行。"

子曰："德不孤，必有邻。"

子游曰："事君数㉕，斯㉖辱矣；朋友数，斯疏矣。"

随文注释

①里仁为美：里，住处，借做动词用。住在有仁者的地方才好。

②处：居住。

③知（zhì）：同"智"。

④约：穷困、困窘。

⑤安仁、利仁：安仁是安于仁道；利仁，认为仁有利自己才去行仁。

⑥好（hào）：喜爱的意思。做动词。

⑦恶(wù)：憎恶、讨厌。做动词。

⑧适：音 dí，意为亲近、厚待。

⑨莫：疏远、冷淡。

⑩比：亲近、相近、靠近。

⑪怀：思念。

⑫土：乡土。

⑬刑：法制惩罚。

⑭放：同"仿"，效法，引申为追求。

⑮怨：别人的怨恨。何有：全意为"何难之有"，即不难的意思。

⑯如礼何：把礼怎么办？

⑰几(jī)：轻微、婉转的意思。

⑱劳：忧愁、烦劳的意思。

⑲游：指游学、游官、经商等外出活动。

⑳方：一定的地方。

㉑约：约束。这里指"约之以礼"。

㉒鲜：少的意思。

㉓讷：迟钝。这里指说话要谨慎。

㉔敏：敏捷、快速的意思。

㉕数(shuò)：屡次、多次，引申为烦琐的意思。

㉖斯：就。

阅读贴士

《论语》成书于春秋战国之际，是孔子的学生及其再传学生所记录整理。到汉代时，有《鲁论语》(20 篇)、《齐论语》(22 篇)、《古文论语》(21 篇)三种《论语》版本流传。东汉末年，郑玄以《鲁论语》为底本，参考《齐论语》和《古文论语》编校成一个新的本子，并加以注释。郑玄的注本流传后，《齐论语》和《古文论语》便逐渐亡佚了。以后各代注释《论语》的版本主要有：三国时魏国何晏的《论语集解》，南北朝梁代皇侃的《论语义疏》，宋代邢昺的《论语注疏》、朱熹的《论语集注》，清代刘宝楠的《论语正义》等。

《论语》涉及哲学、政治、经济,教育、文艺等诸多方面,内容非常丰富,是儒学最主要的经典。在表达上,《论语》语言精练而形象生动,是语录体散文的典范。在编排上,《论语》没有严格的编纂体例,每一条就是一章,集章为篇,篇、章之间并无紧密联系,只是大致归类,并有重复章节出现。

CHAPTER 6

庄子·秋水（节选）

庄周

秋水时至，百川灌河。泾流之大，两涘渚崖之间，不辩牛马。于是焉河伯欣然自喜，以天下之美为尽在己。顺流而东行，至于北海，东面而视，不见水端。于是焉河伯始旋其面目，望洋向若而叹曰："野语有之曰，'闻道百，以为莫己若者'，我之谓也。且夫我尝闻少仲尼之闻而轻伯夷之义者，始吾弗信。今我睹子之难穷也，吾非至于子之门则殆矣，吾长见笑于大方之家。"

北海若曰："井蛙不可以语于海者，拘于虚也；夏虫不可以语于冰者，笃于时也；曲士不可以语于道者，束于教也。今尔出于崖涘，观于大海，乃知尔丑，尔将可与语大理矣。天下之水，莫大于海，万川归之，不知何时止而不盈；尾闾泄之，不知何时已而不虚；春秋不变，水旱不知。此其过江河之流，不可为量数。而吾未尝以此自多者，自以比形于天地而受气于阴阳，吾在于天地之间，犹小石小木之在大山也。方存乎见少，又奚以自多！计四海之在天地之间也，不似礨空之在大泽乎？计中国之在海内，不似稊米之在大仓乎？号物之数谓之万，人处一焉；人卒九州，谷食之所生，舟车之所通，人处一焉。此其比万物也，不似豪末之在于马体乎？五帝之所连，三王之所争，仁人之所忧，任士之所劳，尽此矣！伯夷辞之以为名，仲尼语之以为博。此其自多也，不似尔向之自多于水乎？"

参考译文

秋天里山洪按照时令汹涌而至，众多大川的水流汇入黄河，河面宽阔波涛汹涌，两岸和水中沙洲之间连牛马都不能分辨。于是河神欣然自喜，认为天下一切美好的东西全都聚集在自己这里。河神顺着水流向东而去，来到北海边，面朝东边一望，看不见大海的尽头。于是河神方才改变先前洋洋自得的面孔，面对着海神仰首慨叹道："俗语有这样的说法，'听到了上百条道理，便认为天下再没有谁能比得上自己'的，说的就是我这样的人了。而且我还曾听说过孔丘懂得的东西太少、伯夷的节义太轻的话语，开始我不敢相信，如今我亲眼看到了你是这样的浩渺博大、无边无际，我要不是因为来到你的门前，真可就危险了，我必定会永远受到有学识的人的耻笑。"

海神说："对生活在井里的青蛙不可与它谈论大海的事情，是由于它被所居住的地方所局限；对生活在夏天的虫子不可与它谈论冰雪的事情，是由于它被所生存的时令所局限；在乡曲之士，不可与他们谈论大道，是由于他的眼界被他所受过的教育所局限。如今你从河岸边出来，看到了大海，方才知道自己的浅陋，你将可以参与谈论大道了。天下的水面，没有什么比海更大的，千万条河川流归大海，不知道什么时候才会停歇，但是大海却不会满溢出来；海水从尾闾泄流出去，虽然永无停止的时候，但海水却不见减少而流尽；海水不因季节的变换有所增减，也不因水灾旱灾而受影响。这说明大海远远超过了江河的水流，不能用数量来计算。可是我从不曾因此而自满，自认为从天地那里承受到形体并且从阴和阳那里秉承到元气，我存在于天地之间，就好像一小块石子、一小块木屑存在于大山之中。我正以为自身的存在实在渺小，又哪里会自以为满足而自负呢？想一想，四海存在于天地之间，不就像小小的石间孔隙存在于大泽之中吗？再想一想，中原大地存在于四海之内，不就像细碎的米粒存在于大粮仓里吗？人们用'万'这个数目来称呼物类，人类不过占其中之一；凡是有粮食生长的地方，有舟车通行的地方，都聚集着人群，而每个人只不过是世上多得数不胜数的人口中的一个而已；一个人他比起万物，不就像是毫毛之末存在于整个马体吗?五帝所续连的,三王所争夺的,仁人所忧患的,贤才所操劳的,全在于这毫末般的天下呢!伯夷辞让它而博取名声,孔丘谈论它而显示渊博,这大概就是他们的自我满足,不就像你先前看到河水上涨而自满一样吗?"

阅读贴士

庄子(约前369—前286),庄氏,名周,字子休(一说子沐)。战国时期著名的思想家、哲学家、文学家,是道家学派的代表人物,老子哲学思想的继承者和发展者,先秦庄子学派的创始人。鉴于庄子在我国文学史和思想史上的重要贡献,封建帝王尤为重视,在唐开元二十五年(737)庄子被诏号为"南华真人",后人即称之为"南华真人",《庄子》一书也被称为《南华经》。其文章具有浓厚的浪漫色彩,对后世文学有很大影响。庄子生活贫穷困顿,曾作过漆园吏,却鄙弃荣华富贵、权势名利,力图在乱世保持独立的人格,追求逍遥无待的精神自由。他的学说涵盖着当时社会生活的方方面面,但根本精神还是皈依于老子的哲学。后世将他与老子并称为"老庄",他们的哲学思想体系被思想学术界尊为"老庄哲学"。

CHAPTER 6

礼记·大道之行也

佚名

　　大道之行也，天下为公，选贤与能，讲信修睦。故人不独亲其亲，不独子其子，使老有所终，壮有所用，幼有所长，矜、寡、孤、独、废疾者皆有所养，男有分，女有归。货恶其弃于地也，不必藏于己；力恶其不出于身也，不必为己。是故谋闭而不兴，盗窃乱贼而不作，故外户而不闭，是谓大同。

参考译文

　　在大道施行的时候，天下是人们所共有的，把品德高尚的人、能干的人选拔出来，讲求诚信，培养和睦(气氛)。所以人们不单奉养自己的父母，不单抚育自己的子女，要使老年人能终其天年，中年人能为社会效力，让年幼的孩子可以健康成长，让老而无妻的人、老而无夫的人、幼而无父的孩子、老而无子的人、残疾人都能得到社会的供养。男子有职务，女子有归宿。对于财货，人们憎恨把它扔在地上的行为，却不一定要自己私藏；人们都愿意为公众之事竭尽全力，而不一定为自己谋私利。因此奸邪之谋不会发生，盗窃、造反和害人的事情不发生。所以大门都不用关上了，这叫作理想社会。

阅读贴士

　　《礼记》又名《小戴礼记》《小戴记》，据传为孔子的七十二弟子及其学生们所作,西汉礼学家戴圣所编,是中国古代一部重要的典章制度选集,共二十卷四十九篇,主要记载了先秦的礼制,体现了先秦儒家的哲学思想(如天道观、宇宙观、人生观)、教育思想(如个人修身、教育制度、教学方法、学校管理)、政治思想(如以教化政、大同社会、礼制与刑律)、美学思想(如物动心感说、礼乐中和说),是研究先秦社会的重要资料,是一部儒家思想的资料汇编。

《大道之行也》是出自西汉礼学家戴圣编著的《礼记》中的一篇散文。此文是为阐明儒家思想中"大同"社会的基本特征和古人追求的"天下为公"的理想社会模式。此文首先概括了"大同"社会的基本特征;其次阐释了"大同"社会的理想模式;最后拿现实社会跟理想的"大同"社会作对比来进一步阐释"大同"。全文节奏分明、变化有致、不拘一格,读来启人深思,鼓舞人心。

✿

CHAPTER 6

战国策·邹忌讽齐王纳谏

刘向

邹忌修八尺有余，而形貌昳丽。朝服衣冠，窥镜，谓其妻曰："我孰与城北徐公美？"其妻曰："君美甚，徐公何能及君也！"城北徐公，齐国之美丽者也。忌不自信，而复问其妾曰："吾孰与徐公美？"妾曰："徐公何能及君也！"旦日，客从外来，与坐谈，问之客曰："吾与徐公孰美？"客曰："徐公不若君之美也。"明日徐公来，熟视之，自以为不如；窥镜而自视，又弗如远甚。暮，寝而思之，曰："吾妻之美我者，私我也；妾之美我者，畏我也；客之美我者，欲有求于我也。"

于是入朝见威王，曰："臣诚知不如徐公美。臣之妻私臣，臣之妾畏臣，臣之客欲有求于臣，皆以美于徐公。今齐地方千里，百二十城，宫妇左右莫不私王，朝廷之臣莫不畏王，四境之内莫不有求于王：由此观之，王之蔽甚矣。"

王曰："善。"乃下令："群臣吏民能面刺寡人之过者，受上赏；上书谏寡人者，受中赏；能谤讥于市朝，闻寡人之耳者，受下赏。"令初下，群臣进谏，门庭若市；数月之后，时时而间进；期年之后，虽欲言，无可进者。

燕、赵、韩、魏闻之，皆朝于齐。此所谓战胜于朝廷。

参考译文

邹忌身高八尺多,而且形象外貌光艳美丽有风度。有一天早晨,他穿戴好衣帽,照着镜子,对他的妻子说:"我与城北的徐公相比,谁更美丽呢?"他的妻子说:"您美极了,徐公怎么能比得上您呢?"城北的徐公是齐国最美的男子。邹忌不相信自己(比徐公美),于是又问他的小妾说:"我和徐公相比,谁更美丽?"妾说:"徐公怎么能比得上您呢?"第二天,有客人从外面来拜访,邹忌和他坐着谈话,邹忌问客人道:"我和徐公相比,谁更美丽?"客人说:"徐公不如您美丽啊。"又过了一天,徐公前来拜访,(邹忌)仔细地端详他,自己觉得不如他美丽;照着镜子里的自己,更是觉得自己与徐公相差甚远。傍晚,他躺在床上休息时想这件事,说:"我的妻子认为我美,是偏爱我;我的小妾认为我美,是惧怕我;客人赞美我美,是有事情想求于我。"

于是邹忌上朝拜见齐威王,说:"我确实知道自己不如徐公美丽。可是我的妻子偏爱我,我的妾害怕我,我的客人有事想要求助于我,(所以)他们都认为我比徐公美。如今齐国有方圆千里的疆土,一百二十座城池。宫中的姬妾及身边的近臣,没有一个不偏爱大王的,朝中的大臣没有一个不惧怕大王的,国内的百姓,没有不对大王有所求的:由此看来,大王您受到的蒙蔽太严重了!"

齐威王说:"说得真好。"于是下了一道命令:"所有的大臣、官吏、百姓,能够当面批评我的过错的,可得上等奖赏;能够上书劝谏我的,得中等奖赏;能够在众人集聚的公共场所指责议论我的过失,并能传到我耳朵里的,得下等奖赏。"政令刚一下达,许多大臣都来进献谏言,宫门和庭院像集市一样热闹;几个月以后,还不时地有人偶尔进谏;一年以后,即使想进言,也没有什么可说的了。燕国、赵国、韩国、魏国听说了这件事,都到齐国来朝见(齐王)。这就是身居朝廷,不必用兵就战胜了敌国。

阅读贴士

《战国策》是一部国别体史学著作,又称《国策》。记载了西周、东周及秦、齐、楚、赵、魏、韩、燕、宋、卫、中山各国之事。记事年代起于战国初年,止于秦灭六国,约有二百四十年的历史。《战国策》分为十二策，三十三卷，共四百九十七篇，主要记述了战国时期游说之士的政治主张和言行策略，也可说是游说之士的实战演习手册。

《邹忌讽齐王纳谏》出自《战国策·齐策一》，讲述了战国时期齐国谋士邹忌劝说君主纳谏，使之广开言路，改良政治的故事。文章塑造了邹忌这样有自知之明，善于思考，勇于进谏的贤士形象，表现了齐威王知错能改，从谏如流的明君形象以及革除弊端、改良政治的迫切愿望和巨大决心。告诉读者居上者只有广开言路，采纳群言，虚心接受批评意见并积极加以改正才有可能成功。

CHAPTER 6

饮酒·结庐在人境

陶渊明

结庐在人境①，而无车马喧②。

问君何能尔③，心远地自偏。

采菊东篱下，悠然见南山④。

山气日夕佳，飞鸟相与还⑤。

此中有真意⑥，欲辨已忘言。

①结庐：构筑屋子。人境：人间，人类居住的地方。

②无车马喧：没有车马的喧嚣声。

③君：作者自谓。尔：如此、这样。这句和下句设为问答之辞，说明心远离尘世，虽处喧嚣之境也如同居住在偏僻之地。

④悠然：自得的样子。南山：指庐山。

⑤日夕：傍晚。相与：相交，结伴。这两句是说傍晚山色秀丽，飞鸟结伴而还。

⑥此中：即此时此地的情和境，即隐居生活。真意：人生的真正意义，即"迷途知返"。这句和下句是说此中含有人生的真义，想辨别出来，却忘了如何用语言表达。意思是既领会到此中的真意，不屑于说，也不必说。

阅读贴士

　　《饮酒·结庐在人境》是陶渊明创作的组诗《饮酒二十首》的第五首诗。这首诗主要表现隐居生活的情趣，写诗人于劳动之余，饮酒至醉之后，在晚霞的辉映之下，在山岚的笼罩中，采菊东篱，遥望南山。全诗情味深永，感觉和情理浑然一体，不可分割，是传统诗歌中最为脍炙人口的作品之一。表现了作者悠闲自得的心境和对宁静自由的田园生活的热爱及对黑暗官场的鄙弃和厌恶。

CHAPTER 6

有感五首

杜甫

其一

将帅蒙恩泽，兵戈有岁年。

至今劳圣主，可以报皇天。

白骨新交战，云台旧拓边。

乘槎断消息，无处觅张骞。

其二

幽蓟馀蛇豕，乾坤尚虎狼。

诸侯春不贡，使者日相望。

慎勿吞青海，无劳问越裳。

大君先息战，归马华山阳。

其三

洛下舟车入，天中贡赋均。

日闻红粟腐，寒待翠华春。

莫取金汤固，长令宇宙新。

不过行俭德，盗贼本王臣。

其四

丹桂风霜急，青梧日夜凋。

由来强干地，未有不臣朝。

受钺亲贤往，卑宫制诏遥。

终依古封建，岂独听箫韶。

其五

盗灭人还乱，兵残将自疑。

登坛名绝假，报主尔何迟。

领郡辄无色，之官皆有词。

愿闻哀痛诏，端拱问疮痍。

阅读贴士

　　杜甫(712—770)，字子美，自号少陵野老，世称"杜工部"、"杜少陵"等，汉族，河南府巩县(今河南省巩义市)人，唐代伟大的现实主义诗人，杜甫被世人尊为"诗圣"，其诗被称为"诗史"。杜甫与李白合称"李杜"，为了跟另外两位诗人李商隐与杜牧即"小李杜"区别开来，杜甫与李白又合称"大李杜"。杜甫忧国忧民，人格高尚，其诗约1400余首被保留了下来，诗艺精湛，在中国古典诗歌中备受推崇，影响深远。759年杜甫弃官入川，虽然躲避了战乱，生活相对安定，但仍然心系苍生，胸怀国事。759—766年间曾居成都，后世有杜甫草堂纪念。《有感五首》，作于唐代宗763年(广德元年)秋。安史之乱后，长安所在的关中地区残破，每年要从江淮转运大量粮食到长安，加上吐蕃进扰，长安处在直接威胁之下，因此朝中有迁都之议，为此杜甫有感而发。

CHAPTER 6

陋室铭

刘禹锡

　　山不在高，有仙则名。水不在深，有龙则灵。斯是陋室，惟吾德馨。苔痕上阶绿，草色入帘青。谈笑有鸿儒，往来无白丁。可以调素琴，阅金经。无丝竹之乱耳，无案牍之劳形。南阳诸葛庐，西蜀子云亭，孔子云："何陋之有？"

参考译文

　　山不在于高，只要有仙人居住就会出名；水不在于深，只要有蛟龙栖留就会显神灵。这虽然是一间简陋的居室，不过，因我的美德，也能使它芳名远扬。苔藓爬上台阶染出一片碧绿，草色映入竹帘映得漫屋青色。这里谈笑的都是博学多识的人，来往的没有不学无术之徒。平时可以弹奏清雅的古琴，阅读珍贵的经文。没有嘈杂的音乐搅扰听觉，也没有文牍公务劳累身心。这就似南阳诸葛亮的草庐，又如西蜀扬子云的草屋。孔子说："这有什么简陋呢？"

阅读贴士

　　刘禹锡（772—842），字梦得，祖籍河南洛阳，自称"家本荥上，籍占洛阳"，又自言系出中山。其祖先为中山靖王刘胜。唐朝文学家、哲学家，有"诗豪"之称。刘禹锡诗文俱佳，涉猎题材广泛，与柳宗元并称"刘柳"，与韦应物、白居易合称"三杰"，并与白居易合称"刘白"，有《陋室铭》《竹枝词》《杨柳枝词》《乌衣巷》等名篇。哲学著作《天论》三篇，论述天的物质性，分析"天命论"产生的根源，具有唯物主义思想。有《刘梦得文集》，存世有《刘宾客集》。

《陋室铭》是他的一篇托物言志骈体铭文。全文短短八十一字，作者借赞美陋室抒写自己志行高洁，安贫乐道，不与世俗同流合污的意趣，也反映了作者自命清高，孤芳自赏的思想。

CHAPTER 6

三字经(节选)

王应麟

人之初，性本善。性相近，习相远。

苟不教，性乃迁。教之道，贵以专。

昔孟母，择邻处。子不学，断机杼。

窦燕山，有义方。教五子，名俱扬。

养不教，父之过。教不严，师之惰。

子不学，非所宜。幼不学，老何为？

玉不琢，不成器。人不学，不知义。

为人子，方少时。亲师友，习礼仪。

香九龄，能温席。孝于亲，所当执。

融四岁，能让梨。弟于长，宜先知。

首孝悌，次见闻。知某数，识某文。

一而十，十而百。百而千，千而万。

三才者，天地人。三光者，日月星。

三纲者，君臣义。父子亲，夫妇顺。

曰春夏，曰秋冬。此四时，运不穷。

曰南北，曰西东。此四方，应乎中。

曰水火，木金土。此五行，本乎数。

十干者，甲至癸。十二支，子至亥。

曰黄道，日所躔。曰赤道，当中权。

赤道下，温暖极。我中华，在东北。

曰江河，曰淮济。此四渎，水之纪。

曰岱华，嵩恒衡。此五岳，山之名。

曰士农，曰工商。此四民，国之良。

曰仁义，礼智信。此五常，不容紊。

地所生，有草木。此植物，遍水陆。

有虫鱼，有鸟兽。此动物，能飞走。

稻粱菽，麦黍稷。此六谷，人所食。

马牛羊，鸡犬豕。此六畜，人所饲。

曰喜怒，曰哀惧。爱恶欲，七情具。

青赤黄，及黑白。此五色，目所识。

酸苦甘，及辛咸。此五味，口所含。

膻焦香，及腥朽。此五臭，鼻所嗅。

匏土革，木石金。丝与竹，乃八音。

曰平上，曰去入。此四声，宜调协。

高曾祖，父而身。身而子，子而孙。

自子孙，至玄曾。乃九族，人之伦。

父子恩，夫妇从。兄则友，弟则恭。

长幼序，友与朋。君则敬，臣则忠。

此十义，人所同。当师叙，勿违背。

参考译文

1.人之初,性本善。性相近,习相远。

【解释】人出生之初,禀性本身都是善良的,天性也都相差不多,只是由于后天所处的环境不同和所受教育不同,彼此的习性才形成了巨大的差别。

2.苟不教,性乃迁。教之道,贵以专。

【解释】如果从小不好好教育,善良的本性就会变坏。为了使人不变坏,最重要的方法就是要专心致志地去教育孩子。

3.昔孟母,择邻处。子不学,断机杼。

【解释】战国时,孟子的母亲曾三次搬家,是为了使孟子有个好的学习环境。一次孟子逃学,孟母就割断了织布的机上的梭子来教育孟子。

4.窦燕山,有义方。教五子,名俱扬。

【解释】五代时,燕山人窦禹钧教子有方,他教育的五个儿子都很有成就,同时科举成名。

5.养不教,父之过。教不严,师之惰。

【解释】仅仅是供养儿女吃穿,而不好好教育,是父亲的过错。只是教育,但不严格要求就是做老师的失职了。

6.子不学,非所宜。幼不学,老何为。

【解释】小孩子不肯好好学习,是很不应该的。一个人倘若小时候不好好学习,既不懂做人的道理,又无知识,那么到老的时候又能有什么作为呢?

7.玉不琢,不成器。人不学,不知义。

【解释】玉不打磨雕刻,不会成为精美的器物;人若是不学习,就不懂得仁义道理。

8.为人子,方少时。亲师友,习礼仪。

【解释】做儿女的,从小时候就要亲近老师和朋友,以便从他们那里学习到许多为人处事的礼节和知识。

9.香九龄,能温席。孝于亲,所当执。

【解释】东汉时有个人叫黄香,九岁时就知道孝敬父亲,替父亲暖被窝。这是每个孝顺父母的人都应该实行和效仿的。

10.融四岁,能让梨,弟于长,宜先知。

【解释】汉代人孔融四岁时,就知道把大的梨让给哥哥吃,这种尊敬和友爱兄长的道理,是每个人从小就应该知道的。"弟"通"悌",尊敬友爱。

11.首孝悌,次见闻。知某数,识某文。

【解释】一个人首先要学的是孝敬父母和兄弟友爱的道理,接下来是学习看到和听到的知识。并且要知道基本的算术和高深的数学,以及认识文字,阅读文学。

12.一而十,十而百。百而千,千而万。

【解释】中国采用十进位算术方法:一到十是基本的数字,然后十个十是一百,十个一百是一千,十个一千是一万……一直变化下去。

13.三才者,天地人。三光者,日月星。

【解释】还应该知道一些日常生活常识。如什么叫"三才"? 三才指的是天、地、人三个方面。什么叫"三光"? 三光就是太阳、月亮、星星。

14.三纲者,君臣义。父子亲,夫妇顺。

【解释】什么是"三纲"呢? 三纲是人与人之间关系应该遵守的三个行为准则,就是君王与臣子的言行要合乎义理,父母子女之间相亲相爱,夫妻之间和顺相处。

15.曰春夏,曰秋冬。此四时,运不穷。

【解释】春、夏、秋、冬叫作四季。季节不断变化,春去夏来,秋去冬来,如此循环往复,永不停止。

16.曰南北,曰西东。此四方,应乎中。

【解释】东、南、西、北称"四方",是指各个方向的位置。这四个方位,必须有个中央位置对应,才能把各个方位定出来。

17.曰水火,木金土。此五行,本乎数。

【解释】"五行",就是金、木、水、火、土。这是中国古代用来指宇宙各种事物的抽象概念,是根据一、二、三、四、五这五个数字和组合变化而产生的。

18.十干者,甲至癸。十二支,子至亥。

【解释】"十干"指的是甲、乙、丙、丁、戊、己、庚、辛、壬、癸,又叫"天干";"十二支"指的是子、丑、寅、卯、辰、巳、午、未、申、酉、戌、亥,又叫"地支",是古代计时的标记。

19.曰黄道,日所躔。曰赤道,当中权。

【解释】躔(chán)。太阳行走的轨迹叫作黄道,大地所在的平面位于中间,这个平面叫作赤道。根据中国古代天圆地方的宇宙观,不知道地球是球体,所说的赤道应该就指的是所生活的平面。

地球围绕太阳运转,而太阳又围绕着银河系中心运转。太阳运行的轨道叫"黄道",在地球中央有一条假想的与地轴垂直的大圆圈,这就是赤道。

20.赤道下,温暖极。我中华,在东北。

【解释】在赤道地区,温度最高,气候特别炎热,从赤道向南北两个方向,气温逐渐变低。中国地处地球的东北边。

21.曰江河,曰淮济。此四渎,水之纪。

【解释】中国的河流直接流入大海的有长江、黄河、淮河和济水,这四条大河是中国河流的代表。

22.曰岱华,嵩恒衡。此五岳,山之名。

【解释】中国的五大名山,称为"五岳",就是东岳泰山、西岳华山、中岳嵩山、南岳衡山、北岳恒山,这五座山是中国大山的代表。

23.曰士农,曰工商。此四民,国之良。

【解释】知识分子、农民、工人和商人,是国家不可缺少的栋梁,称为四民,这是社会重要的组成部分。

24.曰仁义,礼智信。此五常,不容紊。

【解释】如果所有的人都能以仁、义、礼、智、信这五种不变的法则作为处事做人的标准,社会就会永葆祥和,所以每个人都应遵守,不可怠慢疏忽。

25.地所生,有草木。此植物,遍水陆。

【解释】除了人类,在地球上还有花草树木,这些属于植物,在陆地上和水里到处都有。

26.有虫鱼,有鸟兽。此动物,能飞走。

【解释】虫、鱼、鸟、兽属于动物,这些动物有的能在天空中飞,有的能在陆地上走,有的能在水里游。

27.稻粱菽,麦黍稷。此六谷,人所食。

【解释】人类生活中的主食有的来自植物,像稻子、小麦、豆类、玉米和高粱,这些是日常生活的重要食品。

28.马牛羊,鸡犬豕。此六畜,人所饲。

【解释】在动物中有马、牛、羊、鸡、狗和猪,这叫六畜。这些动物和六谷一样本来都是野生的。后来被人们渐渐驯化后,才成为人类日常生活的必需品。

29.曰喜怒,曰哀惧。爱恶欲,七情俱。

【解释】高兴叫作喜,生气叫作怒,伤心叫作哀,害怕叫作惧,心里喜欢叫爱,讨厌叫恶,内心很贪恋叫作欲,合起来叫七情。这是人生下来就有的七种感情。

30.青赤黄,及黑白。此五色,目所识。

【解释】青色、黄色、赤色、黑色和白色,这是中国古代传统的五行中的五种颜色,是人们的肉眼能够识别的。

31.酸苦甘,及辛咸。此五味,口所含。

【解释】在平时所吃的食物中,全能用嘴巴分辨出来的,有酸、甜、苦、辣和咸这五种味道。

32.膻焦香,及腥朽。此五臭,鼻所嗅。

【解释】鼻子可以闻出东西的气味,气味主要有五种,即羊膻味、烧焦味、香味、鱼腥味和腐朽味。

33.匏土革,木石金。丝与竹,乃八音。

【解释】古代人把制造乐器的材料,分为八种,即匏瓜、黏土、皮革、木块、石头、金属、丝线与竹子,称为"八音"。

34.曰平上,曰去入。此四声,宜调协。

【解释】古代把说话声音的声调分为平、上、去、入四种。四声的运用必须和谐,听起来才能使人舒畅。

35.高曾祖,父而身。身而子,子而孙。

【解释】由高祖父生曾祖父,曾祖父生祖父,祖父生父亲,父亲生我,我生儿子,儿子再生孙子。

36.自子孙,至玄曾。乃九族,人之伦。

【解释】由自己的儿子、孙子再接下去,就是曾孙和玄孙。从高祖父到玄孙称为"九族"。这"九族"代表着人的长幼尊卑秩序和家族血统的承续关系。

37.父子恩,夫妇从。兄则友,弟则恭。

【解释】父亲与儿子之间要注重相互的恩情，夫妻之间的感情要和顺，哥哥对弟弟要友爱，弟弟对哥哥则要尊敬。

38.长幼序，友与朋。君则敬，臣则忠。

【解释】年长的和年幼的交往要注意长幼尊卑的次序；朋友相处应该互相讲信用。如果君主能尊重他的臣子，官吏们就会对他忠心耿耿了。

39.此十义，人所同。当师叙，勿违背。

【解释】前面提到的十义：父慈、子孝、夫和、妻顺、兄友、弟恭、朋信、友义、君敬、臣忠，这是人人都应遵守的，千万不能违背。

阅读贴士

《三字经》，是中国的传统启蒙教材。在中国古代经典当中，《三字经》是最浅显易懂的读本之一。《三字经》取材广范，包括中国传统文化的文学、历史、哲学、天文地理、人伦义理、忠孝节义等等，而核心思想又包括了"仁、义、诚、敬、孝"。背诵《三字经》的同时，就了解了常识、传统国学及历史故事以及故事内涵中的做人做事道理。

在格式上，三字一句朗朗上口，因其文通俗、顺口、易记等特点，使其与《百家姓》《千字文》并称为中国传统蒙学三大读物，合称"三百千"。《三字经》是中华民族珍贵的文化遗产，它短小精悍、朗朗上口，千百年来，家喻户晓，所谓"熟读《三字经》，可知千古事"。基于历史原因，《三字经》难免含有一些精神糟粕、艺术瑕疵，但其独特的思想价值和文化魅力仍然为世人所公认，被历代中国人奉为经典并不断流传。

❦
CHAPTER 6

廉耻

顾炎武

　　《五代史·冯道传·论》曰："礼义廉耻，国之四维，四维不张，国乃灭亡。"善乎，管生之能言也！礼义，治人之大法；廉耻，立人之大节。盖不廉则无所不取，不耻则无所不为。人而如此，则祸败乱亡，亦无所不至；况为大臣而无所不取，无所不为，则天下其有不乱，国家其有不亡者乎？然而四者之中，耻尤为要。故夫子之论士，曰："行己有耻。"孟子曰："人不可以无耻。无耻之耻，无耻矣。"又曰："耻之于人大矣，为机变之巧者，无所用耻焉。"所以然者，人之不廉，而至于悖礼犯义，其原皆生于无耻也。故士大夫之无耻，是谓国耻。

　　吾观三代以下，世衰道微，弃礼义，捐廉耻，非一朝一夕之故。然而松柏后凋于岁寒，鸡鸣不已于风雨，彼昏之日，固未尝无独醒之人也！顷读《颜氏家训》有云："齐朝一士夫尝谓吾曰：'我有一儿，年已十七，颇晓书疏，教其鲜卑语，及弹琵琶，稍欲通解，以此伏事公卿，无不宠爱。'吾时俯而不答。异哉，此人之教子也！若由此业自致卿相，亦不愿汝曹为之。"嗟乎！之推不得已而仕于乱世，犹为此言，尚有《小宛》诗人之意，彼阉然媚于世者，能无愧哉！

　　罗仲素曰：教化者，朝廷之先务；廉耻者，士人之美节；风俗者，天下之大事。朝廷有教化，则士人有廉耻；士人有廉耻，则天下有风俗。

古人治军之道，未有不本于廉耻者。《吴子》曰："凡制国治军，必教之以礼，励之以义，使有耻也。夫人有耻，在大足以战，在小足以守矣。"《尉缭子》言："国必有慈孝廉耻之俗，则可以死易生。"而太公对武王："将有三胜，一曰礼将，二曰力将，三约止欲将。故礼者，所以班朝治军而兔苴之武夫，皆本于文王后妃之化，岂有淫刍荛，窃牛马，而为暴于百姓者哉！"《后汉书》：张奂为安定属国都尉，"羌豪帅感奂恩德，上马二十匹，先零酋长又遗金镶八枚，奂并受之，而召主簿于诸羌前，以酒酹地曰：'使马如羊，不以入厩；使金如粟，不以入怀。'悉以金马还之。羌性贪而贵吏清，前有八都尉率好财货，为所患苦，及奂正身洁己，威化大行。"呜呼！自古以来，边事之败，有不始于贪求者哉？吾于辽东之事有感。

杜子美诗：安得廉颇将，三军同晏眠！一本作"廉耻将"。诗人之意，未必及此，然吾观《唐书》，言王似为武灵节度使，先是，吐蕃欲成乌兰桥，每于河壖先贮材木，皆为节帅遣人潜载之，委于河流，终莫能成。蕃人知似贪而无谋，先厚遗之，然后并役成桥，仍筑月城守之。自是朔方御寇不暇，至今为患，由似之黩货也。故贪夫为帅而边城晚开。得此意者，郢书燕说，或可以治国乎！

<u>参考译文</u>

《五代史·冯道传·论》道："礼义廉耻，国之四维，四维不张，国乃灭亡。"妙啊，管子真善于立论啊！礼义是治理人民的重要法则；廉耻，是为人立身的基本道德。大凡不廉便什么都可以拿；不耻便什么都可以做。人到了这种地步，那么灾祸、失败、逆乱、死亡，也就都随之而来了；何况身为大臣而什么都想要，什么都做，那么

天下哪有不乱,国家哪有不亡的呢? 然而在这四者之间,耻尤其重要。因此孔子在论及怎么才可以称为士,说道:"个人处世必须有耻。"孟子说:"人不可以没有耻,对可耻的事情不感到羞耻,便是无耻了。"又说:"耻对于人关系大极了,那些搞阴谋诡计耍花样的人,是根本谈不上耻的。"其所以如此,因为一个人的不廉洁,乃至于违犯礼义,推究其原因都产生在无耻上。因此(国家领袖人物)士大夫的无耻,可谓国耻。

我考察自三代以下,社会和道德日益衰微,礼义被抛弃,廉耻被掼在一边,不是一朝一夕的事了。但是凛冽的冬寒中有不凋的松柏,风雨如晦中有警世的鸡鸣,那些昏暗的日子中,未尝没有独具卓识的清醒者啊! 最近读到《颜氏家训》上有一段话说:"齐朝一个士大夫曾对我说:'我有一个儿子,年已十七岁,颇能写点文件书牍什么的,教他讲鲜卑话,也学弹琵琶,使之稍微通晓一点,用这些技能侍候公卿大人,到处受到宠爱。'我当时低首不答。怪哉,此人竟是这样教育儿子的! 倘若通过这些本领能使自己做到卿相的地位,我也不愿你们这样干。"哎! 颜之推不得已而出仕于乱世,尚且能说这样的话,还有《小宛》诗人的精神,那些卑劣地献媚于世俗的人,能不感到惭愧吗?

罗仲素说教化是朝廷急要的工作;廉耻是士人优良的节操,风俗是天下的大事。朝廷有教化,士人便有廉耻;士人有廉耻,天下才有良风美俗。

古人治军的原则,没有不以廉耻为本的。《吴子》说:"凡是统治国家和管理军队,必须教军民知道守礼,勉励他们守义,这是为了使之有耻。当人有了耻,从大处讲就能战攻,从小处讲就能退守了。"《尉缭子》说:"一个国家必须有慈孝廉耻的习尚,那就可以用牺牲去换得生存。"而太公望对答武王则说:"有三种将士能打胜仗,一是知礼的将士,二是有勇力的将士,三是能克制贪欲的将士。因为有礼,所以列朝治军者和粗野的武夫,都能遵循文王后妃的教化行事;难道还有欺凌平民、抢劫牛马,而对百姓实行残暴手段的吗?"《后汉书》上记载:张奂任安定属国都尉,"羌族的首领感激他的恩德,送上马二十匹,先零族的酋长又赠送他金环八枚,张奂一起收了下来,随即召唤属下的主簿在羌族众人的面前,以酒酹地道:'即使送我的马多得像羊群那样,我也不让它们进马厩;即使送我的金子多得如粟米,我也不放进我的口袋。'把金和马全部退还。羌人重视财物而尊重清廉的官吏,以前的八个都尉,大都贪财爱货,为羌人所怨恨,直到张奂,正直廉洁,威望教化才得到了发扬。"唉！自古以来，边疆局势的败坏，岂有不从贪求财货开始的吗？我对辽东的事件不能无感。

杜子美诗道："安得廉颇将，三军同晏眠！"有一种刻本作"廉耻将"。诗人本来的意思，未必想到这点，但我读《唐书》，讲到王佖做武灵节度使时，以前吐蕃人想造乌兰桥，每次在河边岸上事先堆积木材，都被节度使派人暗暗地运走木材，投入河流，桥始终没有造成。吐蕃人了解到王佖贪而无谋，先重重地贿赂了他，然后加紧赶工造成了桥，并且筑了小城防守。从此以后朔方防御侵掠的战事就没完没了，至今还成为边患，都是由于王佖的贪财引起的。所以贪财的人作将帅使边关到夜间也洞开着无人防守。懂得这个道理，即使是郢书燕说式的穿凿附会，或许也可以治国吧！

阅读贴士

顾炎武（1613—1682）汉族，苏州府昆山县（今江苏昆山）人，原名绛，字忠清。明亡后改名炎武，字宁人，亦自署蒋山佣。被尊称为亭林先生。明末清初著名的思想家、史地学家、语言学家。曾参加抗清斗争，后来致力于学术研究。晚年侧重经学的考证，考订古音，分古韵为十部。著有《日知录》《音学五书》等，他是清代古韵学的开山祖，成果累累；他对切韵学也有贡献，但不如他对古韵学贡献多。

CHAPTER 6

爱莲说

周敦颐

　　水陆草木之花，可爱者甚蕃。晋陶渊明独爱菊。自李唐来，世人甚爱牡丹；予独爱莲之出淤泥而不染，濯清涟而不妖，中通外直，不蔓不枝，香远益清，亭亭净植，可远观而不可亵玩焉。

　　予谓菊，花之隐逸者也；牡丹，花之富贵者也；莲，花之君子者也。噫！菊之爱，陶后鲜有闻；莲之爱，同予者何人？牡丹之爱，宜乎众矣！

参考译文

　　水里陆地上各种草木的花，值得喜爱的有很多。晋代的陶渊明只爱菊花。自从李氏的唐朝以来，世上的人们很喜欢牡丹。我唯独喜爱莲花，它从污泥里长出来却不沾染污秽，在清水里洗涤过，但是并不显得妖媚，荷梗中间贯通，外形挺直，既不生藤蔓，也没有旁枝。香气散播到远处，更加使人觉得清幽，笔直而洁净地立在那里，可以在远处观赏，但不能贴近去玩弄啊。

　　我认为菊花，是花中的隐士；牡丹，是花中的富贵者；莲花，是花中品德高尚的君子。唉！对于菊花的喜爱，陶渊明之后就很少听到了。喜爱莲花的人，与我一样的还有什么人呢？对于牡丹的喜爱，当然人数众多了！

阅读贴士

　　周敦颐（1017—1073），又名周元皓，原名周敦实，字茂叔，谥号元公，北宋道州营道楼田堡(今湖南省道县)人,世称濂溪先生。周敦颐是北宋五子之一,是宋朝儒家理学思想的开山鼻祖,文学家、哲学家,著有《周元公集》《爱莲说》《太极图说》《通书》(后人整编进《周元公集》)。他所提出的无极、太极、阴阳、五行、动静、主静、至诚、无欲、顺化等理学基本概念,为后世的理学家反复讨论和发挥,构成理学范畴体系中的重要内容。

《爱莲说》这篇散文通过对莲的形象和品质的描写,歌颂了莲花坚贞的品格,从而也表现了作者洁身自爱的高洁人格和洒落的胸襟。

抚今追昔

FUJINZHUIXI

中华经典美文选读

CHAPTER 7

离骚(节选)

屈原

长太息①以掩涕兮，哀民生②之多艰。余虽好③修姱以鞿羁兮，謇朝谇④而夕替。既替余以蕙纕⑤兮，又申⑥之以揽茝。亦余心之所善兮，虽九死⑦其犹未悔。怨灵修之浩荡⑧兮，终不察夫民心⑨。众女嫉余之蛾眉⑩兮，谣诼⑪谓余以善淫。固时俗之工巧兮，偭规矩⑫而改错。背绳墨⑬以追曲兮，竞周容以为度⑭。忳⑮郁邑余侘傺兮，吾独穷困乎此时也；宁溘死⑯以流亡兮，余不忍为此态也。鸷鸟⑰之不群兮，自前世而固然。何方圜⑱之能周兮，夫孰异道而相安？屈心而抑志兮，忍尤而攘诟⑲。伏⑳清白以死直兮，固前圣之所厚。

悔相㉑道之不察兮，延伫㉒乎吾将反。回朕车以复路兮，及行迷之未远。步余马于兰皋㉓兮，驰椒丘㉔且焉止息。进㉕不入以离尤兮，退将复修吾初服㉖。制芰㉗荷以为衣兮，集㉘芙蓉以为裳。不吾知其亦已㉙兮，苟余情其信芳㉚。高余冠之岌岌㉛兮，长余佩之陆离㉜。芳与泽其杂糅㉝兮，唯昭质㉞其犹未亏。忽反顾以游目㉟兮，将往观乎四荒㊱。佩缤纷㊲其繁饰兮，芳菲菲其弥章㊳。民生各有所乐兮，余独好修以为常。虽体解㊴吾犹未变兮，岂余心之可惩㊵。

随文注释

①太息:叹气。

②民:人。民生:万民的生存。

③好:喜欢。一说为衍文(见姜亮珍《屈原赋校注》引臧庸《拜经日记》)。

④谇(suì):进谏。

⑤纕(xiāng)佩带。

⑥申:重复。

⑦九死:极言其后果严重。

⑧浩荡:本义是大水横流的样子,比喻怀王骄横放纵。

⑨民心:人心。

⑩蛾眉:喻指美好的品德。

⑪谣诼(zhuó):楚方言,造谣诽谤。

⑫规矩:木匠使用的工具。规,用以定圆,矩,用以定方,这里指法度。

⑬绳墨:工匠用以取直的工具,这里比喻法度。

⑭竞:争相。周容:苟合取容。度:法则。

⑮忳(tún):忧愁、烦闷,副词,作"郁邑"的状语。

⑯溘死:忽然死去。

⑰鸷鸟:鹰隼一类性情刚猛的鸟。

⑱圜:同"圆"。

⑲攘诟:遭到耻辱。

⑳伏:通"服",保持。

㉑相:看,观察。

㉒延伫:长久站立。

㉓皋:水边高地。兰皋:生有兰草的水边之地。

㉔椒丘:长有椒树的山丘。

㉕进:指仕进。

㉖初服:未入仕前的服饰,喻指自己原来的志趣。

㉗芰(jì):菱叶。

㉘集：聚集。芙蓉：荷花。

㉙已：罢了；算了。

㉚信芳：真正芳洁。

㉛岌岌：高耸的样子。

㉜陆离：长长的样子。

㉝杂糅：掺杂集合。

㉞昭质：光明纯洁的品质。

㉟游目：纵目眺望。

㊱四荒：四方极远之地。

㊲缤纷：极言多，缤纷多彩。

㊳弥章：更加显著。章：同"彰"，明显。

㊴体解：肢解，犹言粉身碎骨。

㊵惩：惧怕。

阅读贴士

屈原（约前340—约前278），名平，字原，战国时期楚国人。屈原是我国伟大的爱国主义诗人，也是我国已知最早的著名诗人。代表作品有《离骚》《九歌》《天问》和《九章》等。作品中采用大量神话传说，文辞华丽，比喻新奇，想象奇特，情感浓烈，内涵深刻，充满了积极的浪漫主义精神。

屈原出身贵族，学识渊博，善于辞令，早年深受楚怀王信任，曾任左徒、三闾大夫等职。对外他主张联齐抗秦，对内则举贤授能，改革政治，变法图强。但屡遭保守势力诽谤、攻击。后被楚怀王疏远，复遭楚襄王放逐。最终因痛心国势日益危殆，理想无法实现，自投汨罗江而死，表现出了对弊政誓死抗争的精神。

❦

CHAPTER 7

生于忧患，死于安乐

孟子

孟子曰："舜发于畎亩之中，傅说举于版筑之间，胶鬲举于鱼盐之中，管夷吾举于士，孙叔敖举于海，百里奚举于市。

故天将降大任于是人也，必先苦其心志，劳其筋骨，饿其体肤，空乏其身，行拂乱其所为，所以动心忍性，曾益其所不能。

人恒过，然后能改；困于心，衡于虑，而后作；征于色，发于声，而后喻。入则无法家拂士，出则无敌国外患者，国恒亡。

然后知生于忧患而死于安乐也。"

参考译文

孟子说："舜从田野耕作之中被起用，傅说从筑墙的劳作之中得到提拔，胶鬲从贩鱼卖盐中被起用，管夷吾被从狱官手里救出来并受到任用，孙叔敖从海滨隐居的地方被起用，百里奚被从奴隶市场里赎买回来并被起用。

所以上天要把重任降临在某人的身上，必定要先磨练其人心志，以饥饿和困乏考验其人身形，扰乱其人业已开始的行动，目的就是要用上述这些艰难困苦来触动其人之心灵，坚韧其人之性格，增加其人原本没有的能力。

人常常犯错，然后才能改正；心内心忧困，思想阻塞，然后才能奋起；心绪显露在脸色上，表达在声音中，然后才能被人了解。一个国家，在内如果没有坚守法度的大臣和足以辅佐君王的贤士，在外没有与之匹敌的邻国和来自外国的祸患，就常常会有覆灭的危险。

这样，就知道忧愁患害足以使人生存，安逸享乐足以使人灭亡的道理了。

阅读贴士

《生于忧患，死于安乐》选自《孟子·告子下》，是一篇论证严密、雄辩有力的说理散文。作者先列举六位经过贫困、挫折的磨炼而终于担当大任的人的事例，证明忧患可以激励人奋发有为，磨难可以促使人有新成就。接着，作者从一个人的发展和一个国家的兴亡两个不同的角度进一步论证忧患则生、安乐则亡的道理。最后水到渠成，得出"生于忧患，而死于安乐"的结论。全文采用列举历史事例和讲道理相结合的写法，逐层推论，使文章紧凑，论证缜密；此外，文章多用排比句和对仗句，既使语气错落有致，又造成一种势不可当的气势，有力地增强了论辩的说服力。

孟子作为孔子之后儒家学派最重要的代表人物，把孔子的"仁"发展为"仁政"的学说，提出"民贵君轻"的思想，主张国君实行"仁政"，要与民"同乐"。孟子的思想学说就是著作《孟子》。《孟子》记载了孟子的言行，是一部对话体著作。其显著特点一是气势充沛，雄辩而色彩鲜明；二是善于以典型事例、比喻和寓言阐述事理。

❧

CHAPTER 7

谏逐客书

李斯

斯乃上书曰："臣闻吏议逐客，窃以为过矣。昔穆公求士，西取由余于戎，东得百里奚于宛；迎蹇叔于宋，求邳豹、公孙支于晋。此五子者，不产于秦，而穆公用之，并国二十，遂霸西戎。孝公用商鞅之法，移风易俗，民以殷盛，国以富强，百姓乐用，诸侯亲服，获楚、魏之师，举地千里，至今治强。惠王用张仪之计，拔三川之地，西并巴、蜀，北收上郡，南取汉中，包九夷，制鄢、郢，东据成皋之险，割膏腴之壤，遂散六国之纵，使之西面事秦，功施到今。昭王得范雎，废穰侯，逐华阳，强公室，杜私门，蚕食诸侯，使秦成帝业。此四君者，皆以客之功。由此观之，客何负于秦哉！向使四君却客而不内，疏士而不用，是使国无富利之实，而秦无强大之名也。

今陛下致昆山之玉，有随、和之宝，垂明月之珠，服太阿之剑，乘纤离之马，建翠凤之旗，树灵鼍之鼓。此数宝者，秦不生一焉，而陛下说之，何也？必秦国之所生然后可，则是夜光之璧，不饰朝廷；犀象之器，不为玩好；郑、卫之女不充后宫，而骏良駃騠不实外厩，江南金锡不为用，西蜀丹青不为采。所以饰后宫，充下陈，娱心意，说耳目者，必出于秦然后可，则是宛珠之簪，傅玑之珥，阿缟之衣，锦绣之饰不进于前，而随俗雅化，佳冶窈窕，赵女不立于侧也。夫击瓮叩缶弹筝搏髀，而歌呼呜呜快耳者，真秦之声也。郑、卫、桑间，韶虞、武、象者，异国之乐也。今弃击瓮而就郑、卫，退弹筝而取韶、虞，若是者何也？快意当前，适观而已矣。今取人则不然。不问可否，不论曲直，非秦者去，为客者逐。然则是所重者在乎色乐珠玉，而所轻者在乎人民也。此非所以跨海内、制诸侯之术也。

臣闻地广者粟多，国大者人众，兵强则士勇。是以泰山不让土壤，故能成其大；河海不择细流，故能就其深；王者不却众庶，故能明其德。是以地无四方，民无异国，四时充美，鬼神降福，此五帝、三王之所以无敌也。今乃弃黔首以资敌国，却宾客以业诸侯，使天下之士退而不敢西向，裹足不入秦，此所谓"借寇兵而赍盗粮"者也。夫物不产于秦，可宝者多；士不产于秦，而愿忠者众。今逐客以资敌国，损民以益雠，内自虚而外树怨于诸侯，求国之无危，不可得也。"

参考译文

李斯上书道："我听说官吏在商议驱逐客卿这件事，私下里认为是错误的。从前秦穆公寻求贤士，西边从西戎取得由余，东边从宛地得到百里奚，又从宋国迎来蹇叔，还从晋国招来丕豹、公孙支。这五位贤人，不生在秦国，而秦穆公重用他们，吞并国家二十多个，于是称霸西戎。秦孝公采用商鞅的新法，移风易俗，人民因此殷实，国家因此富强，百姓乐意为国效力，诸侯亲附归服，战胜楚国、魏国的军队，攻取土地上千里，至今政治安定，国力强盛。秦惠王采纳张仪的计策，攻下三川地区，西进兼并巴、蜀两国，北上收得上郡，南下攻取汉中，席卷九夷各部，控制鄢、郢之地，东面占据成皋天险，割取肥田沃土，于是拆散六国的合纵同盟，使他们朝西事奉秦国，功业延续到今天。昭王得到范雎，废黜穰侯，驱逐华阳君，加强、巩固了王室的权力，堵塞了权贵垄断政治的局面，蚕食诸侯领土，使秦国成就帝王大业。

这四位君主,都依靠了客卿的功劳。由此看来,客卿哪有什么对不住秦国的地方呢! 倘若四位君主拒绝远客而不予接纳,疏远贤士而不加任用,这就会使国家没有丰厚的实力,而让秦国没有强大的名声了。

　　陛下罗致昆山的美玉,宫中有随侯之珠,和氏之璧,衣饰上缀着光如明月的宝珠,身上佩戴着太阿宝剑,乘坐的是名贵的纤离马,树立的是以翠凤羽毛为饰的旗子,陈设的是蒙着灵鼍之皮的好鼓。这些宝贵之物,没有一种是秦国产的,而陛下却很喜欢它们,这是为什么呢?如果一定要是秦国出产的才许可采用,那么这种夜光宝玉,决不会成为秦廷的装饰;犀角、象牙雕成的器物,也不会成为陛下的玩好之物;郑、卫二地能歌善舞的女子,也不会填满陛下的后宫;北方的名骥良马,决不会充实到陛下的马厩里;江南的金锡不会为陛下所用,西蜀的丹青也不会作为彩饰。用以装饰后宫、广充侍妾、爽心快意、悦人耳目的所有这些都要是秦国生长、生产的然后才可用的话,那么点缀有珠宝的簪子,耳上的玉坠,丝织的衣服,锦绣的装饰,就都不会进献到陛下面前;那些娴雅变化而能随俗推移的妖冶美好的佳丽,也不会立于陛下的身旁。那敲击瓦器,拍髀弹筝,呜呜呀呀地歌唱,能快人耳目的,确真是秦国的地道音乐了;那郑、卫桑间的歌声,《韶虞》《武象》等乐曲,可算是外国的音乐了。如今陛下却抛弃了秦国地道的敲击瓦器的音乐,而取用郑、卫淫靡悦耳之音,不要秦筝而要《韶虞》,这是为什么呢? 难道不是因为外国音乐可以快意,可以满足耳目功能的需要吗?可陛下对用人却不是这样,不问是否可用,不管是非曲直,凡不是秦国的就要离开,凡是客卿都要驱逐。这样做就说明,陛下所看重的,只在珠玉声色方面;而所轻视的,却是人民士众。这不是能用来驾驭天下,制服诸侯的方法啊!

　　我听说田地广粮食就充足,国家大人口就多,武器精良将士就骁勇。因此,泰山不拒绝泥土,所以能成就它的高大;江河湖海不舍弃细流,所以能成就它的深邃;有志建立王业的人不嫌弃民众,所以能彰明他的德行。因此,土地不分东西南北,百姓不论异国它邦,那样便会一年四季富裕美好,天地鬼神降赐福运,这就是五帝、三王无可匹敌的缘故。抛弃百姓使之去帮助敌国,拒绝宾客使之去侍奉诸侯,使天下的贤士退却而不敢西进,裹足止步不入秦国,这就叫作'借武器给敌寇,送粮食给盗贼'啊。物品中不出产在秦国,而宝贵的却很多;贤士中不出生于秦,愿意效忠的很多。如今驱逐宾客来资助敌国,减损百姓来充实对手,内部自己造成空虚而外部在诸侯中构筑怨恨,那要谋求国家没有危难,是不可能的啊。"

阅读贴士

李斯(约前 284—前 208),李氏,名斯,字通古。战国末期楚国上蔡(今河南省驻马店市上蔡县芦冈乡李斯楼村)人。秦代著名的政治家、文学家和书法家。

李斯早年为郡小吏,后从荀子学帝王之术,学成入秦。初被吕不韦任以为郎。后劝说秦王政灭诸侯、成帝业,被任为长史。秦王采纳其计谋,遣谋士持金玉游说关东六国,离间各国君臣,又任其为客卿。秦王嬴政十年(前 237)由于韩人间谍郑国入秦,秦王下令驱逐六国客卿。李斯上《谏逐客书》阻止,被秦王所采纳,不久官为廷尉,在秦王嬴政灭六国的事业中起了较大作用。秦统一天下后,与王绾、冯劫议定尊秦王嬴政为皇帝,并制定有关的礼仪制度。被任为丞相。他建议拆除郡县城墙,销毁民间的兵器;反对分封制,坚持郡县制;又主张焚烧民间收藏的《诗》《书》等百家语,禁止私学,以加强中央集权的统治。还参与制定了法律,统一车轨、文字、度量衡制度。李斯政治主张的实施对中国和世界产生了深远的影响,奠定了中国两千多年政治制度的基本格局。

秦始皇死后,他与赵高合谋,伪造遗诏,迫令始皇长子扶苏自杀,立少子胡亥为二世皇帝。后为赵高所忌,于秦二世二年(前 208)被腰斩于咸阳闹市,并夷三族。

《谏逐客书》是李斯的一篇优秀古代公文,是应用写作法定公文研究的重要内容之一。这里的"书"不是书信,而是上书、奏章,为古代臣子向君主陈述政见的一种文体,是一种臣子向帝王逐条分析事理的公文名称,与"表"性质类似。该文能比较充分地体现公文的一些本质属性,正是这些公文本质属性形成了该文鲜明的特色。

文章先叙述自秦穆公以来皆以客致强的历史,说明秦若无客的辅助则未必强大的道理;然后列举各种女乐珠玉虽非秦地所产却被喜爱的事实作比,说明秦王不应该重物而轻人。文章立意高深,始终围绕"大一统"的目标,从秦王统一天下的高度立论,正反论证,利害并举,说明用客卿强国的重要性。此文理足词胜,雄辩滔滔,打动了秦王嬴政,使他收回逐客的成命,恢复了李斯的官职。

CHAPTER 7

长恨歌

白居易

汉皇重色思倾国，御宇多年求不得。

杨家有女初长成，养在深闺人未识。

天生丽质难自弃，一朝选在君王侧。

回眸一笑百媚生，六宫粉黛无颜色。

春寒赐浴华清池，温泉水滑洗凝脂。

侍儿扶起娇无力，始是新承恩泽时。

云鬓花颜金步摇，芙蓉帐暖度春宵。

春宵苦短日高起，从此君王不早朝。

承欢侍宴无闲暇，春从春游夜专夜。

后宫佳丽三千人，三千宠爱在一身。

金屋妆成娇侍夜，玉楼宴罢醉和春。

姊妹弟兄皆列土，可怜光彩生门户。

遂令天下父母心，不重生男重生女。

骊宫高处入青云，仙乐风飘处处闻。

缓歌慢舞凝丝竹，尽日君王看不足。

渔阳鼙鼓动地来，惊破霓裳羽衣曲。

九重城阙烟尘生，千乘万骑西南行。

翠华摇摇行复止，西出都门百余里。

六军不发无奈何，宛转娥眉马前死。

花钿委地无人收，翠翘金雀玉搔头。

君王掩面救不得，回看血泪相和流。

黄埃散漫风萧索，云栈萦纡登剑阁。

峨嵋山下少人行，旌旗无光日色薄。

蜀江水碧蜀山青，圣主朝朝暮暮情。

行宫见月伤心色，夜雨闻铃肠断声。

天旋地转回龙驭，到此踌躇不能去。

马嵬坡下泥土中，不见玉颜空死处。

君臣相顾尽沾衣，东望都门信马归。

归来池苑皆依旧，太液芙蓉未央柳。

芙蓉如面柳如眉，对此如何不泪垂？

春风桃李花开日，秋雨梧桐叶落时。

西宫南苑多秋草，落叶满阶红不扫。

梨园弟子白发新，椒房阿监青娥老。

夕殿萤飞思悄然，孤灯挑尽未成眠。

迟迟钟鼓初长夜，耿耿星河欲曙天。

鸳鸯瓦冷霜华重，翡翠衾寒谁与共？

悠悠生死别经年，魂魄不曾来入梦。

临邛道士鸿都客，能以精诚致魂魄。

为感君王辗转思，遂教方士殷勤觅。

排空驭气奔如电，升天入地求之遍。

上穷碧落下黄泉，两处茫茫皆不见。

忽闻海上有仙山，山在虚无缥缈间。

楼阁玲珑五云起，其中绰约多仙子。

中有一人字太真，雪肤花貌参差是。

金阙西厢叩玉扃，转教小玉报双成。

闻道汉家天子使，九华帐里梦魂惊。

揽衣推枕起徘徊，珠箔银屏迤逦开。

云鬓半偏新睡觉，花冠不整下堂来。

风吹仙袂飘飖举，犹似霓裳羽衣舞。

玉容寂寞泪阑干，梨花一枝春带雨。

含情凝睇谢君王，一别音容两渺茫。

昭阳殿里恩爱绝，蓬莱宫中日月长。

回头下望人寰处，不见长安见尘雾。

惟将旧物表深情，钿合金钗寄将去。

钗留一股合一扇，钗擘黄金合分钿。

但令心似金钿坚，天上人间会相见。

临别殷勤重寄词，词中有誓两心知。

七月七日长生殿，夜半无人私语时。

在天愿作比翼鸟，在地愿为连理枝。

天长地久有时尽，此恨绵绵无绝期。

参考译文

唐明皇偏好美色，当上皇帝后多年来一直在寻找美女，却都是一无所获。

杨家有个女儿刚刚长大，十分娇艳，养在深闺中，外人不知她美丽绝伦。

天生丽质、倾国倾城让她很难埋没世间，果然没多久便成为唐明皇身边的一个妃嫔。

她回眸一笑时，千姿百态、娇媚横生；六宫妃嫔，一个个都黯然失色。

春寒料峭时，皇上赐她到华清池沐浴，温润的泉水洗涤着凝脂一般的肌肤。

侍女搀扶她，如出水芙蓉软弱娉婷，由此开始得到皇帝恩宠。

鬓发如云脸似花，头戴金步摇，温暖的芙蓉帐里与皇上共度春宵。

只恨春宵尽短，一觉睡到太阳高高升起。君王深恋儿女情温柔乡，从此再也不早朝。

承受君欢侍君饮，忙得没有闲暇。春日陪皇上一起出游，晚上夜夜侍寝。

后宫中妃嫔不下三千人，却只有她独享皇帝的恩宠。

金屋中梳妆打扮，夜夜撒娇不离君王；玉楼上酒酣宴罢，醉意更添几许风韵。

兄弟姐妹都因她列土封侯，杨家门楣光耀令人羡慕。

于是使得天下的父母都改变了心意，变成重女轻男。

骊山华清宫内玉宇琼楼高耸入云，清风过处仙乐飘向四面八方。

轻歌曼舞多合拍，管弦旋律尽传神，君王终日观看，却百看不厌。

渔阳叛乱的战鼓声震耳欲聋，宫中停奏霓裳羽衣曲。

九重宫殿霎时尘土飞扬，君王带着群臣美眷向西南逃亡。

车队走走停停，到了距长安百余里的马嵬坡。

六军停滞不前，要求赐死杨玉环。君王无可奈何，只得在马嵬坡下缢杀杨玉环。

贵妃头上的饰品丢弃在地上无人收拾。首饰金雀钗玉簪等珍贵头饰一根根。

君王欲救不能掩面而泣，回头看贵妃惨死的场景，血泪止不住地流。

秋风萧索扫落叶，黄土尘埃已消遁，回环曲折穿栈道，车队踏上了剑阁古道。

峨眉山下行人稀少，旌旗无色，日月无光。

蜀地山清水秀，引得君王相思情。行宫里望月满目凄然，雨夜听到铃声就断肠痛苦。

叛乱平息后，君王重返长安，路过马嵬坡，睹物思人，徘徊不前。

萋萋马嵬坡下，荒凉黄冢中，佳人容颜再不见，唯有坟茔躺山间。

君臣相顾，泪湿衣衫，东望京都心伤悲，信马由缰归朝堂。

回来一看，池苑依旧，太液池边芙蓉仍在，未央宫中垂柳未改。

芙蓉开得像玉环的脸，柳叶儿好似她的眉，此情此景如何不心生悲戚？

春风吹开桃李花，物是人非不胜悲；秋雨滴落梧桐叶，场面寂寞更惨凄。

兴庆官和甘露殿，处处萧条，秋草丛生。宫内落叶满台阶，长久不见有人扫。

梨园歌舞戏子头发已雪白，椒房侍从宫女红颜尽褪。

晚上宫殿中流萤飞舞，孤灯油尽君王仍难以入睡。

细数迟缓钟鼓声，愈数愈觉夜漫长。遥望耿耿星河天，直到东方吐曙光。

鸳鸯瓦上霜花重生，冰冷的翡翠被里谁与君王同眠？

阴阳相隔已一年，为何你从未在我梦里来过？

临邛道士正客居长安，据说他能以法术招来贵妃魂魄。

君王思念贵妃的情意令他感动。他接受皇命，不敢怠慢，殷勤地寻找，八面御风。

驾驭云气入空中，横来直去如闪电，升天入地遍寻天堂地府，都毫无结果。

忽然听说海上有一座被白云围绕的仙山。

玲珑剔透楼台阁，五彩祥云承托起。天仙神女数之不尽，个个风姿绰约。

当中有一人字太真，肌肤如雪貌似花，好像就是君王要找的杨贵妃。

道士来到金阙西边，叩响玉石雕做的院门轻声呼唤，仙府庭院重重须经辗转通报。

太真听说君王的使者到了，从帐中惊醒。穿上衣服推开枕头出了睡帐。逐次地打开屏风放下珠帘。

半梳着云鬓刚刚睡醒，来不及梳妆就走下坛来，还歪带着花冠。

轻柔的仙风吹拂着衣袖微微飘动，就像霓裳羽衣的舞姿，袅袅婷婷。

寂寞忧愁颜面上泪水长流，犹如春天带雨的梨花。

含情凝视天子使者，托他深深谢君王。马嵬坡上长别后，音信颜容两渺茫。

昭阳殿里的姻缘早已隔断，蓬莱宫中的孤寂时间还很漫长。

回头俯视人间,长安已隐,只剩尘雾。

只有用当年的信物表达我的深情,钿盒金钗你带去给君王做纪念。

金钗留下一股,钿盒留下一半,金钗劈开黄金,钿盒分了宝钿。

但愿我们相爱的心就像黄金宝钿一样忠贞坚硬,天上人间总有机会再见。

临别殷勤托方士,寄语君王表情思,语中誓言只有君王与我知。

当年七月七日长生殿中,夜半无人,我们共起山盟海誓。

在天愿为比翼双飞鸟,在地愿为并生连理枝。

即使是天长地久也总会有尽头,但这生死遗恨却永远没有尽期。

阅读贴示

这是一首被誉为千古绝唱的长篇叙事诗,作于唐宪宗元和元年(806)十二月。白居易时年三十五岁,任盩厔(hōu zhì 今陕西周至)县尉。一天,他与在当地结识的秀才陈鸿、王质夫同游仙游寺,谈起五十多年前的天宝往事。唐玄宗与杨贵妃的爱情悲剧及相关遗闻传说,让三人不胜感慨。他们唯恐这一希代之事,与时消没,不闻于世,王质夫遂提议,由擅长抒情的白居易为之作歌,由陈鸿为之写传奇小说《长恨歌传》。于是,诗、传一体,相得益彰。

❧

CHAPTER 7

吊古战场文

李华

　　浩浩乎，平沙无垠，复不见人。河水萦带，群山纠纷。黯兮惨悴，风悲日曛。蓬断草枯，凛若霜晨。鸟飞不下，兽铤亡群。亭长告余曰："此古战场也。常覆三军，往往鬼哭，天阴则闻。"伤心哉！秦欤汉欤？将近代欤？

　　吾闻夫齐魏徭戍，荆韩召募。万里奔走，连年暴露。沙草晨牧，河冰夜渡。地阔天长，不知归路。寄身锋刃，腷臆谁诉？秦汉而还，多事四夷；中州耗斁，无世无之。古称戎夏，不抗王师。文教失宣，武臣用奇；奇兵有异于仁义，王道迂阔而莫为。呜呼噫嘻！

　　吾想夫北风振漠，胡兵伺便。主将骄敌，期门受战。野竖旌旗，川回组练。法重心骇，威尊命贱。利镞穿骨，惊沙入面。主客相搏，山川震眩；声析江河，势崩雷电。至若穷阴凝闭，凛冽海隅，积雪没胫，坚冰在须。鸷鸟休巢，征马踟蹰。缯纩无温，堕指裂肤。当此苦寒，天假强胡。凭陵杀气，以相剪屠。径截辎重，横攻士卒。都尉新降，将军覆没。尸踣巨港之岸，血满长城之窟。无贵无贱，同为枯骨，可胜言哉！鼓衰兮力尽，矢竭兮弦绝，白刃交兮宝刀折，两军蹙兮生死决。降矣哉，终身夷狄。战矣哉，暴骨沙砾。鸟无声兮山寂寂，夜正长兮风浙浙；魂魄结兮天沉沉，鬼神聚兮云幂幂。日光寒兮草短，月色苦兮霜白。伤心惨目，有如是耶！

吾闻之：牧用赵卒，大破林胡；开地千里，遁逃匈奴。汉倾天下，财殚力痛。任人而已，岂在多乎？周逐猃狁，北至太原，既城朔方，全师而还。饮至策勋，和乐且闲，穆穆棣棣，君臣之间。秦起长城，竟海为关。茶毒生灵，万里朱殷。汉击匈奴，虽得阴山，枕骸遍野，功不补患。

苍苍蒸民，谁无父母？提携捧负，畏其不寿。谁无兄弟？如足如手；谁无夫妇？如宾如友。生也何恩，杀之何咎？其存其没，家莫闻知。人或有言，将信将疑。悁悁心目，寤寐见之。布奠倾觞，哭望天涯。天地为愁，草木凄悲。吊祭不至，精魂何依？必有凶年，人其流离。

呜呼噫嘻！时耶命耶？从古如斯！为之奈何？守在四夷。

参考译文

　　广大辽阔的无边无际的沙漠啊，极目远望看不到人影。河水弯曲得像带子一般，远处无数的山峰交错在一起，一片阴暗凄凉的景象：寒风悲啸，日色昏黄，飞蓬折断，野草枯萎，寒风凛冽犹如降霜的冬晨。鸟儿飞过也不肯落下，离群的野兽奔窜而过。亭长告诉我说："这儿就是古代的战场，曾经有部队在这里全军覆没。每逢阴天就会听到有鬼哭的声音。"真令人伤心啊！这是秦朝、汉朝，还是近代的事情呢？

　　我听说战国时期，齐魏征集壮丁服役，楚韩募集兵员备战。士兵们奔走万里边疆，年复一年暴露在外，早晨寻找沙漠中的水草放牧，夜晚穿涉结冰的河流。地远天长，不知道哪里是归家的道路。性命寄托于刀枪之间，苦闷的心情向谁倾诉？自从秦汉以来，四方边境上战争频繁，中原地区的损耗破坏，也无时不有。古时称说，外夷中夏，都不和帝王的军队为敌；后来不再宣扬礼乐教化，武将们就使用奇兵诡计。奇兵不符合仁义道德,王道被认为迂腐不切实际,谁也不去实行。

唉哟哟! 我想象北风摇撼着沙漠,胡兵乘机来袭。主将骄傲轻敌,敌兵已到营门才仓促接战。原野上竖起各种战旗,河谷地奔驰着全副武装的士兵。严峻的军法使人惊胆战,当官的威权重大,士兵的性命微贱。锋利的箭镞穿透骨头,飞扬的沙砾直扑人面。敌我两军激烈搏斗,山川也被震动,使人头昏眼花。声势之大,足以使江河分裂,雷电奔掣。

何况正值极冬,空气凝结,天地闭塞,寒气凛冽的翰海边上,积雪陷没小腿,坚冰冻住胡须。凶猛的鸷鸟躲在巢里休息,惯战的军马也徘徊不前。棉衣毫无暖气,人冻得手指掉落,肌肤开裂。在这苦寒之际,老天假借强大的胡兵之手,凭仗寒冬肃杀之气,来斩伐屠戮我们的士兵,半途中截取军用物资,拦腰冲断士兵队伍。都尉刚刚投降,将军又复战死。尸体堆积在大港沿岸,鲜血淌满了长城下的窟穴。无论高贵或是卑贱,同样成为枯骨。说不完的凄惨哟! 鼓声微弱啊,战士已经精疲力竭;箭已射尽啊,弓弦也断绝。白刃相交肉搏啊,宝刀已折断;两军迫近啊,以生死相决。投降吧? 终身将沦于异族;战斗吧? 尸骨将暴露于沙漠! 鸟儿无声啊群山沉寂,漫漫长夜啊悲风淅淅,阴魂凝结啊天色昏暗,鬼神聚集啊阴云厚积。日光惨淡啊映照着短草,月色凄苦啊笼罩着白霜。人间还有像这样令人伤心惨目的景况吗?

我听说过,李牧统率赵国的士兵,大破林胡的入侵,开辟疆土千里,匈奴望风远逃。而汉朝倾全国之力和匈奴作战,反而民穷财尽,国力削弱。关键是任人得当,哪在于兵多呢! 周朝驱逐猃狁,一直追到太原,在北方筑城防御,尔后全军凯旋,在宗庙举行祭祀和饮宴,记功授爵,大家和睦愉快而又安适。君臣之间,端庄和蔼,恭敬有礼。而秦朝修筑长城,直到海边都建起关塞,残害了无数的人民,血流得很远很远。汉朝出兵攻打匈奴,虽然占领了阴山,但阵亡将士骸骨遍野,互相枕藉,实在是得不偿失。

苍天所生众多的人民,谁没有父母? 从小拉扯带大,抱着背着,唯恐他们夭折。谁没有亲如手足的兄弟? 谁没有相敬如宾友的妻子? 他们活着受过什么恩惠? 又犯了什么罪过而遭杀害? 他们的生死存亡,家中无从知道;即使听到有人传讯,也是疑信参半。整日忧愁郁闷,夜间音容入梦。不得已只好陈列祭品,酹酒祭奠,望远痛哭。天地为之忧愁,草木也含悲伤。这样不明不白的吊祭,不能为死者在天之灵所感知,他们的精魂也无所归依。何况战争之后,一定会出现灾荒,人民难免流离失所。唉唉！这是时势造成，还是命运招致呢？从古以来就是如此！怎样才能避免战争呢？唯有宣扬教化，施行仁义，才能使四方民族为天子守卫疆土啊。

阅读贴士

李华(715—774)，字遐叔，赵郡赞皇(今属河北)人，唐代散文家。735 年(开元二十三年)进士，743 年(天宝二年)登博学鸿辞科，官监察御使、右补阙。安禄山陷长安时，被迫任凤阁舍人。"安史之乱"平定后，贬为杭州司户参军。次年，因风痹去官，后又托病隐居山阳以终，信奉佛法。774 年(唐代宗大历九年)病故。与萧颖士齐名，世称"萧李"。并与萧颖士、颜真卿等共倡古义，开韩、柳古文运动之先河。他的文章"大抵以五经为泉源"，"非夫子之旨不书"。主张"尊经""载道"。其传世名篇有《吊古战场文》。后人辑有《李遐叔文集》四卷。

《吊古战场文》是李华"极思研摧"的力作，以凭吊古战场起兴，中心是主张实行王道，以仁德礼义悦服远人，达到天下一统。在对待战争的观点上，主张兴仁义之师，有征无战，肯定反侵略战争，反对侵略战争。文中把战争描绘得十分残酷凄惨，旨在唤起各阶层人士的反战情绪，以求做到"守在四夷"，安定边防，具有强烈的针对性。虽用骈文形式，但文字流畅，情景交融，主题鲜明，寄意深切，为古今传诵的名篇。

CHAPTER 7

金陵五题

刘禹锡

　　余少为江南客，而未游秣陵，尝有遗恨。后为历阳守，跂而望之。适有客以《金陵五题》相示，逌尔生思，欻然有得。他日友人白乐天掉头苦吟，叹赏良久，且曰《石头》诗云"潮打空城寂寞回"，吾知后之诗人，无复措词矣。余四咏虽不及此，亦不孤乐天之言耳。

石头城①

山围故国周遭在②，潮打空城③寂寞回。

淮水东边旧时月④，夜深还过女墙⑤来。

乌衣巷⑥

朱雀桥⑦边野草花，乌衣巷口夕阳斜。

旧时王谢堂前燕⑧，飞入寻常百姓家。

台城⑨

台城六代竞豪华，结绮临春⑩事最奢。

万户千门成野草，只缘一曲后庭花⑪。

生公⑫讲堂

生公说法鬼神听，身后空堂夜不扃⑬。

高坐寂寥尘漠漠，一方明月可中庭⑭。

江令宅⑮

南朝词臣北朝客，归来唯见秦淮碧。

池台竹树三亩馀，至今人道江家宅。

随文注释

①石头城：故址在今南京西清凉山一带，三国时期孙吴曾依石壁筑城，称石头城。

②山围：四周环山。故国：故都，这里指石头城。周遭：周匝，这里指石头城四周残破的遗址。

③潮：指长江江潮。空城：指荒凉空寂的残破城垣。

④淮水：流经金陵城内的秦淮河，为六朝时期游乐的繁华场所。旧时：昔日，指六朝时。

⑤女墙：城上的矮墙，即城垛。

⑥乌衣巷：金陵城内街名，位于秦淮河之南，与朱雀桥相近。三国时期吴国曾设军营于此，军士都穿黑衣，故名。

⑦朱雀桥：六朝时金陵正南朱雀门外横跨秦淮河的大桥，在今江苏省南京市江宁区。

⑧王谢：王导、谢安，晋相，世家大族，贤才众多，皆居巷中，冠盖簪缨，为六朝巨室。旧时王谢之家庭多燕子。至唐时，则皆衰落不知其处。

⑨台城：六朝时的禁城（宫城），又称"苑城"，是当时的皇帝用于办公居住的场所，其遗址在今南京玄武湖南岸、鸡鸣寺之后。

⑩结绮临春：结绮阁和临春阁，陈后主（陈叔宝）建造的两座穷极奢华的楼阁。

⑪后庭花：乐府清商曲吴声歌曲名。本名《玉树后庭花》，南朝陈后主制。其辞

轻荡,而其音甚哀,故后多用以称亡国之音。

⑫生公:晋末宋初高僧竺道生的尊称。相传生公曾于苏州虎丘寺立石为徒,讲《涅盘经》。至微妙处,石皆点头。

⑬扃(jiōng):上闩,关门。

⑭一方:犹言一片。可:正,恰恰。中庭:院子。

⑮江令宅:陈代的亡国宰相江总的家宅。江总字总持,是陈朝后宫"狎客",宫体艳诗的代表诗人之一。

阅读贴士

刘禹锡(772—842),唐代文学家、哲学家。字梦得,洛阳(今属河南)人,自言系出中山(治今河北定县)。贞元间擢进士第,登博学宏词科。授监察御史。曾参加王叔文集团,反对宦官和藩镇割据势力。失败后被贬朗州司马,连州刺史。后以裴度力荐,任太子宾客,加检校礼部尚书。世称刘宾客。和柳宗元交谊甚深,人称"刘柳";又与白居易多所唱和,并称"刘白"。其诗通俗清新,善用比兴手法寄托政治内容。《竹枝词》《柳枝词》和《插田歌》等组诗,富有民歌特色,为唐诗中别开生面之作。有《刘梦得文集》。

汉献帝建安十七年(212),孙权将统治中心自京口迁至秣陵,改名建业,取其"建功立业"之意。魏太和三年(229),孙权在此正式称帝,与曹操、刘备三分天下。其后,东晋和宋、齐、梁、陈等王朝相继在此建都,历史上称这段时期为"六朝"(229—589)。这些朝代国祚极短,又极尽奢侈豪华之能事。后代诗人面对"王气黯然收"之后的金陵,想象秦淮河上金粉浮动、光影飘摇的往昔,常常为之感喟唏嘘,"金陵怀古"遂成为咏史诗中的一个专题。刘禹锡的《金陵五题》是写得早而又写得好的诗篇,在主题、意象、语汇诸多方面,都对后代产生深远影响。

《金陵五题》分别吟咏石头城、乌衣巷、台城、生公讲堂和江令宅,实际上是从不同角度、不同侧面着笔,反复表现"兴亡"这一核心主题。

CHAPTER 7

桂枝香·金陵怀古①

王安石

　　登临送目②，正故国③晚秋，天气初肃④。千里澄江似练⑤，翠峰如簇⑥。征帆去棹⑦残阳里，背西风，酒旗斜矗⑧。彩舟云淡，星河鹭起⑨，画图难足⑩。

　　念往昔，繁华竞逐⑪，叹门外楼头⑫，悲恨相续⑬。千古凭高⑭对此，谩嗟荣辱⑮。六朝旧事随流水⑯，但寒烟衰草凝绿。至今商女⑰，时时犹唱，后庭遗曲⑱。

随文注释

①桂枝香：词牌名，又名"疏帘淡月"，首见于王安石此作。金陵：今江苏南京。

②登临送目：登山临水，举目望远。送目：远目，望远。

③故国：即故都，旧时的都城。

④初肃：天气刚开始萧肃。肃，萎缩，肃杀，形容草木枯落，天气寒而高爽。

⑤千里澄江似练：形容长江像一匹长长的白绢。语出谢朓《晚登三山还望京邑》："余霞散成绮，澄江静如练。"澄江，清澈的长江。练，白色的绢。

⑥如簇：这里指群峰好像丛聚在一起。簇，丛聚。

⑦征帆去棹(zhào)：往来的船只。棹，划船的一种工具，形似桨，也可引申为船。

⑧斜矗：斜插。矗，直立。

⑨"彩舟"两句：意谓结彩的画船行于薄雾迷离之中，犹在云内；华灯映水，繁星交辉，白鹭翩飞。星河，银河，这里指长江。鹭，白鹭，一种水鸟。

⑩画图难足：用图画也难以完美地表现它。难足：难以完美地表现出来。

⑪繁华竞逐：（六朝的达官贵人）争着过豪华的生活。竞逐：竞相仿效追逐。

⑫门外楼头：指南朝陈亡国惨剧。语出杜牧《台城曲》："门外韩擒虎，楼头张丽华。"说的是公元589年，韩擒虎作为隋朝开国大将，统兵伐陈，他已带兵来到金陵朱雀门（南门）外，陈后主尚与他的宠妃张丽华于结绮阁上寻欢作乐。陈后主、张丽华被韩擒虎俘获，陈亡于隋。门，指朱雀门。楼，指结绮阁。

⑬悲恨相续：指六朝亡国的悲剧，接连发生。

⑭凭高：登高。这是说作者登上高处远望。

⑮谩嗟荣辱：空叹历朝兴衰。荣：兴盛。辱：灭亡。这是作者的感叹。

⑯"六朝"两句：意谓六朝的往事像流水般消逝了，如今只有寒烟笼罩衰草，凝成一片暗绿色，而繁华无存了。六朝：指三国吴、东晋、南朝宋、齐、梁、陈六个朝代。它们都建都金陵。

⑰商女：酒楼茶坊的歌女。

⑱后庭遗曲：指歌曲《玉树后庭花》，传为陈后主所作，其辞哀怨绮靡，后人将它看成亡国之音。最后三句化用杜牧《泊秦淮》"商女不知亡国恨，隔江犹唱《后庭花》"诗意。

阅读贴士

王安石（1021—1086），字介甫，号半山，汉族，临川（今江西抚州市临川区）人，北宋著名的思想家、政治家、文学家、改革家，唐宋八大家之一。王安石历任扬州签判、鄞县知县、舒州通判等职，政绩显著。熙宁二年（1069），任参知政事，次年拜相，主持变法。因守旧派反对，熙宁七年（1074）罢相。一年后，宋神宗再次起用，旋又罢相，退居江宁。元祐元年（1086），保守派得势，新法皆废，郁然病逝于钟山（今江苏南京），追赠太傅。绍圣元年（1094），获谥"文"，故世称王文公。

此词通过对金陵（今江苏南京）景物的赞美和历史兴亡的感喟，寄托了作者对当时朝政的担忧和对国家政治大事的关心。上阕写登临金陵故都之所见。"澄江"

"翠峰""征帆""残阳""酒旗""西风""云淡""鹭起",依次勾勒水、陆、空的雄浑场面,境界苍凉。下阕写在金陵之所想。"念"字作转折,今昔对比,时空交错,虚实相生,对历史和现实表达出深沉的抑郁和沉重的叹息。全词情景交融,境界雄浑阔大,风格沉郁悲壮,把壮丽的景色和历史内容和谐地融合在一起,自成一格,堪称名篇。

CHAPTER 7

前赤壁赋

苏轼

壬戌之秋，七月既望，苏子与客泛舟，游于赤壁之下。清风徐来，水波不兴。举酒属客，诵明月之诗，歌窈窕之章。少焉，月出于东山之上，徘徊于斗牛之间。白露横江，水光接天。纵一苇之所如，凌万顷之茫然。浩浩乎如冯虚御风，而不知其所止；飘飘乎如遗世独立，羽化而登仙。

于是饮酒乐甚，扣舷而歌之。歌曰："桂棹兮兰桨，击空明兮溯流光。渺渺兮予怀，望美人兮天一方。"客有吹洞箫者，倚歌而和之。其声呜呜然，如怨如慕，如泣如诉，余音袅袅，不绝如缕。舞幽壑之潜蛟，泣孤舟之嫠妇。

苏子愀然，正襟危坐，而问客曰："何为其然也？"客曰："'月明星稀，乌鹊南飞'，此非曹孟德之诗乎？西望夏口，东望武昌。山川相缪，郁乎苍苍，此非孟德之困于周郎者乎？方其破荆州，下江陵，顺流而东也，舳舻千里，旌旗蔽空，酾酒临江，横槊赋诗，固一世之雄也，而今安在哉？况吾与子渔樵于江渚之上，侣鱼虾而友麋鹿，驾一叶之扁舟，举匏樽以相属。寄蜉蝣于天地，渺沧海之一粟。哀吾生之须臾，羡长江之无穷。挟飞仙以遨游，抱明月而长终。知不可乎骤得，托遗响于悲风。"

苏子曰："客亦知夫水与月乎？逝者如斯，而未尝往也；盈虚者如彼，而卒莫消长也。盖将自其变者而观之，则天地曾不能以一瞬；自其不变者而观之，则物与我皆无尽也，而又何羡乎？且夫天地之间，物各有主，苟非吾之所有，虽一毫而莫取。惟江上之清风，与山间之明月，耳得之而为声，目遇之而成色，取之无禁，用之不竭，是造物者之无尽藏也，而吾与子之所共适。"

客喜而笑，洗盏更酌。肴核既尽，杯盘狼藉。相与枕藉乎舟中，不知东方之既白。

参考译文

宋神宗元丰五年（1082）秋天，七月十六日，我与客人在赤壁下泛舟游玩。清风阵阵拂来，江面波澜不起。举起酒杯向同伴劝酒，吟诵《诗经·陈风·月出》中"窈窕"这一章。不一会儿，明月从东山后升起，在斗宿与牛宿之间徘徊。白茫茫的雾气笼罩着江面，水光连着天际。任凭苇叶般的小船在茫茫的江面自由漂着。前进时就好像凌空乘风而行，并不知道哪里才会停栖，感觉身轻得似要离开尘世飘飞而去，有如道家羽化成仙。

在这时喝酒喝得非常高兴，敲着船边唱起歌来。歌中唱到："桂木船棹啊香兰船桨，击打着月光下的清波，在泛着月光的水面逆流而上。我的情思啊悠远茫茫，眺望美人啊，却在天的另一方。"有会吹洞箫的客人，配着节奏为歌声伴和，洞箫的声音呜呜咽咽：有如哀怨有如思慕，既像啜泣也像倾诉，余音在江上回荡，像细丝一样连续不断。能使深谷中的蛟龙为之起舞，能使孤舟上的寡妇为之饮泣。

我的神色也愁惨起来，整好衣襟坐端正，向客人问道："箫声为什么这样哀怨呢？"客人回答："'月明星稀，乌鹊南飞'，这不是曹公孟德的诗么？这里向西可以望到夏口，向东可以望到武昌，山河接壤连绵不绝，目力所及，一片郁郁苍苍。这不正是曹孟德被周瑜所围困的地方么？当初他攻陷荆州，夺得江陵，沿长江顺流东下，麾下的战船首尾相连延绵千里，旗子将天空全都蔽住，面对大江斟酒，横执长矛吟诗，本来是当世的一位英雄人物，然而现在又在哪里呢？何况我与你在江中的小洲打渔砍柴,以鱼虾为侣,以麋鹿为友,在江上驾着这一叶小舟,举起杯盏相互敬酒,如同蜉蝣置身于广阔的天地中,像沧海中的一粒粟米那样渺小。唉,哀叹我们的一生只是短暂的片刻,不由羡慕长江的没有穷尽。想要携同仙人携手遨游各地,与明月相拥而永存世间。知道这些终究不能实现,只得将憾恨化为箫音,托寄在悲凉的秋风中罢了。"

我问道:"你可也知道这水与月?时间流逝就像这水,其实并没有真正逝去;时圆时缺的就像这月,终究没有增减。可见,从事物易变的一面看来,那么天地间万事万物时刻在变动,连一眨眼的工夫都不停止;而从事物不变的一面看来,万物同我们来说都是永恒的,又有什么可羡慕的呢?何况天地之间,万物各有主宰者,若不是自己应该拥有的,即使一分一毫也不能求取。只有江上的清风以及山间的明月,听到便成了声音,进入眼帘便绘出形色,取得这些不会有人禁止,感受这些也不会有竭尽的忧虑。这是大自然恩赐的没有穷尽的宝藏,我和你可以共同享受。"

客人高兴地笑了,洗净酒杯重新斟酒。菜肴果品都已吃完,杯子盘子杂乱一片。大家互相枕着垫着睡在船上,不知不觉东方已经露出白色的曙光。

阅读贴士

苏轼(1037—1101),字子瞻,号东坡居士,谥"文忠",眉州(今四川眉山)人。北宋著名文学家。他在诗、词、散文、书法、佛教甚至是饮食方面都有很高的造诣。其文与欧阳修齐名,并称"欧苏",为唐宋八大家之一;其诗与黄庭坚齐名,并称"苏黄";其词与辛弃疾齐名,并称"苏辛"。与父亲苏洵、弟弟苏辙,合称"三苏"。有《苏东坡集》《东坡乐府》。

文中所记的"赤壁",是黄州(今湖北黄冈)的赤鼻矶,当地人因音近而误称为赤壁,这和历史上著名的三国赤壁大战旧址是完全不同的地方。苏轼只是有意借题发挥,抒写自己在黄州时期复杂的思想感情。元丰二年(1079)八月,苏轼因"乌台诗案"被加以诽谤朝廷的罪名,被捕入狱。后经多方营救,于当年十二月被释放,贬为黄州团练副使,他来这里后,多次游览赤鼻矶,写下了前、后《赤壁赋》及《赤壁怀古》等名篇。本篇写于元丰五年(1082)的七月十五日,它反映了作者在这段失意时期的复杂心态。

CHAPTER 7

念奴娇·赤壁怀古①

苏轼

大江②东去，浪淘③尽，千古风流人物④。故垒⑤西边，人道是：三国周郎⑥赤壁。乱石穿空，惊涛拍岸，卷起千堆雪⑦。江山如画，一时多少豪杰。

遥想⑧公瑾当年，小乔初嫁了⑨，雄姿英发⑩。羽扇纶巾⑪，谈笑间，樯橹⑫灰飞烟灭。故国神游⑬，多情应笑我，早生华发⑭。人生如梦，一尊还酹江月⑮。

随文注释

①念奴娇：词牌名。又名"百字令""酹江月"等。赤壁：此指黄州赤壁，一名"赤鼻矶"，在今湖北黄冈西。而三国古战场的赤壁，文化界认为在今湖北赤壁市蒲圻县西北。

②大江：指长江。

③淘：冲洗，冲刷。

④风流人物：指杰出的历史名人。

⑤故垒：过去遗留下来的营垒。

⑥周郎：指三国时吴国名将周瑜，字公瑾，少年得志，二十四为中郎将，掌管东吴重兵，吴中皆呼为"周郎"。下文中的"公瑾"，即指周瑜。

⑦雪：比喻浪花。

⑧遥想：形容想得很远；回忆。

⑨小乔初嫁了(liǎo)：《三国志·吴志·周瑜传》载，周瑜从孙策攻皖，"得桥公两女，皆国色也。策自纳大桥，瑜纳小桥。"乔，本作"桥"。其时距赤壁之战已经十年，此处言"初嫁"，是言其少年得意，倜傥风流。

⑩雄姿英发(fā)：谓周瑜体貌不凡，言谈卓绝。英发，谈吐不凡，见识卓越。

⑪羽扇纶(guān)巾：古代儒将的便装打扮。羽扇，羽毛制成的扇子。纶巾，青丝制成的头巾。

⑫樯橹(qiánglǔ)：这里代指曹操的水军战船。樯，挂帆的桅杆。橹，一种摇船的桨。"樯橹"一作"强虏"，又作"樯虏"，又作"狂虏"。《宋集珍本丛刊》之《东坡乐府》，元延祐刻本，作"强虏"。延祐本原藏杨氏海源阁，历经季振宜、顾广圻、黄丕烈等名家收藏，卷首有黄丕烈题词，述其源流甚详，实今传各版之祖。

⑬故国神游："神游故国"的倒文。故国：这里指旧地，当年的赤壁战场。神游：于想象、梦境中游历。

⑭"多情"二句："应笑我多情，早生华发"的倒文。华发(fà)：花白的头发。

⑮一尊还(huán)酹(lèi)江月：古人祭奠以酒浇在地上祭奠。这里指洒酒酬月，寄托自己的感情。尊：通"樽"，酒杯。

阅读贴士

这首词是公元 1082 年(宋神宗元丰五年)苏轼谪居黄州时所写，当时作者四十七岁，因"乌台诗案"被贬黄州已两年余。苏轼由于诗文讽喻新法，为新派官僚罗织论罪而被贬，心中有无尽的忧愁无从述说，于是四处游山玩水以放松情绪。正巧来到黄州城外的赤壁(鼻)矶，此处壮丽的风景使作者感触良多，更是让作者在追忆当年三国时期周瑜无限风光的同时也感叹时光易逝，因此写下此词。

胡仔《苕溪渔隐丛话》后集卷二十八载东坡语："黄州西山麓，斗入江中，石色如丹，传云曹公败处所谓赤壁者。或曰：非也。曹公败归，由华容道，路多泥泞，使老弱先行践之而过，曰："刘备智过人而见事迟，华容夹道皆兼葭，若使纵火，吾无遗类矣。"今赤壁少西对岸即华容镇，庶几是也。然岳州复有华容县，竟不知孰是？今日李委秀才来，因以小舟载酒，饮于赤壁下。李善吹笛，酒酣，作数弄。风起水涌，大鱼皆出，山上有栖鹘，亦惊起。坐念孟德、公瑾，如昨日耳！

CHAPTER 7

中国人失去自信了吗

鲁迅

从公开的文字上看起来：两年以前，我们总自夸着"地大物博"，是事实；不久就不再自夸了，只希望着国联，也是事实；现在是既不夸自己，也不信国联，改为一味求神拜佛，怀古伤今了——却也是事实。

于是有人慨叹曰：中国人失掉自信力了。

如果单据这一点现象而论，自信其实是早就失掉了的。先前信"地"，信"物"，后来信"国联"，都没有相信过"自己"。假使这也算一种"信"，那也只能说中国人曾经有过"他信力"，自从对国联失望之后，便把这他信力都失掉了。

失掉了他信力，就会疑，一个转身，也许能够只相信了自己，倒是一条新生路，但不幸的是逐渐玄虚起来了。信"地"和"物"，还是切实的东西，国联就渺茫，不过这还可以令人不久就省悟到依赖它的不可靠。*一到求神拜佛，可就玄虚之至了，有益或是有害，一时就找不出分明的结果来，它可以令人更长久的麻醉着自己。*

中国人现在是在发展着"自欺力"。

"自欺"也并非现在的新东西，现在只不过日见其明显，笼罩了一切罢了。然而，在这笼罩之下，我们有并不失掉自信力的中国人在。

我们从古以来，就有埋头苦干的人，有拼命硬干的人，有为民请命的人，有舍身求法的人，……虽是等于为帝王将相作家谱的所谓"正史"，也往往掩不住他们的光耀，这就是中国的脊梁。

这一类的人们，就是现在也何尝少呢？他们有确信，不自欺；他们在前仆后继的战斗，不过一面总在被摧残，被抹杀，消灭于黑暗中，不能为大家所知道罢了。说中国人失掉了自信力，用以指一部分人则可，倘若加于全体，那简直是诬蔑。

要论中国人，必须不被搽在表面的自欺欺人的脂粉所诳骗，却看看他的筋骨和脊梁。自信力的有无，状元宰相的文章是不足为据的，要自己去看地底下。

九月二十五日

（斜体字为当初发表时被国民党删掉的内容）

阅读贴士

九一八事变后，中国东北沦陷，但中国国民党的官僚政客和社会"名人"等，却在北京等地多次举行"法会"，祈祷"解救国难"。1934 年 4 月，国民党的戴季陶和下野的北洋军阀段祺瑞等，又发起请第九世班禅喇嘛：在 4 月 28 日至 5 月 18 日，在杭州灵隐寺举行"时轮金刚法会"，"求佛菩萨来保佑"。还说什么"今则人心浸浸以衰矣！非仗佛力之加被，未由消此浩劫"。1934 年 8 月 27 日，当时颇有影响的资产阶级报纸《大公报》也发表了《孔子诞辰纪念》的社评，散布"中国人失去了自信力"的失败主义论调。

本文写于"九一八"事变三周年之后，中国近代本来就国运积弱，屡遭凌侮。"九一八"事变又在许多中国人心中投下失败的阴影，国内悲观论调的一时甚嚣尘上。当时资产阶级报纸《大公报》发表社论，指责中华民族失去了自信力，为国民党反动政府推卸责任。针对这一观点，鲁迅先生凭着对社会现状的洞悉，发出了中国人当自信自强的呐喊。鲁迅写这篇文章之前的一个月，就发烧，肺病已相当严重。

文章写完之后的两个多月，他写了《病后杂谈》，还致信杨霁云，自称是在敌人和"战友"的夹攻下的"横战"，病情的恶化和精神的压力，并没有影响他对世事的热忱和关注。后收入《且介亭杂文》(《鲁迅全集》第六卷)，属鲁迅后期杂文。

情意绵长

QINGYIMIANCHANG

CHAPTER 8

诗经·蒹葭

蒹葭苍苍①，白露为②霜。所谓伊人③，在水一方④。

溯洄从⑤之，道阻⑥且长。溯游从之，宛在水中央⑦。

蒹葭萋萋⑧，白露未晞⑨。所谓伊人，在水之湄⑩。

溯洄从之，道阻且跻⑪。溯游从之，宛在水中坻⑫。

蒹葭采采，白露未已⑬。所谓伊人，在水之涘⑭。

溯洄从之，道阻且右⑮。溯游从之，宛在水中沚⑯。

随文注释

①蒹(jiān)：没长穗的芦苇。葭(jiā)：初生的芦苇。苍苍：茂盛的样子。

②为：凝结成。

③所谓：所说的，此指所怀念的。伊人：那个人，指所思慕的对象。

④一方：那一边。

⑤溯(sù)：逆流而上。洄：水流迂回之处。溯洄：在河边逆流向上游走。从：追寻。

⑥阻：险阻，(道路)难走。道阻且长，说明是在陆地上行走。

⑦溯游：在河边顺流向下游走。宛：宛若，好像。宛在水中央：是说顺流虽然易行，然所追从之人如在水之中央，就是近也是可望而不可即也。

⑧萋萋：茂盛的样子。

⑨晞(xī)：干，晒干。

⑩湄：水和草交接的地方，也就是岸边。

⑪跻(jī)：升，高起，指道路越走越高。

⑫坻(chí)：水中的沙滩。

⑬采采：繁盛的样子。已：止。

⑭涘(sì)：水边。

⑮右：迂回曲折。

⑯沚(zhǐ)：水中的沙滩。

阅读贴士

《国风·秦风·蒹葭》是中国古代现实主义诗集《诗经》中的一篇。全诗三章，每章八句。此诗曾被认为是用来讥刺秦襄公不能用周礼来巩固他的国家，或惋惜招引隐居的贤士而不可得；现在一般认为这是一首情歌，写追求所爱而不及的惆怅与苦闷。全诗三章，重章叠唱，后两章只是对首章文字略加改动而成，形成各章内部韵律协和而各章之间韵律参差的效果，也造成了语义的往复推进。

诗中"白露为霜"给读者传达出节序已是深秋了，而天才破晓，因为芦苇叶片上还存留着夜间露水凝成的霜花。就在这样一个深秋的凌晨，诗人来到河边，为的是追寻那思慕的人儿，而出现在眼前的是弥望的茫茫芦苇丛，呈出冷寂与落寞，诗人只知道所苦苦期盼的人儿在河水的另外一边。从下文看，这不是一个确定性的存在，诗人根本就不明伊人的居处，还是伊人像"东游江北岸，夕宿潇湘沚"的"南国佳人"（曹植《杂诗七首》之四）一样迁徙无定，也无从知晓。这种也许是毫无希望但却充满诱惑的追寻在诗人脚下和笔下展开。把"溯洄""溯游"理解成逆流而上和顺流而下或者沿着弯曲的水道和沿着直流的水道，都不会影响到对诗意的理解。诗中，诗人一番艰劳的上下追寻后，伊人仿佛在河水中央，周围流淌着波光，依旧无法接近。《国风·周南·汉广》中诗人也因为汉水太宽无法横渡而不能求得"游女"，陈启源说："夫说(悦)之必求之，然惟可见而不可求，则慕说益至。"（《毛诗稽古编·附录》）"可见而不可求"，可望而不可即，加深着渴慕的程度。诗中"宛"字表明伊人的身影是隐约缥缈的，或许根本上就是诗人痴迷心境下生出的幻觉。

　　东周时的秦地大致相当于今天的陕西大部及甘肃东部。其地"迫近戎狄",这样的环境迫使秦人"修习战备,高尚气力"(《汉书·地理志》),而他们的情感也是激昂粗豪的。保存在《秦风》里的十首诗多写征战猎伐、痛悼讽劝一类的事,似《蒹葭》《晨风》这种凄婉缠绵的情致却更像郑卫之音的风格。

🌿
CHAPTER 8

诗经·关雎

关关雎鸠①，在河之洲②。
窈窕淑女③，君子好逑④。

参差荇菜⑤，左右流⑥之。
窈窕淑女，寤寐求之⑦。

求之不得，寤寐思服⑧。
悠哉悠哉⑨，辗转反侧⑩。

参差荇菜，左右采之。
窈窕淑女，琴瑟⑪友⑫之。

参差荇菜，左右芼⑬之。
窈窕淑女，钟鼓乐之。

①关关:象声词,雌雄二鸟相互应和的叫声。雎(jū)鸠:一种水鸟名。

②洲:水中的陆地。

③窈窕(yǎotiǎo)淑女:贤良美好的女子。窈窕,身材体态美好的样子。淑:好,善良。

④君子:这里指女子对男子的尊称。逑(qiú):通"仇",配偶,匹配。

⑤参差(cēncī):长短不齐的样子。荇(xìng)菜:一种多年生的水草,叶子可以食用。

⑥流:义同"求",意思是求取,择取。

⑦寤(wù):睡醒。寐(mèi):睡着。

⑧思:语气助词,没有实义。服:思念。

⑨悠:忧思的样子。

⑩辗转:反侧。反侧:翻来覆去。

⑪琴瑟:琴和瑟都是古时的弦乐器。

⑫友:友好交往,亲近。

⑬芼(mào):择取。

《关雎》是《诗经》的首篇。先贤们把这首爱情诗放在《诗经》的首篇,为后世文学表现爱情这一永恒的主题确定了基调。

这是一首闪烁着人性光辉的爱情诗!这是一首让人辗转反侧的爱情诗!妙龄少女怀春,翩翩少年钟情,是人间永恒的主题。这首真挚动人的情歌,可以说是千古绝唱。

CHAPTER 8

上邪！①

佚名

我欲与君相知②，

长命无绝衰③。

山无陵④，江水为竭，

冬雷震震⑤，夏雨雪⑥，

天地合⑦，

乃敢⑧与君绝！

随文注释

①上邪(yé)！：天啊！上，指天。邪，语气助词，表示感叹。

②相知：相爱。

③命：古与"令"字通，使。衰(cuī)：衰减、断绝。这两句是说，我愿与你相爱，让我们的爱情永不断绝。

④陵(líng)：山峰、山头。

⑤震震：形容雷声。

⑥雨(yù)雪：降雪。雨，名词活用作动词。

⑦天地合：天与地合二为一。

⑧乃敢：才敢，"敢"字是委婉的用语。

阅读贴士

《上邪》是一首民间情歌，是一首感情强烈，热情奔放的爱情诗。诗中女子为了表达她对情人忠贞不渝的感情。她指天发誓，指地为证，要永远和情人相亲相爱。《上邪》的抒情极富浪漫主义色彩，其间的爱情欲火犹如岩浆喷发不可遏制，气势磅礴，激情逼人。

《上邪》对后世的影响很大。敦煌曲子词中的《菩萨蛮》在思想内容和艺术表现手法上明显地受到它的启发："枕前发尽千般愿，要休且待青山烂。水面上秤锤浮，直待黄河彻底枯。白日参辰现，北斗回南面。休即未能休，且待三更见日头。"对爱情的追求如出一辙。

中华经典美文选读

白头吟

佚名

皑如山上雪，皎若云间月。

闻君有两意，故来相决绝。

今日斗酒会，明旦沟水头。

蹀躞①御沟上，沟水东西流。

凄凄复凄凄，嫁娶不须啼。

愿得一心人，白头不相离。

竹竿何嫋嫋②，鱼尾何簁簁③！

男儿重意气，何用钱刀④为！

随文注释

①蹀躞(xièdié)：小步。

②嫋嫋(niǎo)：摆摇。

③簁(shai)：同"筛"，鱼跃掉尾的声音。

④钱刀：指金钱。古时有刀形的钱币。

阅读贴士

《白头吟》是一首汉乐府民歌，属《相和歌辞》，有人认为是汉代才女卓文君所作,但存有较大争议。其中"愿得一心人,白首不相离"为千古名句。此诗通过描写女主人公的言行,塑造了一个个性爽朗、感情强烈的女性形象,表达了主人公失去爱情的悲愤和对纯真爱情的渴望,以及肯定真挚专一的爱情态度,贬责喜新厌旧、半途相弃的行为。

据传,蜀地巨商卓王孙的女儿卓文君,聪明美丽,有文采,通音乐。与司马相如相爱,私奔相如,因生计艰难,曾得到卓王孙的资助。司马相如得势后,准备纳茂陵的一个女子为妾,卓文君得知就写了一首《白头吟》给他,表达自己的哀怨之情,相如因此打消了纳妾的念头。后世多用此调写妇女被遗弃。

CHAPTER 8

相思

王维

红豆^①生南国，

春来发几枝^②。

愿君多采撷，

此物最相思。

①红豆：又名相思子，一种生在岭南地区的植物，结出的籽像豌豆而稍扁，呈
鲜红色。
②"春来"名：一作"秋来发故枝"。

该诗由物感怀，借助红豆鲜艳色彩和有关的动人传说，以含蓄深沉而清新流
畅的语言，传达浓烈的相思之情，十分感人。《相思》流传至今仍不失为咏物诗的名
篇。"观物微"而"托兴远"，是古人作咏物诗常用的一种手法。王维深解诗中三昧，
因此《相思》在表现技巧上有许多可借鉴之处。

王维(701—761)，字摩诘，汉族。盛唐时期的著名诗人，官至尚书右丞，原籍太
原祁州(今山西祁县)，迁至蒲州(今山西永济)，崇信佛教，晚年居于蓝田辋川别
墅。善画人物、丛竹、山水。唐人记载其山水面貌有二：其一类似李氏父子，另一类

则以破墨法画成，其名作《辋川图》即为后者。可惜至今已无真迹传世。传为他的《雪溪图》及《济南伏生像》都非真迹。苏轼评价说"味摩诘之诗，诗中有画；观摩诘之画，画中有诗"。他是唐代山水田园派的代表，尤以山水诗成就为最，与孟浩然合称"王孟"。开元进士。任过大乐丞、右拾遗等官，安禄山叛乱时，曾被迫出任伪职。晚年无心仕途，专诚奉佛，故世人称其为"诗佛"。

❧

CHAPTER 8

离思五首

元稹

其一

自爱残妆晓镜中，环钗漫篸①绿丝丛。

须臾②日射胭脂颊，一朵红苏旋欲融。

其二

山泉散漫③绕阶流，万树桃花映小楼。

闲读道书慵④未起，水晶帘⑤下看梳头。

其三

红罗著压逐时新，吉了花纱嫩麹⑥尘。

第一莫嫌材地弱，些些纰缦⑦最宜人。

其四

曾经沧海难为水⑧，除却巫山不是云⑨。

取次⑩花丛懒回顾，半缘修道半缘⑪君。

其五

寻常百种花齐发⑫，偏摘梨花与白人⑬。

今日江头两三树，可怜和叶度残春。

随文注释

①簪(zān)：古同"簪"。

②须臾(yú)：片刻,很短的时间。

③散漫：慢慢的。

④慵(yōng)：懒惰,懒散。

⑤水晶帘：石英做的帘子,一指透明的帘子。

⑥吉了(liǎo)：又称秦吉了,八哥。嫩麹(qū)：酒曲一样的嫩色。

⑦纰(pī)缦(màn)：指经纬稀疏的披帛。

⑧"曾经"句：此句由孟子"观于海者难为水"(《孟子·尽心篇》)脱化而来,意思是已经观看过茫茫大海的水势,那江河之水流就算不上是水了。

⑨"除却"句：此句化用宋玉《高唐赋》里"巫山云雨"的典故,意思是除了巫山上的云彩,其他所有的云彩都称不上云彩。

⑩取次：随便,草率地。

⑪半缘：一半是因为……

⑫发：开放。

⑬白人：皮肤洁白的人。诗中指亡妻。

阅读贴士

《离思五首》是唐代诗人元稹创作的一组悼亡绝句。诗人运用"索物以托情"的比兴手法,以精警的词句,赞美了夫妻之间的恩爱,抒写了诗人对亡妻韦丛忠贞不渝的爱情和刻骨的思念。

诗歌写于唐宪宗元和四年(809)。唐德宗贞元十八年(802),韦丛二十岁时下嫁元稹,其时元稹尚无功名,婚后颇受贫困之苦,而她无半分怨言,元稹与她两情甚笃。七年后韦丛病逝,韦丛死后,元稹有不少悼亡之作,这是其中比较著名的一组诗。

元稹(779—831),字微之,河南(府治今河南洛阳)人,唐代诗人。早年家贫。公元 793 年(唐德宗贞元九年)举明经科,公元 803 年(贞元十九年)举书判拔萃科,曾任监察御史。因得罪宦官及守旧官僚,遭到贬斥。后转而因缘宦官,官至同中书门下平章事。最后以暴疾卒于武昌军节度使任所。与白居易友善,常相唱和,共同倡导新乐府运动,世称"元白"。诗作平浅明快中呈现丽绝华美,色彩浓烈,铺叙曲折,细节刻画真切动人,比兴手法富于情趣。后期之作,伤于浮艳,故有"元轻白俗"之讥。有《元氏长庆集》六十卷,补遗六卷,存诗八百三十余首。

CHAPTER 8

乐游原①

李商隐

向晚意不适②，驱车登古原③。

夕阳无限好，只是近④黄昏。

随文注释

①乐游原：在长安（今西安）城南，是唐代长安城内地势最高地。汉宣帝立乐游庙，又名乐游苑。登上它可望长安城。乐游原在秦代属宜春苑的一部分，得名于西汉初年。《汉书·宣帝纪》载，"神爵三年，起乐游苑"。汉宣帝第一个皇后许氏产后死去葬于此，因"苑"与"原"谐音，乐游苑即被传为"乐游原"。对此《关中记》有记载："宣帝许后葬长安县乐游里，立庙于曲江池北，曰乐游庙，因苑（《长安志》误作葬字）为名。"

②向晚：傍晚。不适：不悦，不快。

③古原：指乐游原。

④近：快要。

阅读贴士

《乐游原》是唐代诗人李商隐的诗作。此诗赞美黄昏前的原野风光，表达自己的感受。前两句点出登原游览的原因：由于黄昏日暮心情不佳，便驱车登上古原；后两句极力赞叹晚景之美：夕阳的余晖把世界照耀得像涂抹上一层金色，而只有接近黄昏这一时刻尤为令人惊叹和陶醉。后两句诗久享盛名,其意蕴非常丰富,具有极高的美学价值和思想价值。全诗语言明白如话,毫无雕饰,节奏明快,感喟深沉,富于哲理。

乐游原是唐代游览胜地,直至中晚唐之交,乐游原仍然是京城人游玩的好去处。同时因为地理位置高便于览胜,文人墨客也经常来此作诗抒怀。唐代诗人们在乐游原留下了近百首珠玑绝句,历来为人所称道,诗人李商隐便是其中之一。

李商隐所处的时代是国运将尽的晚唐,尽管他有抱负,但是无法施展,很不得志。李商隐二十五岁时由令狐楚的儿子令狐绹推举得中进士,不久令狐楚死,他得到王茂之的器重,并将女儿嫁给了他。因为王茂之是李党的重要人物,李商隐从此陷入牛李党争不能自拔,在官场之中异常失意,这首《乐游原》正是他心境郁闷的真实写照。

李商隐(约813—约858),字义山,号玉溪生、樊南生,唐代诗人。怀州河内(今河南省焦作市)汉阳人。开成二年(837)进士及第。曾任县尉、秘书郎和东川节度使判官等职。处于牛李党争的夹缝之中,被人排挤,潦倒终身。诗歌成就很高,所作"咏史"诗多托古讽今,"无题"诗很有名。擅长律、绝,富于文采,具有独特风格,然有用典过多,意旨隐晦之病。作品收录为《李义山诗集》。

CHAPTER 8

无题·相见时难别亦难

李商隐

相见时难别亦难，东风无力百花残。

春蚕到死丝方尽，蜡炬成灰泪始干。

晓镜但愁云鬓改，夜吟应觉月光寒。

蓬山此去无多路，青鸟殷勤为探看。

阅读贴士

　　古人常说"别易会难"，这首诗却说"别亦难"，说法不同，意思却更进一步。上句说"别亦难"，是写出了分别时的难分难舍的心情。下句是上句的衬托，百花凋谢，既说明催生百花的东风已经无力，也说明春天将尽。在这种环境中遇到离别之苦，就更使人感到难堪了。这两句一波三折，层层深入，因此清人冯班云评价："妙在首联"（《瀛奎律髓汇评》）。黄叔灿还特别指出："首句七字屈曲，唯其相见难，故别更难"（《唐诗笺注》）。

　　这是诗人以"无题"为题目的许多诗歌中最有名的一首寄情诗。整首诗的内容围绕着第一句，尤其是"别亦难"三字展开。"东风"句点了时节，但更是对人的相思情状的比喻。因情的缠绵悱恻，人就像春末凋谢的春花那样没了生气。三、四句是相互忠贞不渝、山盟海誓的写照。五、六句则分别描述两人因不能相见而惆怅，倍感清冷以至衰颜的情状。唯一可以盼望的是七、八两句中的设想：但愿青鸟频频传递相思情。按一般而言，诗歌是先写景，后抒情；在这里，作者却是先述离情，再描悲景，更衬出诗人处于"两难之境"的悲伤心情。"难"之一字，是为全篇的诗眼。

♣

CHAPTER 8

江城子①·乙卯②正月二十日夜记梦

苏轼

十年③生死两茫茫，不思量④，自难忘。千里孤坟⑤，无处话凄凉。纵使⑥相逢应不识，尘满面，鬓如霜⑦。

夜来幽梦⑧忽还乡，小轩窗⑨，正梳妆。相顾⑩无言，惟有泪千行。料得年年肠断处⑪，明月夜，短松冈⑫。

随文注释

①江城子:词牌名。

②乙卯(mǎo):公元1075年,即北宋熙宁八年。

③十年:指结发妻子王弗去世已十年。

④思量:想念。"量"按格律应念平声 liang。

⑤千里:王弗葬地四川眉山与苏轼任所山东密州,相隔遥远,故称"千里"。孤坟:孟棨《本事诗·徵异第五》载张姓妻孔氏赠夫诗:"欲知肠断处,明月照孤坟。"其妻王氏之墓。

⑥纵使:即使。

⑦尘满面,鬓如霜:形容饱经沧桑,面容憔悴。

⑧幽梦:梦境隐约,故云幽梦。

⑨小轩窗:指小室的窗前,小轩:有窗槛的小屋。

⑩顾:看。

⑪料得:料想,想来。肠断处:一作"断肠处"。

⑫明月夜,短松冈:苏轼葬妻之地,短松:矮松。

阅读贴士

《江城子·乙卯正月二十日夜记梦》是宋代大文学家苏轼为悼念原配妻子王弗而写的一首悼亡词,表现了绵绵不尽的哀伤和思念。此词情意缠绵,字字血泪。上阕写词人对亡妻的深沉的思念,写实;下阕记述梦境,抒写了词人对亡妻执着不舍的深情,写虚。上阕记实,下阕记梦,虚实结合,衬托出对亡妻的思念,加深全词的悲伤基调。词中采用白描手法,出语如话家常,却字字从肺腑镂出,自然而又深刻,平淡中寄寓着真淳。全词思致委婉,境界层出,情调凄凉哀婉,为脍炙人口的名作。

苏轼(东坡)十九岁时,与年方十六的王弗结婚。王弗年轻美貌,且侍亲甚孝,二人恩爱情深。可惜天命无常,王弗二十七岁就去世了。这对苏东坡是极大的打击,其心中的沉痛,精神上的痛苦,是不言而喻的。苏轼在《亡妻王氏墓志铭》里说:"治平二年(1065)五月丁亥,赵郡苏轼之妻王氏(名弗),卒于京师。六月甲午,殡于京城之西。其明年六月壬午,葬于眉之东北彭山县安镇乡可龙里先君、先夫人墓之西北八步。"于平静语气下,寓绝大沉痛。公元 1075 年(熙宁八年),苏东坡来到密州,这一年正月二十日,他梦见爱妻王氏,便写下了这首"有声当彻天,有泪当彻泉"(陈师道语)且传诵千古的悼亡词。

苏轼(1037—1101),字子瞻,又字和仲,号东坡居士,世称苏东坡、苏仙。汉族,北宋眉州眉山(今属四川省眉山市)人,祖籍河北栾城,北宋著名文学家、书法家、画家。公元 1057 年(嘉祐二年)进士。累中书舍人、翰林学士、端明殿学士、礼部尚书。曾通判杭州,知密州、徐州、湖州、颍州等。公元 1080 年(元丰三年)以谤新法贬谪黄州。后又贬谪惠州、儋州。宋徽宗立,赦还。卒于常州。追谥文忠。博学多才,善文,工诗词,书画俱佳。于词"豪放,不喜剪裁以就声律",题材丰富,意境开阔,突破晚唐五代和宋初以来"词为艳科"的传统樊篱,以诗为词,开创豪放清旷一派,对后世产生巨大影响。有《东坡七集》《东坡词》《东坡易传》《东坡乐府》等传世。

CHAPTER 8

虞美人①

李煜

　　春花秋月何时了②，往事知多少？小楼昨夜又东风，故国③不堪回首月明中！

　　雕栏玉砌应犹④在，只是朱颜改⑤。问君能⑥有几多愁？恰似一江春水向东流。

随文注释

　　①虞美人：原为唐教坊曲，后用为词牌名。此调初咏项羽宠姬虞美人死后，地下开出一朵鲜花，因以为名。又名《一江春水》《玉壶水》《巫山十二峰》等。双调，五十六字，上下阕各四句，皆为两仄韵转两平韵。

　　②了：了结，完结。

　　③故国：指南唐故都金陵（今南京）。

　　④砌：台阶。雕栏玉砌：指远在金陵的南唐故宫。应犹：一作"依然"。

　　⑤朱颜改：指所怀念的人已衰老。朱颜，红颜，少女的代称，这里指南唐旧日的宫女。

　　⑥君：作者自称。能：或作"都""那""还""却"。

阅读贴士

　　此词与《浪淘沙·帘外雨潺潺》均作于李煜被毒死之前，为北宋太宗太平兴国三年（978），是时李煜归宋已近三年。宋太祖开宝八年（975），宋军攻破南唐都城金陵，李煜奉表投降，南唐灭亡。三年后，即太平兴国三年，徐铉奉宋太宗之命探视李煜，李煜对徐铉叹曰："当初我错杀潘佑、李平，悔之不已！"大概是在这种心境下，李煜写下了这首《虞美人》词，堪称绝命词。此词是一曲生命的哀歌，作者通过对自然永恒与人生无常的尖锐矛盾的对比，抒发了亡国后顿感生命落空的悲哀。全词语言明净、凝练、优美、清新，以问起，以答结，由问天、问人而到自问，通过凄楚中不无激越的音调和曲折回旋、流走自如的艺术结构，使作者沛然莫御的愁思贯穿始终，形成沁人心脾的美感效应。

李煜（937—978），五代时南唐后主。初名从嘉，字重光，号钟隐。李璟第六子。公元 961 年—975 年在位，国破降宋，后为宋太宗毒死。李煜在政治上虽庸弩无能，但其艺术才华却卓绝非凡。工书法，善绘画，精音律，诗和文均有一定造诣，尤以词的成就最高，被誉为"千古词帝"，对后世影响亦大。其词主要收集在《南唐二主词》中。现存词可确定者三十八篇，存诗十六首。

♥

CHAPTER 8

玉楼春①·春恨

晏殊

绿杨芳草长亭路②，年少抛人③容易去。楼头残梦④五更钟⑤，花底离愁三月雨。

无情不似多情苦，一寸还成千万缕⑥。天涯地角有穷时，只有相思无尽处。

随文注释

①玉楼春：词牌名。亦称"木兰花""春晓曲""西湖曲""惜春容""归朝欢令"等。双调五十六字，前后阕格式相同，各三仄韵，一韵到底。

②长亭路：送别的路。长亭，古代驿路上建有供行人休息的亭子。

③年少抛人：人被年少所抛弃，言人由年少变为年老。

④残梦：未做完的梦。

⑤五更钟：指思念人的时候。

⑥一寸：指愁肠。还：已经。千万缕：千丝万缕，比喻离恨无穷。

阅读贴士

《玉楼春·春恨》是宋代文学家晏殊的作品。此词描写送别时依依难舍的心情和离别后无穷无尽的离愁，抒写了人生离别相思之苦，寄托了作者从有感于人生短促、聚散无常以及盛宴之后的落寞等心情生发出来的感慨。上阕写春景春恨，

"楼头残梦"一联,"五更钟""三月雨"言怀人之时、怀人之景,"残梦""离愁"言怀人之情,二句属对精工,情景交融。从无情立笔,反衬出多情的恼人,并将抽象的情感形象化为千万缕。末二句总见多情之苦,妙在意思忠厚,无怨怼口角。全词感情真挚,情调凄切,抒情析理,绰约多姿,展示出迷人的艺术魅力。

晏殊(991—1055),北宋词人,文学家。字同叔。抚州临川(今江西抚州)人。北宋景德二年(1005年)以神童入试,赐同进士出身。宋仁宗时官至同中书门下平章事兼枢密使。当时名臣范仲淹、富弼、欧阳修和词人张先等,均出其门。卒谥"元献",世称晏元献。以词著于文坛,尤擅小令,亦工诗善文。其诗属"西昆体",词风承袭五代冯延巳,闲雅而有情思,语言婉丽,音韵协和。有《珠玉词》。

CHAPTER 8

天净沙①·秋思

马致远

枯藤老树昏鸦②，小桥流水人家③，古道西风瘦马④。

夕阳西下，断肠人在天涯⑤。

随文注释

①天净沙：曲牌名，属越调。又名"塞上秋"。

②枯藤：枯萎的枝蔓。昏鸦：黄昏时的乌鸦。昏：傍晚。

③人家：农家。此句写出了诗人对温馨的家庭的渴望。

④古道：古老荒凉的道路。西风：寒冷、萧瑟的秋风。瘦马：骨瘦如柴的马。

⑤断肠人：形容伤心悲痛到极点的人，此处指漂泊天涯、极度忧伤的旅人。天涯：远离家乡的地方。

阅读贴士

《天净沙·秋思》是元曲作家马致远创作的一首小令。此曲以多种景物并置，组合成一幅秋郊夕照图，让天涯游子骑一匹瘦马出现在一派凄凉的背景上，从中透出令人哀愁的情调，抒发了一个飘零天涯的游子在秋天思念故乡、倦于漂泊的凄苦愁楚之情。这支小令句法别致，前三句全由名词性词组构成，一共列出九种景物，言简而意丰。全曲仅五句二十八字，语言极为凝练却容量巨大，意蕴深远，结构精巧，顿挫有致，被后人誉为"秋思之祖"。

　　马致远(约 1251—1321),元代戏曲作家、散曲家。号东篱,一说字千里。大都(今北京)人。曾任江浙行省务官(一作江浙省务提举)。晚年隐退。所作杂剧今知有十五种,现存七种。作品多写神仙道化,有"马神仙"之称。曲词豪放洒脱。与关汉卿、白朴、郑光祖同称"元曲四大家"。其散曲成就尤为世所称誉,有辑本《东篱乐府》,存小令百余首,共二十三套。

♣
CHAPTER 8

枉凝眉

曹雪芹

一个是阆苑仙葩①，

一个是美玉无瑕②。

若说没奇缘，今生偏又遇到他；

若说有奇缘，如何心事终虚化③？

一个枉自嗟呀，一个空劳牵挂。

一个是水中月，一个是镜中花。

想眼中能有多少泪珠儿，

怎禁得秋流到冬尽，春流到夏！

随文注释

①阆（lang）苑仙葩：阆苑，传说中的神仙园林；仙葩，即仙花。林黛玉前生是灵河岸上三生石畔的绛珠仙草，故称"阆苑仙葩"。

②美玉无瑕：贾宝玉系赤瑕宫神瑛侍者转生，故称"美玉无瑕"。

③虚化：化为虚空。指宝黛爱情破灭。

阅读贴士

"枉凝眉"意谓徒然悲愁。李清照的一句词"才下眉头，却上心头"，与此曲名有异曲同工之妙乎!"一种相思,两处闲愁,此情无计可消除。"同为"紧锁眉头",李清照的悲愁是思君,而"枉凝眉"却是空悲切。一段情,如一阵轻烟随风而去。曲子从宝黛爱情变故乃至破灭,写林黛玉泪尽而死的悲惨命运。

魂飞天际时,方如梦初醒,一生的牵挂终归落了个大地白茫茫一片。一个如水中月,一个如镜中花。一段奇缘,如梦似幻。隔世而观,虚化眼前。空留下一段醉人心魄的恋情,弥散在人世间。越过久远的时间长河,谱成一曲《枉凝眉》。

CHAPTER 8

我不知道风是在哪一个方向吹

徐志摩

我不知道风

是在哪一个方向吹——

我是在梦中,

在梦的轻波里依洄。

我不知道风

是在哪一个方向吹——

我是在梦中,

她的温存,我的迷醉。

我不知道风

是在哪一个方向吹——

我是在梦中,

甜美是梦里的光辉。

我不知道风

是在哪一个方向吹——

我是在梦中,

她的负心,我的伤悲。

我不知道风

是在哪一个方向吹——

我是在梦中，

在梦的悲哀里心碎！

我不知道风

是在哪一个方向吹——

我是在梦中，

黯淡是梦里的光辉。

阅读贴士

徐志摩（1897—1931），现代诗人、散文家。徐志摩的诗字句清新，韵律谐和，比喻新奇，想象丰富，意境优美，神思飘逸，富于变化，并追求艺术形式的整饬、华美，具有鲜明的艺术个性，为新月派的代表诗人。他的散文也自成一格，取得了不亚于诗歌的成就。其作品已编为《徐志摩文集》出版。

《我不知道风是在哪一个方向吹》是现代著名诗人徐志摩的一首爱情诗。全诗共六节，每节的前三句相同，辗转反复，余音袅袅，诗中用这种刻意经营的旋律组合，渲染了"梦"的氛围，也给吟唱者更添上几分"梦"态。全诗表达了作者追求那种"回到生命本体中去"的诗歌理想。

"我不知道风是在哪一个方向吹——我是在梦中，在梦的轻波里依洄。"全诗的意境在一开始便已经写尽，而诗人却铺衍了六个小节，却依然闹得读者一头雾水。诗人到底想说些什么，有一千个评论家，便有一千个徐志摩。但也许该说的已说，不明白却仍旧不明白。徐志摩的一段话，倒颇可作为这首诗的脚注："要从恶浊的底里解放圣洁的泉源，要从时代的破烂里规复人生的尊严——这是我们的志愿。成见不是我们的，我们先不问风是在哪一个方向吹。功利也不是我们的，我们不计较稻穗的饱满是在哪一天。……生命从它的核心里供给我们信仰，供给我们忍耐与勇敢。为此我们方能在黑暗中不害怕，在失败中不颓丧，在痛苦中不绝望。

生命是一切理想的根源,它那无限而有规律的创造性给我们在心灵的活动上一个强大的灵感。它不仅暗示我们,逼迫我们,永远往创造的、生命的方向上走,它并且启示我们的想象。……我们最高的努力目标是与生命本体相绵延的,是超越死线的,是与天外的群星相感召的。……"(《"新月"的态度》)

江山如画

JIANGSHANRUHUA

中华经典美文选读

CHAPTER 9

望岳

杜甫

岱宗夫如何①? 齐鲁青未了②。

造化钟神秀③, 阴阳割昏晓④。

荡胸生曾⑤云, 决眦入⑥归鸟。

会当凌绝顶⑦, 一览众山小⑧。

①岱宗:泰山亦名岱山或岱岳,五岳之首,在今山东省泰安市城北。古代以泰山为五岳之首,诸山所宗,故又称"岱宗"。历代帝王凡举行封禅大典,皆在此山,这里是对泰山的尊称。夫:读"fú"。句首发语词,无实在意义,语气词,强调疑问语气。如何:怎么样。

②齐、鲁:古代齐鲁两国以泰山为界,齐国在泰山北,鲁国在泰山南。原是春秋战国时代的两个国名,在今山东境内,后用齐鲁代指山东地区。青未了:指郁郁苍苍的山色无边无际,浩茫浑涵,难以尽言。青:指苍翠、翠绿的美好山色。未了:不尽,不断。

③造化:大自然。钟:聚集。神秀:天地之灵气,神奇秀美。

④阴阳:阴指山的北面,阳指山的南面。这里指泰山的南北。割:分。夸张的说法。此句是说泰山很高,在同一时间,山南山北判若早晨和晚上。昏晓:黄昏和早晨。极言泰山之高,山南山北因之判若清晓与黄昏,明暗迥然不同。

⑤荡胸:心胸摇荡。曾:同"层",重叠。

⑥眦(zì)：眼角。眼角(几乎)要裂开。这是由于极力张大眼睛远望归鸟入山所致。入：收入眼底，即看到。

⑦会当：终当，定要。凌：登上。凌绝顶，即登上最高峰。

⑧小：形容词的意动用法，意思为"以……为小，认为……小"。

唐玄宗开元二十三年(735)，诗人到洛阳应进士，结果落第而归，开元二十四年(736)，二十四岁的诗人开始过一种不羁的漫游生活。作者北游齐、赵(今河南、河北、山东等地)，这首诗就是在漫游途中所作。

CHAPTER 9

早春呈①水部张十八员外②·其一

韩愈

天街③小雨润如酥④，草色遥看近却无。

最是⑤一年春好处⑥，绝胜⑦烟柳满皇都⑧。

随文注释

①呈：恭敬地送给。

②水部张十八员外：指张籍（766—830）唐代诗人。在同族兄弟中排行第十八，故称"张十八"，曾任水部员外郎。

③天街：京城街道。

④润如酥：细腻如酥。酥：动物的油，这里形容春雨的细腻。

⑤最是：正是。

⑥处：时。

⑦绝胜：远远胜过。

⑧皇都：帝都，这里指长安。

阅读贴士

韩愈（768—824）字退之，唐代文学家、哲学家、思想家，河阳（今河南省焦作孟州市）人，汉族。祖籍河北昌黎，世称韩昌黎。晚年任吏部侍郎，又称韩吏部。谥号"文"，又称韩文公。他与柳宗元同为唐代古文运动的倡导者，主张学习先秦两汉的散文语言，破骈为散，扩大文言文的表达功能。宋代苏轼称他"文起八代之衰"，明人推他为唐宋八大家之首，与柳宗元并称"韩柳"，有"文章巨公"和"百代文宗"之名，作品都收在《昌黎先生集》里。韩愈在思想上是中国"道统"观念的确立者，是尊儒反佛的里程碑式人物。

《早春呈水部张十八员外》是韩愈写给张籍的两首七言绝句，是作者的经典作品之一，其中第一首广为流传。前一首通过细致入微的观察，描写了长安初春小雨中的优美景色，写景清丽，表达了对春天来临时生机蓬勃景象的敏感以及由此而引发的欣悦之情。大约是韩愈约张籍游春，张籍因以事忙年老推辞，韩愈于是作这首诗寄赠，极言早春景色之美，希望触发张籍的游兴。以引逗好友走出家门，去感受早春的信息。

此诗作于唐穆宗长庆三年(823)早春。当时韩愈已经五十六岁，任吏部侍郎。虽然时间不长，但此时心情很好。此前不久，镇州(今河北正定)藩镇叛乱，韩愈奉命前往宣抚，说服叛军，平息了一场叛乱。穆宗非常高兴，把他从兵部侍郎任上调为吏部侍郎。在文学方面，他早已声名大振。同时在复兴儒学的事业中，他也卓有建树。因此，虽然年近花甲，却不因岁月如流而悲伤，而是兴味盎然地迎接春天。

♦ CHAPTER 9

山居秋暝①

王维

空山新②雨后，天气晚来秋。

明月松间照，清泉石上流③。

竹喧归浣女④，莲动下渔舟。

随意春芳歇⑤，王孙自可留⑥。

随文注释

①暝(míng)：日落，天色将晚。

②空山：空旷，空寂的山野。新：刚刚。

③清泉石上流：写的正是雨后的景色。

④竹喧：竹林中笑语喧哗。喧：喧哗，这里指竹叶发出沙沙声响。浣(huàn)女：洗衣服的姑娘。浣：洗涤衣物。

⑤随意：任凭。春芳：春天的花草。歇：消散，消失。

⑥王孙：原指贵族子弟，后来也泛指隐居的人。留：居。此句反用淮南小山《招隐士》："王孙兮归来，山中兮不可久留"的意思，王孙实亦自指。反映出无可无不可的襟怀。

阅读贴士

王维，字摩诘，唐代诗人。祖籍山西祁县，河东蒲州(今山西运城)人。开元(唐玄宗年号)进士。累官至给事中。安禄山叛军攻陷长安时曾受职,乱平后,降为太子中允。后官至尚书右丞,故亦称王右丞。晚年居蓝田辋川,过着亦官亦隐的优游生活。诗与孟浩然齐名,并称"王孟"。前期写过一些以边塞为题材的诗篇,但其作品最主要的则为山水诗,通过田园山水的描绘,宣扬隐士生活和佛教禅理;体物精细,状写传神,有独特风格。兼通音乐,工书画。有《王右丞集》。这首诗写初秋时节山居所见雨后黄昏的景色,当是王维隐居终南山下辋川别业(别墅)时所作。

CHAPTER 9

渔歌子①·西塞山前白鹭飞

张志和

西塞山②前白鹭③飞，桃花流水④鳜鱼⑤肥。

青箬笠⑥，绿蓑衣⑦，斜风细雨不须⑧归。

随文注释

①渔歌子：词牌名。此调原为唐教坊名曲。分单调、双调二体。单调二十七字，平韵，以张氏此调最为著名。双调，五十字，仄韵。《渔歌子》又名《渔父》或《渔父乐》，大概是民间的渔歌。据《词林纪事》转引的记载说，张志和曾谒见湖州刺史颜真卿，因为船破旧了，请颜真卿帮助更换，并作《渔歌子》。词牌《渔歌子》即因张志和写的《渔歌子》而得名。"子"即"曲子"的简称。

②西塞山：浙江湖州。

③白鹭：一种白色的水鸟。

④桃花流水：桃花盛开的季节正是春水盛涨的时候，俗称桃花汛或桃花水。

⑤鳜（guì）鱼：淡水鱼，江南又称桂鱼，肉质鲜美。

⑥箬（ruò）笠：竹叶或竹篾做的斗笠。

⑦蓑（suō）衣：用草或棕编制成的雨衣。

⑧不须：不一定要。

阅读贴士

张志和，字子同，初名龟龄，汉族，婺州（今浙江金华）人，自号"烟波钓徒"，又号"玄真子"。唐代著名道士、词人和诗人。十六岁参加科举,以明经擢第,授左金吾卫录事参军,唐肃宗赐名为"志和"。因事获罪贬南浦尉,不久赦还。自此看破红尘,浪迹江湖,隐居祁门赤山镇。其兄张鹤龄担心他遁世不归,在越州(今绍兴市)城东筑茅屋让他居住。史载唐肃宗曾赐他奴婢各一人,张志和让他们结婚,取名渔童和樵青。著有《玄真子》集。

这首词开头两句写垂钓的地方和季节。这两句里,出现了山、水、鸟、花、鱼,勾勒了一个垂钓的优美环境,为人物出场做好了铺垫。词的后两句写烟波上垂钓。尾句里的"斜风细雨"既是实写景物,又另含深意。这首词通过对自然风光和渔人垂钓的赞美,表现了作者向往自由生活的心情。

CHAPTER 9

滁州西涧①

韦应物

独怜幽草涧边生②，上有黄鹂深树③鸣。

春潮④带雨晚来急，野渡无人舟自横⑤。

随文注释

①滁州：在今安徽滁州以西。西涧：在滁州城西,俗名称上马河。

②独怜：唯独喜欢。幽草：幽谷里的小草。幽,一作"芳"。生:一作"行"。

③深树：枝叶茂密的树。深,《才调集》作"远"。树,《全唐诗》注"有本作'处'"。

④春潮：春天的潮汐。

⑤野渡：郊野的渡口。横：指随意漂浮。

阅读贴士

韦应物(约737—792),中国唐代诗人,字义博。汉族,长安(今陕西西安)人。今传有十卷本《韦江州集》、两卷本《韦苏州诗集》、十卷本《韦苏州集》。散文仅存一篇。因出任过苏州刺史,世称韦苏州。诗风恬淡高远,以善于写景和描写隐逸生活著称。一般认为《滁州西涧》这首诗是唐德宗建中二年(781)韦应物任滁州刺史时所作。他时常独步郊外,滁州西涧便是他常光顾的地方。作者喜爱西涧清幽的景色,一天游览至滁州西涧(在滁州城西郊野),写下了这首诗情浓郁的小诗。

CHAPTER 9

山园小梅二首·其一

林逋

众芳摇落独暄妍①，占尽风情向小园。

疏影横斜②水清浅，暗香浮动月黄昏③。

霜禽欲下先偷眼④，粉蝶如知合断魂⑤。

幸有微吟可相狎⑥，不须檀板共金樽⑦。

随文注释

①暄(xuān)妍：景物明媚鲜丽，这里是形容梅花。

②疏影横斜：梅花疏疏落落，斜横枝干投在水中的影子。疏影，指梅枝的形态。

③暗香浮动：梅花散发的清幽香味在飘动。黄昏：指月色朦胧，与上句"清浅"相对应，有双关义。

④霜禽：白色羽毛的禽鸟。根据林逋"梅妻鹤子"的趣称，理解为"白鹤"更佳。偷眼：偷偷地看。

⑤合：应该。断魂：形容神往，犹指销魂。

⑥狎(xiá)：玩赏，亲近。

⑦檀(tán)板：檀木制成的拍板，歌唱或演奏音乐时用以打拍子。这里泛指乐器。金樽(zūn)：豪华的酒杯，此处指饮酒。

阅读贴士

林逋(967—1029),北宋诗人。字君复,钱塘(今浙江杭州)人。早岁浪游江淮间,后归隐杭州西湖孤山,种梅养鹤,经身不仕,也不婚娶,旧时称其"梅妻鹤子"。天圣六年卒,仁宗赐谥"和靖先生"。《宋史》《东都事略》《名臣碑传琬琰集》均有传。逋善行书,喜为诗,与钱易、范仲淹、梅尧臣、陈尧佐均有诗酬答。其诗风格淡远,有《林和靖诗集》四卷,《补遗》一卷。《全宋词》录其词三首。

CHAPTER 9

渔家傲①·秋思

范仲淹

塞下②秋来风景异，衡阳雁去③无留意。四面边声④连角起。千嶂⑤里，长烟落日孤城闭。

浊酒一杯家万里，燕然未勒⑥归无计。羌管悠悠⑦霜满地。人不寐⑧，将军白发征夫泪。

随文注释

①渔家傲：词牌名，又名"渔歌子""渔父词"等。双调六十二字，前后段各五句，五仄韵。

②塞下：边界要塞之地，这里指西北边疆。

③衡阳雁去：传说秋天北雁南飞，至湖南衡阳回雁峰而止，不再南飞。

④边声：边塞特有的声音，如大风、号角、羌笛、马啸的声音。

⑤千嶂（zhàng）：绵延而峻峭的山峰，崇山峻岭。

⑥燕然未勒：指战事未平，功名未立。燕然：即燕然山，今名杭爱山，在今蒙古国境内。据《后汉书·窦宪传》记载，东汉窦宪率兵追击匈奴单于，去塞三千余里，登燕然山，刻石勒功而还。

⑦羌（qiāng）管：即羌笛，出自古代西部羌族的一种乐器。悠悠：形容声音飘忽不定。

⑧不寐：睡不着。寐：睡。

阅读贴士

范仲淹(989—1052),北宋政治家、文学家。字希文,祖籍郑州(今陕西彬县),移居吴县(今江苏苏州)。少时贫困力学,真宗大中祥符八年(1015)进士。官至枢密副使、参知政事。范仲淹曾积极推行"庆历新政",为人廉洁公正,奉行"先天下之忧而忧,后天下之乐而乐"的做人准则。词作仅存五首,描写边塞秋思,羁旅情怀,突破了宋初词专写儿女柔情的界限,风格明健豪放。有《范文正公集》。

宋康定元年(1040)至庆历三年(1043)间,范仲淹任陕西经略副使兼延州知州。在他镇守西北边疆期间,既号令严明又爱抚士兵,深为西夏所惮服,称他"腹中有数万甲兵"。这首词就是他身处军中的感怀之作。词人用近乎白描的手法,在上阕描摹出了一幅寥廓荒僻、萧瑟悲凉的边塞鸟瞰图;词的下阕则抒发边关将士壮志难酬和思乡忧国的情怀。整首词表现将士们的英雄气概及艰苦生活,意境开阔苍凉,形象生动鲜明。

CHAPTER 9

荷塘月色

朱自清

这几天心里颇不宁静。今晚在院子里坐着乘凉，忽然想起日日走过的荷塘，在这满月的光里，总该另有一番样子吧。月亮渐渐地升高了，墙外马路上孩子们的欢笑，已经听不见了；妻在房里拍着闰儿①，迷迷糊糊地哼着眠歌。我悄悄地披了大衫，带上门出去。

沿着荷塘，是一条曲折的小煤屑路。这是一条幽僻的路；白天也少人走，夜晚更加寂寞。荷塘四面，长着许多树，蓊蓊郁郁②的。路的一旁，是些杨柳，和一些不知道名字的树。没有月光的晚上，这路上阴森森的，有些怕人。今晚却很好，虽然月光也还是淡淡的。

路上只我一个人，背着手踱③着。这一片天地好像是我的；我也像超出了平常的自己，到了另一个世界里。我爱热闹，也爱冷静；爱群居，也爱独处。像今晚上，一个人在这苍茫的月下，什么都可以想，什么都可以不想，便觉是个自由的人。白天里一定要做的事，一定要说的话，现在都可不理。是独处的妙处；我且受用这无边的荷香月色好了。

曲曲折折的荷塘上面，弥望④的是田田⑤的叶子。叶子出水很高，像亭亭的舞女的裙。层层的叶子中间，零星地点缀着些白花，有袅娜⑥地开着的，有羞涩地打着朵儿的；正如一粒粒的明珠，又如碧天里的星星，又如刚出浴的美人。微风过处，送来缕缕清香，仿佛远处高楼上渺茫的歌声似的。这时候叶子与花也有一丝的颤动，像闪电般，霎时传过荷塘的那边去了。叶子本是肩并肩密密地挨着，这便宛然有了一道凝碧的波痕。叶子底下是脉脉⑦的流水，遮住了，不能见一些颜色；而叶子却更见风致⑧了。

月光如流水一般，静静地泻在这一片叶子和花上。薄薄的青雾浮起在荷塘里。叶子和花仿佛在牛乳中洗过一样；又像笼着轻纱的梦。虽然是满月，天上却有一层淡淡的云，所以不能朗照；但我以为这恰是到了好处——酣眠固不可少，小睡也别有风味的。月光是隔了树照过来的，高处丛生的灌木，落下参差的斑驳的黑影，峭楞楞如鬼一般；弯弯的杨柳的稀疏的倩影，却又像是画在荷叶上。塘中的月色并不均匀；但光与影有着和谐的旋律，如梵婀玲⑨上奏着的名曲。

荷塘的四面，远远近近，高高低低都是树，而杨柳最多。这些树将一片荷塘重重围住；只在小路一旁，漏着几段空隙，像是特为月光留下的。树色一例是阴阴的，乍看像一团烟雾；但杨柳的丰姿⑩，便在烟雾里也辨得出。树梢上隐隐约约的是一带远山，只有些大意罢了。树缝里也漏着一两点路灯光，没精打采的，是渴睡人的眼。这时候最热闹的，要数树上的蝉声与水里的蛙声；但热闹是它们的，我什么也没有。

忽然想起采莲的事情来了。采莲是江南的旧俗，似乎很早就有，而六朝时为盛；从诗歌里可以约略知道。采莲的是少年的女子，她们是荡着小船，唱着艳歌去的。采莲人不用说很多，还有看采莲的人。那是一个热闹的季节，也是一个风流的季节。梁元帝《采莲赋》里说得好：

于是妖童媛女⑪，荡舟心许；鹢首⑫徐回，兼传羽杯⑬；櫂⑭将移而藻挂，船欲动而萍开。尔其纤腰束素⑮，迁延顾步⑯；夏始春余，叶嫩花初，恐沾裳而浅笑，畏倾船而敛裾⑰。

可见当时嬉游的光景了。这真是有趣的事，可惜我们现在早已无福消受了。

于是又记起，《西洲曲》里的句子：

采莲南塘秋，莲花过人头；低头弄莲子，莲子清如水。

今晚若有采莲人，这儿的莲花也算得"过人头"了；只不见一些流水的影子，是不行的。这令我到底惦着江南了。——这样想着，猛一抬头，不觉已是自己的门前；轻轻地推门进去，什么声息也没有，妻已睡熟好久了。

一九二七年七月，北京清华园。

随文注释

①闰儿：指朱闰生，朱自清第二子。

②蓊蓊（wěng）郁郁：树木茂盛的样子。

③踱（duó）：慢慢地走。

④弥望：满眼。弥，满。

⑤田田：形容荷叶相连的样子。古乐府《江南曲》中有"莲叶何田田"之句。

⑥袅娜（niǎo nuó）：柔美的样子。

⑦脉脉（mò）：这里形容水没有声音，好像饱含深情的样子。

⑧风致：美的姿态。

⑨梵婀玲：violin，小提琴的音译。

⑩丰姿：风度，仪态，一般指美好的姿态。也写作"风姿"。

⑪妖童媛女：俊俏的少年和美丽的少女。妖，艳丽。媛，女子。

⑫鹢首（yì shǒu）：船头。古代画鹢鸟于船头。

⑬羽杯：古代饮酒用的耳杯。又称羽觞、耳杯。

⑭櫂（qú）：船桨。"櫂"通"棹"。

⑮纤腰束素：腰如束素，齿如含贝（宋玉《登徒子好色赋》），形容女子腰肢细柔。

⑯迁延顾步：形容走走退退不住回视自己动作的样子，有顾影自怜之意。

⑰敛裾（jū）：这里是提着衣襟的意思。裾，衣襟。

阅读贴士

《荷塘月色》作于1927年7月，正值大革命失败，白色恐怖笼罩中国大地。这时，蒋介石叛变革命，中国处于一片黑暗之中。朱自清作为"大时代中一名小卒"，一直在呐喊和斗争，但是在四·一二政变之后，却从斗争的"十字街头"，钻进古典文学的"象牙之塔"。但是作者既做不到投笔从戎，拿起枪来革命，但又始终平息不了对黑暗现实产生的不满与憎恶，作者对生活感到惶惑矛盾，内心是抑郁的，是始终无法平静的。于是作者写下了这篇文章。这篇散文通过对冷清的月夜下荷塘景色的描写，流露出作者想寻找安宁但又不可得，幻想超脱现实但又无法超脱的复杂心情，这正是那个黑暗的时代在作者心灵上的折射。

CHAPTER 9

济南的冬天

老舍

  对于一个在北平住惯的人，像我，冬天要是不刮大风，便是奇迹；济南的冬天是没有风声的。对于一个刚由伦敦回来的人，像我，冬天要能看得见日光，便觉得是怪事；济南的冬天是响晴的。自然，在热带的地方，日光是永远那么毒，响亮的天气，反有点叫人害怕。可是，在北中国的冬天，而能有温晴的天气，济南真得算个宝地。

  设若单单是有阳光，那也算不了出奇。请闭上眼睛想：一个老城，有山有水，全在天底下晒着阳光，暖和安适地睡着，只等春风来把它们唤醒，这是不是个理想的境界？小山整把济南围了个圈儿，只有北边缺着点口儿。这一圈小山在冬天特别可爱，好像是把济南放在一个小摇篮里，它们全安静不动地低声地说："你们放心吧，这儿准保暖和。"真的，济南的人们在冬天是面上含笑的。他们一看那些小山，心中便觉得有了着落，有了依靠。他们由天上看到山上，便不觉地想起："明天也许就是春天了吧？这样的温暖，今天夜里山草也许就绿起来了吧？"就是这点幻想不能一时实现，他们也并不着急，因为有这样慈善的冬天，干啥还希望别的呢！

  最妙的是下点小雪呀。看吧，山上的矮松越发的青黑，树尖上顶着一髻儿白花，好像小日本看护妇。山尖全白了，给蓝天镶上一道银边。山坡上，有的地方雪厚点，有的地方草色还露着；这样，一道儿白，一道儿暗黄，给山们穿上一件带水纹的花衣；看着看着，这件花衣好像被风儿吹动，叫你希望看见一点更美的山的肌肤。等到快日落的时候，微黄的阳光斜射在山腰上，那点薄雪好像忽然害了羞，微微露出点粉色。就是下小雪吧，济南是受不住大雪的，那些小山太秀气！

古老的济南，城里那么狭窄，城外又那么宽敞，山坡上卧着些小村庄，小村庄的房顶上卧着点雪，对，这是张小水墨画，或许是唐代的名手画的吧。

那水呢，不但不结冰，倒反在绿藻上冒着点热气，水藻真绿，把终年贮蓄的绿色全拿出来了。天儿越晴，水藻越绿，就凭这些绿的精神，水也不忍得冻上，况且那些长枝的垂柳还要在水里照个影儿呢！看吧，由澄清的河水慢慢往上看吧，空中，半空中，天上，自上而下全是那么清亮，那么蓝汪汪的，整个是块空灵的蓝水晶。这块水晶里，包着红屋顶，黄草山，像地毯上的小团花的灰色树影；这就是冬天的济南。

一九三○年冬作

阅读贴士

老舍(1899—1966)，小说家，戏剧作家。原名舒庆春，字舍予，满族，北京人。出身寒苦，自幼丧父，北京师范学校毕业，早年任小学校长、劝学员。1924 年赴英在伦敦大学东方学院教中文，开始写作，连续在《小说月报》上发表长篇小说《老张的哲学》《赵子曰》《二马》，成为我国现代长篇小说奠基人之一。归国后先后在齐鲁大学、山东大学任教，同时从事写作，其间代表作有长篇小说《猫城记》《离婚》《骆驼祥子》,中篇小说《月牙儿》《我这一辈子》,短篇小说《微神》《断魂枪》等。抗日战争爆发后到武汉和重庆组织中华全国文艺界抗敌协会,对内总理会务,对外代表"文协"创作长篇小说《四世同堂》,并对现代曲艺进行改良。1946 年赴美讲学,四年后回国,主要从事话剧剧本创作,代表作有《龙须沟》《茶馆》,荣获"人民艺术家"称号,被誉为语言大师。曾任全国文学艺术界联合会副主席、全国作家协会副主席及北京文联主席。

老舍 1930 年前后来到山东, 先后在济南齐鲁大学和青岛山东大学任教七年之久,对山东产生了深厚的感情,山东被他称为"第二故乡"。据老舍夫人胡絜青回忆,老舍生前"常常怀念的是从婚后到抗战爆发,在山东度过的那几年"。该文是老舍 1931 年春天在济南齐鲁大学任教时写成的。原为一系列直接描写济南风景名胜的长篇散文《一些印象》中的第五节,发表在《齐大月刊》第一卷第六期(1931 年 4 月出版)上。

《济南的冬天》是一篇充满诗情画意的散文,老舍在英国讲学六年之久,英国的雾气给他留下深刻的印象,因此当他来到被誉为"泉城"的山东省会济南后,对这里的温和气候感受非常强烈。标题"济南的冬天",简洁阐明了地点、节令。老舍紧紧抓住济南冬天"温晴"这一特点,描述出一幅幅济南特有的动人的冬景。

❧
CHAPTER 9

故都的秋

郁达夫

秋天，无论在什么地方的秋天，总是好的；可是啊，北国的秋，却特别地来得清，来得静，来得悲凉。我的不远千里，要从杭州赶上青岛，更要从青岛赶上北平来的理由，也不过想饱尝一尝这"秋"，这故都的秋味。

江南，秋当然也是有的，但草木凋得慢，空气来得润，天的颜色显得淡，并且又时常多雨而少风；一个人夹在苏州上海杭州，或厦门香港广州的市民中间，混混沌沌地过去，只能感到一点点清凉，秋的味，秋的色，秋的意境与姿态，总看不饱，尝不透，赏玩不到十足。秋并不是名花，也并不是美酒，那一种半开、半醉的状态，在领略秋的过程上，是不合适的。

不逢北国之秋，已将近十余年了。在南方每年到了秋天，总要想起陶然亭①的芦花，钓鱼台②的柳影，西山③的虫唱，玉泉④的夜月，潭柘寺⑤的钟声。在北平即使不出门去吧，就是在皇城人海之中，租人家一椽⑥破屋来住着，早晨起来，泡一碗浓茶，向院子一坐，你也能看得到很高很高的碧绿的天色，听得到青天下驯鸽的飞声。从槐树叶底，朝东细数着一丝一丝漏下来的日光，或在破壁腰中，静对着像喇叭似的牵牛花（朝荣）的蓝朵，自然而然地也能够感觉到十分的秋意。说到了牵牛花，我以为以蓝色或白色者为佳，紫黑色次之，淡红色最下。最好，还要在牵牛花底，教长着几根疏疏落落的尖细且长的秋草，使作陪衬。

北国的槐树，也是一种能使人联想起秋来的点缀。像花而又不是花的那一种落蕊，早晨起来，会铺得满地。脚踏上去，声音也没有，气味也没有，只能感出一点点极微细极柔软的触觉。扫街的在树影下一阵扫后，灰土上留下来的一条条扫帚的丝纹，看起来既觉得细腻，又觉得清闲，潜意识下并且还觉得有点儿落寞⑦，古人所说的梧桐一叶而天下知秋⑧的遥想，大约也就在这些深沉的地方。

秋蝉的衰弱的残声，更是北国的特产，因为北平处处全长着树，屋子又低，所以无论在什么地方，都听得见它们的啼唱。在南方是非要上郊外或山上去才听得到的。这秋蝉的嘶叫，在北方可和蟋蟀耗子一样，简直像是家家户户都养在家里的家虫。

还有秋雨哩，北方的秋雨，也似乎比南方的下得奇，下得有味，下得更像样。

在灰沉沉的天底下，忽而来一阵凉风，便息列索落地下起雨来了。一层雨过，云渐渐地卷向了西去，天又晴了，太阳又露出脸来了，着⑨着很厚的青布单衣或夹袄的都市闲人，咬着烟管，在雨后的斜桥影里，上桥头树底下去一立，遇见熟人，便会用了缓慢悠闲的声调，微叹着互答着地说：

"唉，天可真凉了——"（这了字念得很高，拖得很长。）

"可不是吗？一层秋雨一层凉了！"

北方人念阵字，总老像是层字，平平仄仄起来⑩，这念错的歧韵，倒来得正好。

北方的果树，到秋天，也是一种奇景。第一是枣子树，屋角，墙头，茅房边上，灶房门口，它都会一株株地长大起来。像橄榄又像鸽蛋似的这枣子颗儿，在小椭圆形的细叶中间，显出淡绿微黄的颜色的时候，正是秋的全盛时期，等枣树叶落，枣子红完，西北风就要起来了，北方便是沙尘灰土的世界，只有这枣子、柿子、葡萄，成熟到八九分的七八月之交，是北国的清秋的佳日，是一年之中最好也没有的 Golden Days⑪。

有些批评家说，中国的文人学士，尤其是诗人，都带着很浓厚的颓废的色彩，所以中国的诗文里，赞颂秋的文字的特别的多。但外国的诗人，又何尝不然？我虽则外国诗文念得不多，也不想开出帐来，做一篇秋的诗歌散文钞⑫，但你若去一翻英德法意等诗人的集子，或各国的诗文的 Anthology⑬来，总能够看到许多并于秋的歌颂与悲啼。各著名的大诗人的长篇田园诗或四季诗里，也总以关于秋的部分，写得最出色而最有味。足见有感觉的动物，有情趣的人类，对于秋，总是一样地特别能引起深沉，幽远，严厉，萧索的感触来的。不单是诗人，就是被关闭在牢狱里的囚犯，到了秋天，我想也一定会感到一种不能自已的深情，秋之于人，何尝有国别，更何尝有人种阶级的区别呢？不过在中国，文字里有一个"秋士"⑭的成语，读本里又有着很普遍的欧阳子的《秋声》与苏东坡的《赤壁赋》等，就觉得中国的文人，与秋的关系特别深了。可是这秋的深味，尤其是中国的秋的深味，非要在北方，才感受得到底。

南国之秋，当然也是有它的特异的地方的，比如廿四桥的明月，钱塘江的秋潮，普陀山的凉雾，荔枝湾⑮的残荷等等，可是色彩不浓，回味不永。比起北国的秋来，正像是黄酒之与白干，稀饭之与馍馍，鲈鱼之与大蟹，黄犬之与骆驼。

秋天，这北国的秋天，若留得住的话，我愿把寿命的三分之二折去，换得一个三分之一的零头。

一九三四年八月，在北平

随文注释

①陶然亭：位于北京城南，亭名出自白居易诗句"更待菊黄家酿熟，共君一醉一陶然"。

②钓鱼台：在北京阜成门外三里河，玉渊潭公园北面。

③西山：北京西郊群山的总称，是京郊名胜。

④玉泉：指玉泉山，是西山东麓支脉。

⑤潭柘寺：在北京西山，相传"寺址本在青龙潭上，有古柘千章，寺以此得名"。

⑥一椽：一间屋。椽，放在房檩上架着木板或瓦的木条。

⑦落寞：冷落，寂寞。

⑧梧桐一叶而天下知秋：《淮南子·说山》："以小明大，见叶落而知岁之将暮。"《太平御览》卷二十四引用"一叶落而知天下秋"。

⑨着：穿（衣）。

⑩平平仄仄起来：意即推敲起字的韵律来。

⑪Golden Days：英语中指"黄金般的日子"。

⑫钞：同"抄"。

⑬Anthology：英语中指"选集"。

⑭秋士：古时指到了暮年仍不得志的知识分子。欧阳子的《秋声》：指欧阳修的《秋声赋》。

⑮荔枝湾：位于广州城西。

阅读贴士

郁达夫（1896—1945），原名郁文，字达夫，曾化名赵廉，浙江富阳人。1913 年 9

月到日本留学，次年 7 月考入东京第一高等学校医科部。郁达夫后来弃医从文。1921 年 6 月，成为创造社发起人之一，郁达夫担任《创造季刊》创刊号的主编。

郁达夫是中国现代著名小说家、散文家、诗人、革命烈士——抗日时期文艺界抗敌御侮斗争中的翘楚，1952 年，中央人民政府追认郁达夫为"民族解放殉难烈士"。在中国民政部公布的中国人民抗日战争第一批英烈名单中，郁达夫的名字在列。郁达夫著有《达夫全集》共七卷、《日记九种》等。代表有：《沉沦》《故都的秋》等。

《故都的秋》创作于 1934 年 8 月 17 日，是郁达夫散文中的名篇。以构思新巧、意境优美而深受读者的推崇。文章开篇即切入正题。寥寥数语点出了北国之秋的特色，"秋天，无论在什么地方的秋天，总是好的；可是啊，北国的秋，却特别地来得清，来得静，来得悲凉。"不多的言语，流露出了游子对故乡之秋的迷恋。对故乡之秋的情感抒发，主要是通过与江南节气的对比、反衬自然地生发开来。何谓江南之秋？作者用了这样的词句："只能感到一点点清凉"，"秋的味，秋的色，秋的意境与姿态，总看不饱，尝不透，赏玩不到十足。"与之相对应，北国的秋则多了几分空旷、苍凉。"玉泉的夜月"、"潭柘寺的钟声"、"碧绿的天色"及"听得到青天下驯鸽的飞声"。这些描摹夹着北方的冷雨，令秋意扑面而来。行文用语凝练，以点带面，仅选取了点缀北国之秋的几处小景，却将故乡之秋的声、色、形描绘得真切自然，韵味益然。在文章末尾，作者不忘以南北对比的精彩语言呼应开篇。"比起北国的秋来，正像是黄酒之与白干，稀饭之与馍馍，鲈鱼之与大蟹，黄犬之与骆驼。"比喻、排比、对比修辞手法的综合运用贴切精练，给人留下深刻的印象。

CHAPTER 9

秋夜

鲁迅

在我的后园，可以看见墙外有两株树，一株是枣树，还有一株也是枣树。

这上面的夜的天空，奇怪而高，我生平没有见过这样奇怪而高的天空。他①仿佛要离开人间而去，使人们仰面不再看见。然而现在却非常之蓝，闪闪地映②着几十个星星的眼，冷眼。他的口角上现出微笑，似乎自以为大有深意，而将繁霜洒在我的园里的野花草上。

我不知道那些花草真叫什么名字，人们叫他们什么名字。我记得有一种开过极细小的粉红花，现在还开着，但是更极细小了，她在冷的夜气中，瑟缩③地做梦，梦见春的到来，梦见秋的到来，梦见瘦的诗人将眼泪擦在她最末的花瓣上，告诉她秋虽然来，冬虽然来，而此后接着还是春，蝴蝶乱飞，蜜蜂都唱起春词来了。她于是一笑，虽然颜色冻得红惨惨地，仍然瑟缩着。

枣树，他们简直落尽了叶子。先前，还有一两个孩子来打他们别人打剩的枣子，现在是一个也不剩了，连叶子也落尽了。他知道小粉红花的梦，秋后要有春；他也知道落叶的梦，春后还是秋。他简直落尽叶子，单剩干子，然而脱了当初满树是果实和叶子时候的弧形，欠伸得很舒服。

但是，有几枝还低亚④着，护定他从打枣的竿梢所得的皮伤，而最直最长的几枝，却已默默地铁似的直刺着奇怪而高的天空，使天空闪闪地鬼眼眼；直刺着天空中圆满的月亮，使月亮窘得发白。

鬼眼眼的天空越加非常之蓝，不安了，仿佛想离去人间，避开枣树，只将月亮剩下。然而月亮也暗暗地躲到东边去了⑤。而一无所有的干子，却仍然默默地铁似的直刺着奇怪而高的天空，一意要制他的死命，不管他各式各样地眼着许多蛊惑⑥的眼睛。

哇的一声，夜游的恶鸟飞过了。

我忽而听到夜半的笑声，吃吃⑦地，似乎不愿意惊动睡着的人，然而四围的空气都应和着笑。夜半，没有别的人，我即刻听出这声音就在我嘴里，我也即刻被这笑声所驱逐，回进自己的房。灯火的带子也即刻被我旋高了。

后窗的玻璃上丁丁⑧地响，还有许多小飞虫乱撞。不多久，几个进来了，许是从窗纸的破孔进来的。他们一进来，又在玻璃的灯罩上撞得丁丁地响。一个从上面撞进去了，他于是遇到火，而且我以为这火是真的。两三个却休息在灯的纸罩上喘气。那罩是昨晚新换的罩，雪白的纸，折出波浪纹的叠痕，一角还画出一枝猩红色的栀子⑨。

猩红的栀子开花时，枣树又要做小粉红花的梦，青葱地弯成弧形了……我又听到夜半的笑声；我赶紧砍断我的心绪，看那老⑩在白纸罩上的小青虫，头大尾小，向日葵子似的，只有半粒小麦那么大，遍身的颜色苍翠得可爱，可怜。

我打一个呵欠，点起一支纸烟，喷出烟来，对着灯默默地敬奠这些苍翠精致的英雄们。

一九二四年九月十五日

中华经典美文选读

随文注释

①他：在五四初期的白话文中，不管称第三人称的女性或称物都用"他"。此文中的"他""他们"即分别指代天空、花草、枣树等。

②睒(shǎn)：眨眼。

③瑟缩：因寒冷而不舒展，冷得哆嗦，发抖。

④低亚：低垂。"亚"通"压"。

⑤这是写作者深夜里一瞬间的感觉，并不是真的月亮东移。

⑥蛊惑：恶意的诱骗人，使人心意迷惑。

⑦吃吃：形容笑声。

⑧丁丁：象声词。元稹《景申秋》诗有"丁丁窗雨繁"句。

⑨栀子：一种常绿灌木，春夏开白花，极香。

⑩老：死的意思。

阅读贴士

此文写于1924年9月的北京。当时，在帝国主义和北洋军阀相互勾结实行统治的情况下，中国北方的民主革命处于低潮。同时，"五四"退潮后新文化战线发生了分裂，思想界起了巨大分化，原来"同一战阵中的伙伴"，"有的高升，有的退隐，有的前进"，而且北京的文化界和教育界又掀起一股提倡国粹、整理国故，妄图将青年重新拉回故纸堆的复古思潮。面对这些社会的变故和强大的统治势力，作者不免孤寂、彷徨，时而感到一种"成了游勇，布不成阵"的苦闷，但他没有丧失勇气和信心，一方面急切地找寻生力军，一方面孤军奋战，坚忍地进行反帝反封建的斗争。这篇散文诗，正是作者在这种思想情感下所作。

第十单元

凌云壮志

LINGYUNZHUANGZHI

CHAPTER 10

论语·子路、曾皙、冉有、公西华侍坐

佚名

子路、曾皙、冉有、公西华侍坐。

子曰："以吾一日长乎尔，毋吾以也。居则曰：'不吾知也！'如或知尔，则何以哉？"

子路率尔而对曰："千乘之国，摄乎大国之间，加之以师旅，因之以饥馑；由也为之，比及三年，可使有勇，且知方也。"

夫子哂之。

"求，尔何如？"

对曰："方六七十，如五六十，求也为之，比及三年，可使足民。如其礼乐，以俟君子。"

"赤，尔何如？"

对曰："非曰能之，愿学焉。宗庙之事，如会同，端章甫，愿为小相焉。"

"点，尔何如？"

鼓瑟希，铿尔，舍瑟而作，对曰："异乎三子者之撰。"

子曰："何伤乎？亦各言其志也！"

曰："莫春者，春服既成，冠者五六人，童子六七人，浴乎沂，风乎舞雩，咏而归。"

夫子喟然叹曰："吾与点也。"

三子者出，曾皙后。曾皙曰："夫三子者之言何如？"

子曰："亦各言其志也已矣！"

曰："夫子何哂由也？"

曰："为国以礼，其言不让，是故哂之。唯求则非邦也与？安见方六七十，如五六十而非邦也者？唯赤则非邦也与？宗庙会同，非诸侯而何？赤也为之小，孰能为之大？"

参考译文

子路、曾皙、冉有、公西华陪（孔子）坐着。孔子说："你们不要因为我的年龄比你们长一些就受拘束而不敢说话。（你们）平时常说：'没有人了解我呀！'假如有人了解你们，那么（你们）打算怎么做呢？"

子路急忙回答说："一个拥有一千辆兵车的国家，夹在大国之间，加上外国军队的侵犯，接着又遇上饥荒；如果让我治理这个国家，等到三年工夫，就可以使人人勇敢善战，而且还懂得做人的道理。"

孔子听了，微微一笑。

"冉有，你怎么样？"

（冉有）回答说："一个纵横各六七十里或五六十里的国家，如果让我去治理，等到三年，就可以使老百姓富足起来。至于振兴礼乐教化，那就只有等待贤人君子了。"

"公西华，你怎么样？"

（公西华）回答说："我不敢说能做什么，只是愿意学习。宗庙祭祀的工作，或者是诸侯会盟，朝见天子，我愿意穿着礼服，戴着礼帽，做一个小小的赞礼人。"

"曾皙，你怎么样？"

（曾皙）弹瑟的声音渐渐稀疏下来，铿的一声，放下瑟直起身来，回答说："我和他们三人所说的志向不同！"

孔子说："那有什么关系呢？不过是各自谈谈自己的志向！"

（曾晳）说："暮春时节（天气暖和），春天的衣服已经穿着了。（我和）几个成年人，几个少年，到沂河里洗澡，在舞雩台上吹吹风，唱着歌走回家。"

孔子长叹一声说："我是赞成曾晳的想法呀！"

子路、冉有、公西华都出去了，曾晳最后走。曾晳问（孔子）："他们三个人的话怎么样？"

孔子说："也不过是各自谈谈自己的志向罢了！"

（曾晳）说："你为什么笑子路呢？"

（孔子）说："治理国家要讲究理让，可他的话却一点不谦让，所以我笑他。难道冉有所讲的就不是国家大事吗？怎见得纵横六七十里或五六十里的地方就不是国家呢？难道公西华所讲的不是国家大事？宗庙祭祀和诸侯会盟和朝见天子，讲的之事，不是诸侯的大事又是什么呢？如果公西华只能给诸侯做一个小小的赞礼人，那谁能来做大事呢？"

阅读贴士

本文节选自《论语·先进》，题目是编者所加，《论语》是孔子的弟子根据孔子的言行写的。子路：姓仲，名由，字子路，又字季路，小孔子九岁。曾晳：姓曾，名点，字子晳。曾参的父亲约小孔子二十多岁。冉有：姓冉，名求，字子有，小孔子二十九岁。公西华：姓公西，名赤，字子华，小孔子四十二岁。以上四人都是孔子的学生。

CHAPTER 10

庄子·逍遥游(节选)

庄周

　　北冥有鱼，其名为鲲。鲲之大，不知其几千里也。化而为鸟，其名为鹏。鹏之背，不知其几千里也；怒而飞，其翼若垂天之云。是鸟也，海运则将徙于南冥。南冥者，天池也。《齐谐》者，志怪者也。《谐》之言曰："鹏之徙于南冥也，水击三千里，抟扶摇而上者九万里，去以六月息者也。"野马也，尘埃也，生物之以息相吹也。天之苍苍，其正色邪？其远而无所至极邪？其视下也，亦若是则已矣。且夫水之积也不厚，则其负大舟也无力。覆杯水于坳堂之上，则芥为之舟；置杯焉则胶，水浅而舟大也。风之积也不厚，则其负大翼也无力。故九万里，则风斯在下矣，而后乃今培风；背负青天而莫之夭阏者，而后乃今将图南。

　　蜩与学鸠笑之曰："我决起而飞，抢榆枋而止，时则不至，而控于地而已矣，奚以之九万里而南为？"适莽苍者，三餐而反，腹犹果然；适百里者，宿春粮；适千里者，三月聚粮。之二虫又何知？

　　小知不及大知，小年不及大年。奚以知其然也？朝菌不知晦朔，蟪蛄不知春秋，此小年也。楚之南有冥灵者，以五百岁为春，五百岁为秋。上古有大椿者，以八千岁为春，八千岁为秋，此大年也。而彭祖乃今以久特闻，众人匹之，不亦悲乎！

汤之问棘也是已："穷发之北，有冥海者，天池也。有鱼焉，其广数千里，未有知其修者，其名为鲲。有鸟焉，其名为鹏。背若泰山，翼若垂天之云。抟扶摇羊角而上者九万里，绝云气，负青天，然后图南，且适南冥也。斥鴳笑之曰：'彼且奚适也？我腾跃而上，不过数仞而下，翱翔蓬蒿之间，此亦飞之至也。而彼且奚适也？'"此小大之辩也。

故夫知效一官，行比一乡，德合一君，而征一国者，其自视也，亦若此矣。而宋荣子犹然笑之。且举世誉之而不加劝，举世非之而不加沮，定乎内外之分，辩乎荣辱之境，斯已矣。彼其于世，未数数然也。虽然，犹有未树也。夫列子御风而行，泠然善也，旬有五日而后反。彼于致福者，未数数然也。此虽免乎行，犹有所待者也。若夫乘天地之正，而御六气之辩，以游无穷者，彼且恶乎待哉？故曰：至人无己，神人无功，圣人无名。

参考译文

北方的大海里有一条鱼，它的名字叫作鲲。鲲的体积，真不知道大到几千里；变化成为鸟，它的名字就叫鹏。鹏的脊背，真不知道长到几千里；当它奋起而飞的时候，那展开的双翅就像天边的云。这只鹏鸟呀，随着海上汹涌的波涛迁徙到南方的大海。南方的大海是个天然的大池。《齐谐》是一部专门记载怪异事情的书，这本书上记载说："鹏鸟迁徙到南方的大海，翅膀拍击水面激起三千里的波涛，海面上急骤的狂风盘旋而上直冲九万里高空，离开北方的大海用了六个月的时间方才停歇下来。"春日林泽原野上蒸腾浮动犹如奔马的雾气，低空里沸沸扬扬的尘埃，都是大自然里各种生物的气息吹拂所致。天空是湛蓝湛蓝的，难道这就是它真正的颜色吗？抑或是高旷辽远没法看到它的尽头呢？鹏鸟在高空往下看，不过也就像这个样子罢了。

再说水汇积不深，它浮载大船就没有力量。倒杯水在庭堂的低洼处，那么小小的芥草也可以给它当作船；而搁置杯子就粘住不动了，因为水太浅而船太重了。风聚积的力量不雄厚，它托负巨大的翅膀便力量不够。所以，鹏鸟高飞九万里，狂风就在它的身下，然后方才凭借风力飞行，背负青天而没有什么力量能够阻挡它了，然后才像现在这样飞到南方去。寒蝉与小灰雀讥笑它说："我从地面急速起飞，碰着榆树和檀树的树枝，常常飞不到而落在地上，为什么要到九万里的高空而向南飞呢？"到迷茫到郊野去，带上三餐就可以往返，肚子还是饱饱的；到百里之外去，要用一整夜时间准备干粮；到千里之外去，三个月以前就要准备粮食。寒蝉和灰雀这两个小东西懂得什么！小聪明赶不上大智慧，寿命短比不上寿命长。怎么知道是这样的呢？清晨的菌类不会懂得什么是晦朔，寒蝉也不会懂得什么是春秋，这就是短寿。楚国南边有叫冥灵的大龟，它把五百年当作春，把五百年当作秋；上古有叫大椿的古树，它把八千年当作春，把八千年当作秋，这就是长寿。可是彭祖到如今还是以年寿长久而闻名于世，人们与他攀比，岂不可悲可叹吗？

商汤询问棘的话是这样的："在那草木不生的北方，有一个很深的大海，那就是'天池'。那里有一种鱼，它的脊背有好几千里，没有人能够知道它有多长，它的名字叫做鲲，有一种鸟，它的名字叫鹏，它的脊背像座大山，展开双翅就像天边的云。鹏鸟奋起而飞，翅膀拍击急速旋转向上的气流直冲九万里高空，穿过云气，背负青天，这才向南飞去，打算飞到南方的大海。斥鴳讥笑它说：'它打算飞到哪儿去？我奋力跳起来往上飞，不过几丈高就落了下来，盘旋于蓬蒿丛中，这也是我飞翔的极限了。而它打算飞到什么地方去呢？'"这就是小与大的不同了。

所以，那些才智足以胜任一个官职，品行合乎一乡人心愿，道德能使国君感到满意，能力足以取信一国之人的人，他们看待自己也像是这样哩。而宋荣子却讥笑他们。世上的人们都赞誉他，他不会因此越发努力，世上的人们都非难他，他也不会因此而更加沮丧。他清楚地划定自身与外物的区别，辩别荣誉与耻辱的界限，不过如此而已呀！宋荣子他对于整个社会，从来不急急忙忙地去追求什么。虽然如此，他还是未能达到最高的境界。列子能驾风行走，那样子实在轻盈美好，而且十五天后方才返回。列子对于寻求幸福，从来没有急急忙忙的样子。他这样做虽然免除了行走的劳苦，可还是有所依凭呀。至于遵循宇宙万物的规律，把握"六气"的变化，遨游于无穷无尽的境域，他还仰赖什么呢！因此说，道德修养高尚的"至人"能够达到忘我的境界，精神世界完全超脱物外的"神人"心目中没有功名和事业，思想修养臻于完美的"圣人"从不去追求名誉和地位。

阅读贴士

　　《逍遥游》是战国时期哲学家、文学家庄周的代表作,被列为道家经典《庄子·内篇》的首篇,在思想上和艺术上都可作为《庄子》一书的代表。此文主题是追求一种绝对自由的人生观,作者认为,只有忘却物我的界限,达到无己、无功、无名的境界,无所依凭而游于无穷,才是真正的"逍遥游"。文章先是通过大鹏与蜩、学鸠等小动物的对比,阐述了"小"与"大"的区别;在此基础上作者指出,无论是不善飞翔的蜩与学鸠,还是能借风力飞到九万里高空的大鹏,甚至是可以御风而行的列子,它们都是"有所待"而不自由的,从而引出并阐述了"至人无己,神人无功,圣人无名"的道理。最后通过惠子与庄子的"有用""无用"之辩,说明不为世所用才能"逍遥"。全文想象丰富,构思新颖,雄奇怪诞,汪洋恣肆,字里行间洋溢着浪漫主义色彩。"逍遥游"是庄子的人生理想,是庄子人生论的核心内容。"逍遥游"是指"无所待而游无穷",对世俗之物无所依赖,与自然化而为一,不受任何束缚自由地游于世间。"逍遥"在庄子这里是指人超越了世俗观念及其价值的限制而达到的最大的精神自由。"游"并不是指形体之游,更重要的是指精神之游,形体上的束缚被消解后,自然就可以悠游于世。逍遥游就是超脱万物、无所依赖、绝对自由的精神境界。

　　庄子逍遥游思想的主要内容是从"有所待"达到"无所待"的精神境界。《逍遥游》中庄子运用了许多寓言来表述逍遥游的内涵,揭露世俗"有待"的表现。首先,庄子指出,大舟靠着积水之深才能航行,大鹏只有"培风"才能翱翔,因此他们都是"有所待者"。再如,庄子认为宋荣子的思想仍然处于"定乎内外之分,辩乎荣辱之境"的局限,并没有完全超越世俗定"内外"和辩"荣辱"的纷争,只是在这种纷争中不动心,因而不是真正的"无待"。庄子批判了世俗的有所待,提出了追求无待的理想境界,同时也指出了从"有待"至"无待"的具体途径。这就是:"至人无己""神人无功","圣人无名"。这里的"至人""神人""圣人"都是"道"的化身和结合体,是庄子主张的理想人格。在庄子看来,只有达到"无己""无功""无名"的境界,才能摆脱一切外物之累从"有待"达到"无待",体会真正的逍遥游。

　　文章指出,"若夫乘天地之正,而御六气之辨,以游无穷者,彼且恶乎待哉!"至人游处于天地间,其精神与宇宙一体化,自我无穷地开放,向内打通自己,向外与他人他物相感通、相融合。达到这种境界,物我的界限便可消除"游于无穷,彼且恶乎待哉!"至人是个自由超越者,他从形象世界的局限中超脱出来,获得大解放,达到"无待"的境界——心灵无穷地开放,与外物相冥合。如此,则无论在任何情况下,都能随遇而安,自由自在。庄子对至人的描述,体现出逍遥游理想人格的一些特点。

CHAPTER 10

短歌行

曹操

对酒当歌，人生几何！譬如朝露，去日苦多。

慨当以慷，忧思难忘。何以解忧？唯有杜康①。

青青子衿，悠悠我心②。但为君故，沉吟至今。

呦呦鹿鸣，食野之苹。我有嘉宾，鼓瑟吹笙③。

明明如月，何时可掇④？忧从中来，不可断绝。

越陌度阡⑤，枉用相存⑥。契阔谈䜩⑦，心念旧恩。

月明星稀，乌鹊南飞。绕树三匝，何枝可依？

山不厌高，海不厌深⑧。周公吐哺，天下归心。

随文注释

①杜康：相传是最早造酒的人，这里代指酒。

②青青子衿（jīn），悠悠我心：出自《诗经·郑风·子衿》。原写姑娘思念情人，这里用来比喻渴望得到有才学的人。子，对对方的尊称。衿，古式的衣领。青衿，是周代读书人的服装，这里指代有学识的人。悠悠，长久的样子，形容思虑连绵不断。

③呦（yōu）呦鹿鸣，食野之苹。我有嘉宾，鼓瑟吹笙（shēng）：出自《诗经·小雅·鹿鸣》。呦呦：鹿叫的声音。苹：艾蒿。鼓：弹。

④何时可掇（duō）：什么时候可以摘取呢？掇，拾取，摘取。另解：掇读chuò，通

"辍",即停止的意思。何时可掇,意思就是什么时候可以停止呢?

⑤越陌度阡:穿过纵横交错的小路。陌,东西向田间小路。阡,南北向的小路。

⑥枉用相存:屈驾来访。枉,这里是"枉驾"的意思;用,以。存,问候,思念。

⑦谦(yàn):通"宴"。

⑧海不厌深:一作"水不厌深"。这里是借用《管子·形解》中的话,原文是:"海不辞水,故能成其大;山不辞土,故能成其高;明主不厌人,故能成其众……"是表示希望尽可能多地接纳人才。

参考译文

一边喝酒一边高歌,人生的岁月有多少。

好比晨露转瞬即逝,逝去的时光实在太多!

宴会上歌声慷慨激昂,心中的忧愁却难以遗忘。

靠什么来排解忧闷?唯有豪饮美酒。

有学识的才子们啊,你们令我朝夕思慕。

只是因为您的缘故,让我沉痛吟诵至今。

阳光下鹿群呦呦欢鸣,在原野吃着艾蒿。

一旦四方贤才光临舍下,我将奏瑟吹笙宴请嘉宾。

当空悬挂的皓月哟,什么时候可以摘取呢;

心中深深的忧思,喷涌而出不能停止。

远方宾客穿越纵横交错的田路,屈驾前来探望我。

彼此久别重逢谈心宴饮,重温那往日的恩情。

月光明亮星光稀疏,一群寻巢乌鹊向南飞去。

绕树飞了三周却没敛翅,哪里才有它们栖身之所?

高山不辞土石才见巍峨,大海不弃涓流才见壮阔。

我愿如周公一般礼贤下士,愿天下的英杰真心归顺与我。

阅读贴士

曹操(155—220),字孟德,一名吉利,小名阿瞒,沛国谯县(今安徽亳州)人,汉族。东汉末年杰出的政治家、军事家、文学家、书法家。三国中曹魏政权的缔造者，其子曹丕称帝后，追尊为武皇帝，庙号太祖。曹操精兵法，善诗歌，抒发自己的政治抱负，并反映汉末人民的苦难生活，气魄雄伟，慷慨悲凉；散文亦清峻整洁，开启并繁荣了建安文学，给后人留下了宝贵的精神财富，史称建安风骨，鲁迅评价其为"改造文章的祖师"。同时曹操也擅长书法，尤工章草，唐朝张怀瓘在《书断》中评其为"妙品"。

《短歌行》是汉乐府的旧题，属于《相和歌辞·平调曲》。这就是说它本来是一个乐曲的名称。最初的古辞已经失传。乐府里收集的同名有二十四首，最早的是曹操的这首。这种乐曲怎么唱法，现在当然是不知道了。但乐府《相和歌·平调曲》中除了《短歌行》还有《长歌行》，唐代吴兢《乐府古题要解》引证古诗"长歌正激烈"，魏文帝曹丕《燕歌行》"短歌微吟不能长"和晋代傅玄《艳歌行》"咄来长歌续短歌"等句，认为"长歌""短歌"是指"歌声有长短"。我们现在也就只能根据这一点点材料来理解《短歌行》的音乐特点。《短歌行》这个乐曲，原来当然也有相应的歌词，就是"乐府古辞"，但这古辞已经失传了。现在所能见到的最早的《短歌行》就是曹操所作的拟乐府《短歌行》。所谓"拟乐府"就是运用乐府旧曲来补作新词，曹操传世的《短歌行》共有两首，这里要介绍的是其中的第一首。

这首《短歌行》的主题非常明确，就是作者希望有大量人才来为自己所用。曹操在其政治活动中，为了扩大他在庶族地主中的统治基础，打击反动的世袭豪强势力，曾大力强调"唯才是举"，为此先后发布了"求贤令""举士令""求逸才令"等；而《短歌行》实际上就是一曲"求贤歌"，又正因为运用了诗歌的形式，含有丰富的抒情成分，所以就能起到独特的感染作用，有力地宣传了他所坚持的主张，配合了他所颁发的政令。

CHAPTER 10

滕王阁序

王勃

豫章故郡，洪都新府。星分翼轸，地接衡庐。襟三江而带五湖，控蛮荆而引瓯越。物华天宝，龙光射牛斗之墟；人杰地灵，徐孺下陈蕃之榻。雄州雾列，俊彩星驰，台隍枕夷夏之交，宾主尽东南之美。都督阎公之雅望，棨戟遥临；宇文新州之懿范，襜帷暂驻。十旬休暇，胜友如云；千里逢迎，高朋满座。腾蛟起凤，孟学士之词宗；紫电清霜，王将军之武库。家君作宰，路出名区；童子何知，躬逢胜饯。

时维九月，序属三秋。潦水尽而寒潭清，烟光凝而暮山紫。俨骖騑于上路，访风景于崇阿。临帝子之长洲，得仙人之旧馆。层台耸翠，上出重霄；飞阁流丹，下临无地。鹤汀凫渚，穷岛屿之萦回；桂殿兰宫，列冈峦之体势。

披绣闼，俯雕甍，山原旷其盈视，川泽纡其骇瞩。闾阎扑地，钟鸣鼎食之家；舸舰迷津，青雀黄龙之舳。虹销雨霁，彩彻区明。落霞与孤鹜齐飞，秋水共长天一色。渔舟唱晚，响穷彭蠡之滨；雁阵惊寒，声断衡阳之浦。

遥吟俯畅，逸兴遄飞。爽籁发而清风生，纤歌凝而白云遏。睢园绿竹，气凌彭泽之樽；邺水朱华，光照临川之笔。四美具，二难并。穷睇眄于中天，极娱游于暇日。天高地迥，觉宇宙之无穷；兴尽悲来，识盈虚之有数。望长安于日下，目吴会于云间。地势极而南溟深，天柱高而北辰远。关山难越，谁悲失路之人。萍水相逢，尽是他乡之客。怀帝阍而不见，奉宣室以何年？

嗟乎！时运不齐，命运多舛。冯唐易老，李广难封。屈贾谊于长沙，非无圣主；窜梁鸿于海曲，岂乏明时？所赖君子安贫，达人知命。老当益壮，宁移白首之心？穷且益坚，不坠青云之志。酌贪泉而觉爽，处涸辙以犹欢。北海虽赊，扶摇可接；东隅已逝，桑榆非晚。孟尝高洁，空余报国之心；阮籍猖狂，岂效穷途之哭！

勃，三尺微命，一介书生。无路请缨，等终军之弱冠；有怀投笔，慕宗悫之长风。舍簪笏于百龄，奉晨昏于万里。非谢家之宝树，接孟氏之芳邻。他日趋庭，叨陪鲤对；今晨捧袂，喜托龙门。杨意不逢，抚凌云而自惜；钟期既遇，奏流水以何惭？

呜呼！胜地不常，盛筵难再。兰亭已矣，梓泽丘墟。临别赠言，幸承恩于伟饯；登高作赋，是所望于群公。敢竭鄙诚，恭疏短引。一言均赋，四韵俱成。请洒潘江，各倾陆海云尔。

滕王高阁临江渚，佩玉鸣鸾罢歌舞。

画栋朝飞南浦云，珠帘暮卷西山雨。

闲云潭影日悠悠，物换星移几度秋。

阁中帝子今何在？槛外长江空自流。

参考译文

这里是汉代的豫章郡城，如今是洪州的都督府，天上的方位属于翼、轸两星宿的分野,地上的位置联结着衡山和庐山。以三江为衣襟,以五湖为衣带,控制着楚地,连接着闽越。物类的精华,是上天的珍宝,宝剑的光芒直冲上牛、斗二星的区间。人中有英杰,因大地有灵气,陈蕃专为徐孺设下卧榻。雄伟的洪州城在雾中屹立,英俊的人才,像繁星一样地活跃。城池坐落在夷夏交界的要害之地,主人与宾客,集中了东南地区的英俊之才。都督阎公,享有崇高的名望,远道来到洪州坐镇,宇文州牧,是美德的楷模,赴任途中在此暂留。正逢十日休假的日子,杰出的友人云集,高贵的宾客,也都不远千里来到这里聚会。文坛领袖孟学士,文章的气势像腾起的蛟龙,飞舞的彩凤,王将军的武库里,藏有像紫电、青霜一样锋利的宝剑。由于父亲在交趾做县令,我在探亲途中经过这个著名的地方。我年幼无知,竟有幸亲自参加了这次盛大的宴会。

正值九月,秋高气爽。积水消尽,潭水清澈,天空凝结着淡淡的云烟,暮霭中山峦呈现一片紫色。在高高的山路上驾着马车,在崇山峻岭中访求风景。来到昔日帝子的长洲,发现了滕王所修的滕王阁。这里山峦重叠,青翠的山峰耸入云霄。凌空的楼阁,红色的阁道犹如飞翔在天空,从阁上看不到地面。白鹤、野鸭停息的水边平地和水中小洲,极尽岛屿的迂曲回环之势,雅浩的宫殿,跟起伏的山峦配合有致。

打开雕花精美的阁门,俯视彩饰的屋脊,山峰平原尽收眼底,湖川曲折令人惊异。遍地是里巷宅舍,许多钟鸣鼎食的富贵人家。舸舰塞满了渡口,尽是雕上了青雀黄龙花纹的大船。云消雨停,阳光普照,天空晴朗;落日映射下的彩霞与孤独的野鸭一齐飞翔,秋天的江水和辽阔的天空连成一片,浑然一色。傍晚时分,渔夫在渔船上歌唱,那歌声响彻彭蠡湖滨;深秋时节,雁群感到寒意而发出惊叫,哀鸣声一直持续到衡阳的水滨。

放眼远望,胸襟刚感到舒畅,超逸的兴致立即兴起,排箫的音响引来的徐徐清风,柔缓的歌声吸引住飘动的白云。像睢园竹林的聚会,这里善饮的人,酒量超过彭泽县令陶渊明,像邺水赞咏莲花,这里诗人的文采,胜过临川内史谢灵运。(音乐与饮食,文章和言语)这四种美好的事物都已经齐备,良辰美景,赏心乐事这两个难得的条件也凑合在一起了,向天空中极目远眺,在假日里尽情欢娱。苍天高远,大地寥廓,令人感到宇宙的无穷无尽。欢乐逝去,悲哀袭来,我知道事物的兴衰成败是有定数的。西望长安,东指吴会,南方的陆地已到尽头,大海深不可测,北方的北斗星多么遥远,天柱高不可攀。关山重重难以越过,有谁同情不得志的人? 偶尔相逢,大家都是异乡之客,怀念着君王的宫门,但却不被召见,什么时候才能够去侍奉君王呢?

唉!各人的时机不同,人生的命运多有不顺。冯唐容易衰老,李广难得封侯。使贾谊遭受委屈,贬于长沙,并不是没有圣明的君主,使梁鸿逃匿到齐鲁海滨,难道不是政治昌明的时代吗? 只不过由于君子安于贫贱,通达的人知道自己的命运罢了。年纪虽然老了,但志气应当更加旺盛,怎能在白头时改变自己的心志? 境遇虽然困苦,但节操应当更加坚定,决不能抛弃自己的凌云壮志。即使喝了贪泉的水,心境依然清爽廉洁;即使身处于干涸的车辙中,胸怀依然开朗愉快。北海虽然十分遥远,乘着羊角旋风还是能够达到,早晨虽然已经过去,而珍惜黄昏却为时不晚。孟尝君心地高洁,但白白地怀抱着报国的热情,阮籍放纵不羁,我们怎能学他那种起到穷途就哭泣的行为呢!

我地位卑微,只是一个书生。虽然和终军一样年龄,却无处去请缨杀敌。我羡慕宗悫那种"乘长风破万里浪"的英雄气概,也有投笔从戎的志向。如今我抛弃了一生的功名,不远万里去朝夕侍奉父亲。虽然称不上谢家的"宝树",但是能和贤德之士相交往。不久我将见到父亲,聆听他的教诲。今天我侥幸地奉陪各位长者,高兴得如月登上龙门一样。假如碰不上杨得意那样引荐的人,就只有抚摸着自己的文章而自我叹惜。既然已经遇到了钟子期,就弹奏一曲《流水》又有什么羞愧呢?

唉! 名胜之地不能常存,盛大的宴会难以再逢。兰亭集会的盛况已成陈迹,石崇的梓泽也变成了废墟。承蒙这个宴会的恩赐,让我临别时作了这一篇序文,至于登高作赋,这只有指望在座诸公了。我只是冒昧地尽我微薄的心意,作了短短的引言。在座诸位都按各自分到的韵字赋诗,我已写成了四韵八句。请在座诸位施展潘岳、陆机一样的才笔,各自谱写瑰丽的诗篇吧!

巍峨高耸的滕王阁俯临着江心的沙洲,想当初佩玉、鸾铃鸣响的豪华歌舞已经停止了。

早晨,南浦的云飞上了画栋;黄昏,西山的雨卷入了珠帘。

悠闲的彩云影子倒映在江水中,整天悠悠然地漂浮着;时光易逝,人事变迁,不知已经度过几个春秋。

昔日游赏于高阁中的滕王如今已不知哪里去了,只有那栏杆外的滔滔江水空自向远方奔流。

阅读贴士

王勃(650 或 649—676),唐代诗人。汉族,字子安。绛州龙门(今山西河津)人。王勃与于龙以诗文齐名,并称"王于",亦称"初唐二杰"。王勃也与杨炯、卢照邻、骆宾王齐名,齐称"初唐四杰",其中王勃是"初唐四杰"之冠。王勃为隋末大儒王通的孙子(王通是隋末著名学者,号文中子),王通生二子,长名福郊,次名福峙,福峙即王勃之父,曾出任太常博士、雍州司功、交趾县令、六合县令、齐州长史等职。可知王勃生长于书香之家。

本文原题为《秋日登洪府滕王阁饯别序》,全文运思谋篇,都紧扣这个题目。公元 675 年(唐高宗上元二年)为庆祝滕王阁新修成,阎公于九月九日大会宾客,让其婿吴子章作序以彰其名,不料在假意谦让时,王勃却提笔就作。阎公初以"更衣"为名,愤然离席,专会人伺其下笔。初闻"豫章故郡,洪都新府",阎公觉得"亦是老生常谈";接下来"台隍枕夷夏之郊,宾主尽东南之美",公闻之,沉吟不言;及至"落霞与孤鹜齐飞,秋水共长天一色"一句,乃大惊"此真天才,当永垂不朽矣!"出立于勃侧而观,遂亟请宴所,极欢而罢。

CHAPTER 10

将进酒①

李白

君不见，黄河之水天上来②，奔流到海不复回。

君不见，高堂明镜悲白发，朝如青丝暮成雪③。

人生得意④须尽欢，莫使金樽空对月。

天生我材必有用，千金散尽还复来。

烹羊宰牛且为乐，会须⑤一饮三百杯。

岑夫子，丹丘生⑥，将进酒，杯莫停⑦。

与君⑧歌一曲，请君为我倾耳听⑨。

钟鼓馔玉⑩不足贵，但愿长醉不复醒⑪。

古来圣贤皆寂寞，惟有饮者留其名。

陈王昔时宴平乐，斗酒十千恣欢谑⑫。

主人何为言少钱⑬，径须沽⑭取对君酌。

五花马⑮，千金裘，呼儿将出换美酒，与尔⑯同销万古愁。

随文注释

①将（qiāng）进酒：请饮酒。乐府古题，原是汉乐府短箫铙歌的曲调。《乐府诗集》卷十六引《古今乐录》曰："汉鼓吹铙歌十八曲，九曰《将进酒》。"《敦煌诗集残

中华经典美文选读

卷》三个手抄本将此诗均题作"惜罇空"。《文苑英华》卷三三六题作"惜空罇酒"。将,请。

②君不见:乐府诗常用作提醒人语。天上来:黄河发源于青海,因那里地势极高,故称。

③高堂:房屋的正室厅堂。一说指父母,不合诗意。一作"床头"。青丝:喻柔软的黑发。一作"青云"。成雪:一作"如雪"。

④得意:适意高兴的时候。

⑤会须:正应当。

⑥岑夫子:岑勋。丹丘生:元丹丘。二人均为李白的好友。

⑦杯莫停:一作"君莫停"。

⑧与君:给你们,为你们。君,指岑、元二人。

⑨倾耳听:一作"侧耳听"。

⑩钟鼓:富贵人家宴会中奏乐使用的乐器。馔(zhuàn)玉:形容食物如玉一样精美。

⑪不复醒:也有版本为"不用醒"或"不愿醒"。

⑫陈王:指陈思王曹植。平乐(lè):观名。在洛阳西门外,为汉代富豪显贵的娱乐场所。恣:纵情任意。谑(xuè):戏。

⑬言少钱:一作"言钱少"。

⑭径须:干脆,只管。沽:通"酤",买。

⑮五花马:指名贵的马。一说毛色作五花纹,一说颈上长毛修剪成五瓣。

⑯尔:你。

参考译文

你可见黄河水从天上流下来,波涛滚滚直奔向东海不回还。

你可见高堂明镜中苍苍白发,早上满头青丝晚上就如白雪。

人生得意时要尽情享受欢乐,不要让金杯空对皎洁的明月。

天造就了我成材必定会有用,即使散尽黄金也还会再得到,

煮羊宰牛姑且尽情享受欢乐,一气喝他三百杯也不要嫌多。

岑夫子啊、丹丘生啊,快喝酒啊,不要停啊。

我为在座各位朋友高歌一曲,请你们一定要侧耳细细倾听。

钟乐美食这样的富贵不稀罕,我愿永远沉醉酒中不愿清醒。

圣者仁人自古就寂然悄无声,只有那善饮的人才留下美名。

当年陈王曹植平乐观摆酒宴,一斗美酒值万钱他们开怀饮。

主人你为什么说钱已经不多,你尽管端酒来让我陪朋友喝。

管它名贵五花马还是狐皮裘,快叫侍儿拿去统统来换美酒,与你同饮来消除这万古常愁。

阅读贴士

　　李白(701—762),字太白,号青莲居士,又号"谪仙人",是唐代伟大的浪漫主义诗人,被后人誉为"诗仙",与杜甫并称为"李杜",为了与另两位诗人李商隐与杜牧即"小李杜"区别,杜甫与李白又合称"大李杜"。据《新唐书》记载,李白为兴圣皇帝(凉武昭王李暠)九世孙,与李唐诸王同宗。其人爽朗大方,爱饮酒作诗,喜交友。李白深受黄老列庄思想影响,有《李太白集》传世,诗作多是醉时写的,代表作有《望庐山瀑布》《行路难》《蜀道难》《将进酒》《梁甫吟》《早发白帝城》等。李白所作辞赋,宋人已有传记(如文莹《湘山野录》卷上),就其开创意义及艺术成就而言,"李白词"享有极为崇高的地位。

🌸

CHAPTER 10

满江红·写怀

岳飞

怒发冲冠①，凭栏处、潇潇②雨歇。抬望眼，仰天长啸③，壮怀激烈。三十功名尘与土④，八千里路云和月⑤。莫等闲⑥，白了少年头，空悲切！

靖康耻⑦，犹未雪；臣子恨，何时灭！驾长车，踏破贺兰山⑧缺。壮志饥餐胡虏肉，笑谈渴饮匈奴血。待从头，收拾旧山河，朝天阙⑨。

随文注释

①怒发冲冠：形容愤怒至极，头发竖了起来。

②潇潇：形容雨势急骤。

③长啸：感情激动时撮口发出清而长的声音，为古人的一种抒情举动。

④三十功名尘与土：年已三十，建立了一些功名，不过很微不足道。

⑤八千里路云和月：形容南征北战、路途遥远、披星戴月。

⑥等闲：轻易，随便。

⑦靖康耻：宋钦宗靖康二年（1127年），金兵攻陷汴京，掳走徽、钦二帝。

⑧贺兰山：贺兰山脉位于宁夏回族自治区与内蒙古自治区交界处。

⑨朝天阙：朝见皇帝。天阙：本指宫殿前的楼观，此指皇帝生活的地方。

参考译文

我愤怒得头发竖了起来，独自登高凭栏远眺，骤急的风雨刚刚停歇。抬头远望天空,禁不住仰天长啸,一片报国之心充满心怀。三十多年来虽已建立一些功名,但如同尘土微不足道,南北转战八千里,经过多少风云人生。好男儿,要抓紧时间为国建功立业,不要空空将青春消磨,等年老时徒自悲切

靖康之变的耻辱,至今仍然没有被雪洗。作为国家臣子的愤恨,何时才能泯灭!我要驾着战车向贺兰山进攻,连贺兰山也要踏为平地。我满怀壮志,打仗饿了就吃敌人的肉,谈笑渴了就喝敌人的鲜血。待我重新收复旧日山河,再带着捷报向国家报告胜利的消息!

阅读贴士

岳飞(1103—1142),南宋抗金名将。字鹏举,相州汤阴(今属河南)人。官至枢密副使,封武昌郡开国公。以不附和议,被秦桧所陷,被害于大理寺狱。孝宗时追谥"武穆",宁宗时追封"鄂王",理宗时改谥"忠武"。传岳飞背后有其母刻的"精忠报国"四字,《宋史》有传。《直斋书录解题》著录《岳武穆集》十卷,不传。明徐阶编《岳武穆遗文》一卷。词存三首。

满江红,词牌名,双调九十三字,前阕四仄韵,后句五仄韵,前阕五六句,后阕七八句要对仗,例用入声韵脚。以岳飞这首词最为有名。南宋姜夔始用平声韵,但用者为数不多。

CHAPTER 10

破阵子①·为陈同甫②赋壮词以寄之

辛弃疾

　　醉里挑灯看剑，梦回吹角连营。八百里分麾下炙③，五十弦翻塞外声④。沙场秋点兵⑤。

　　马作的卢飞快⑥，弓如霹雳⑦弦惊。了却君王天下事⑧，赢得生前身后名。可怜⑨白发生！

随文注释

①破阵子：唐玄宗时教坊曲名，出自《破阵乐》，后用为词牌。

②陈同甫：陈亮（1143—1194），字同甫，南宋婺州永康（今浙江永康市）人。与辛弃疾志同道合，结为挚友。其词风格与辛词相似。

③八百里：指牛。《世说新语·汰侈》载，晋代王恺有一头珍贵的牛，叫八百里驳。分麾（huī）下炙（zhì）：把烤牛肉分赏给部下。麾下：部下。麾：军中大旗。炙：切碎的熟肉。

④五十弦：原指瑟，此处泛指各种乐器。翻：演奏。塞外声：指悲壮粗犷的战歌。

⑤沙场：战场。秋：古代点兵用武，多在秋天。点兵：检阅军队。

⑥马作的卢飞快：战马像的卢马那样跑得飞快。作：像……一样。的卢：良马名，一种烈性快马。相传刘备在荆州遇险，前临檀溪，后有追兵，幸亏骑的卢马，一跃三丈，而脱离险境。（见《三国志·蜀志·先主传》。）

⑦霹雳：本是疾雷声，此处比喻弓弦响声之大。

⑧了却：了结，把事情做完。君王天下事：统一国家的大业，此特指收复失地之事。

⑨可怜：可惜。

参考译文

醉梦里挑亮油灯观看宝剑，恍惚间又回到了当年，各个军营里接连不断地响起号角声。把烤好的牛肉分给部下，让乐队奏起雄壮的军乐鼓舞士气。这是秋天在战场上阅兵。

战马像的卢马一样跑得飞快，弓箭像惊雷一样，震耳离弦。（我）一心想替君主完成收复国家失地的大业，取得世代相传的美名。可怜已成了白发人！

阅读贴士

辛弃疾（1140—1207），南宋词人。原字坦夫，改字幼安，别号稼轩，汉族，历城（今山东济南）人。出生时，中原已为金兵所占。二十一岁参加抗金义军，不久归南宋。历任湖北、江西、湖南、福建、浙东安抚使等职。一生力主抗金。曾上奏疏《美芹十论》与《九议》，条陈战守之策。其词抒写力图恢复国家统一的爱国热情，倾诉壮志难酬的悲愤，对当时执政者的屈辱求和颇多谴责；也有不少吟咏祖国河山的作品。题材广阔又善化用前人典故入词，风格沉雄豪迈又不乏细腻柔媚之处。由于辛弃疾的抗金主张与当政的主和派政见不合，后被弹劾落职，退隐江西带湖。

这首《破阵子》是辛弃疾寄给好友陈亮（陈同甫）的一首词，词中通过对作者早年抗金部队豪壮的阵容和气概以及自己沙场生涯的追忆，表达了作者杀敌报国、收复失地的理想，抒发了壮志难酬、英雄迟暮的悲愤心情。通过创造雄奇的意境，生动地描绘出一位披肝沥胆、忠贞不贰、勇往直前的将军形象。全词在结构上打破成规，前九句为一意，末一句另为一意，以末一句否定前九句，前九句写得酣恣淋漓，正为加重末五字失望之情，这种艺术手法体现了辛词的豪放风格和独创精神。

CHAPTER 10

正气歌

文天祥

　　余囚北庭，坐一土室。室广八尺，深可四寻①。单扉低小，白间②短窄，污下而幽暗。当此夏日，诸气萃然：雨潦四集，浮动床几，时则为水气；涂泥半朝，蒸沤历澜③，时则为土气；乍晴暴热，风道四塞，时则为日气；檐阴薪爨④，助长炎虐，时则为火气；仓腐寄顿，陈陈逼人⑤，时则为米气；骈肩杂遝⑥，腥臊汗垢，时则为人气；或圊溷⑦、或毁尸、或腐鼠，恶气杂出，时则为秽气。叠是数气，当侵沴⑧，鲜不为厉。而予以羸弱，俯仰其间，於兹二年矣，幸而无恙，是殆有养致然尔。然亦安知所养何哉？孟子曰："吾善养吾浩然之气。"彼气有七，吾气有一，以一敌七，吾何患焉！况浩然者，乃天地之正气也，作正气歌一首。

天地有正气，杂然赋流形。下则为河岳，上则为日星。

于人曰浩然，沛乎塞苍冥。皇路当清夷，含和吐明庭。

时穷节乃见，一一垂丹青。在齐太史简，在晋董狐笔。

在秦张良椎⑨，在汉苏武节⑩。为严将军头⑪，为嵇侍中血⑫。

为张睢阳齿⑬，为颜常山舌⑭。或为辽东帽⑮，清操厉冰雪⑯。

或为出师表，鬼神泣壮烈。或为渡江楫，慷慨吞胡羯。

或为击贼笏⑰，逆竖头破裂。是气所磅礴，凛烈万古存。

当其贯日月，生死安足论。地维赖以立，天柱赖以尊。

三纲实系命，道义为之根。嗟予遘阳九⑱，隶也实不力。

楚囚缨其冠，传车送穷北。鼎镬甘如饴，求之不可得。

阴房阒鬼火⑲，春院閟天黑。牛骥同一皂，鸡栖凤凰食。

一朝蒙雾露，分作沟中瘠。如此再寒暑，百沴自辟易。

嗟哉沮洳场⑳，为我安乐国。岂有他缪巧，阴阳不能贼。

顾此耿耿在，仰视浮云白。悠悠我心悲，苍天曷有极。

哲人日已远，典刑在夙昔。风檐展书读，古道照颜色。

随文注释

①寻：古时八尺为一寻。

②白间：窗户。

③蒸沤历澜：热气蒸，积水沤，到处都杂乱不堪。澜：澜漫，杂乱。

④薪爨(cuàn)：烧柴做饭。

⑤仓腐寄顿，陈陈逼人：仓库里储存的米谷腐烂了。：陈旧的粮食年年相加，霉烂的气味使人难以忍受。陈陈：陈陈相因，《史记·平准书》："太仓之粟，陈陈相因。"

⑥骈肩杂遝(tà)：肩挨肩，拥挤杂乱的样子。

⑦圊溷(qīnghún)：厕所。

⑧侵沴(lì)：恶气侵人。沴：恶气。

⑨张良椎：《史记·留侯传》载，张良祖上五代人都做韩国的丞相，韩国被秦始皇灭掉后，他一心要替韩国报仇，找到一个大力士，持一百二十斤的大椎，在博浪沙(今河南省新乡县南)伏击出巡的秦始皇，未击中。后来张良辅佐刘邦建立汉朝，封留侯。

⑩苏武节：《汉书·李广苏建传》载，汉武帝时，苏武出使匈奴，匈奴人要他投降，他坚决拒绝，被流放到北海(今西伯利亚贝加尔湖)边牧羊。为了表示对祖国的忠诚，他一天到晚拿着从汉朝带去的符节，牧羊十九年，始终坚贞不屈，后来终于回到汉朝。

⑪严将军：《三国志·蜀志·张飞传》载，严颜在刘璋手下做将军，镇守巴郡，被张飞捉住，要他投降，他回答说："我州但有断头将军，无降将军！"张飞见其威武不

屈,把他释放了。

⑫嵇侍中:嵇绍,嵇康之子,晋惠帝时做侍中(官名)。《晋书·嵇绍传》载,晋惠帝永兴元年(304),皇室内乱,惠帝的侍卫都被打垮了,嵇绍用自己的身体遮住惠帝,被杀死,血溅到惠帝的衣服上。战争结束后,有人要洗去惠帝衣服上的血,惠帝说:"此嵇侍中血,勿去!"

⑬张睢阳:即唐朝的张巡。《旧唐书·张巡传》载,安禄山叛乱,张巡固守睢阳(今河南省商丘市),每次上阵督战,大声呼喊,牙齿都咬碎了。城破被俘,拒不投降,敌将问他:"闻君每战,皆目裂,嚼齿皆碎,何至此耶?"张巡回答说:"吾欲气吞逆贼,但力不遂耳。"敌将视其齿,存者不过三数。

⑭颜常山:即唐朝的颜杲卿,任常山太守。《新唐书·颜杲卿传》载,安禄山叛乱时,他起兵讨伐,后城破被俘,当面大骂安禄山,被钩断舌头,仍不屈,被杀死。

⑮辽东帽:东汉末年的管宁有高节,是在野的名士,避乱居辽东(今辽宁省辽阳市),一再拒绝朝廷的征召,他常戴一顶黑色帽子,安贫讲学,闻名于世。

⑯清操厉冰雪:是说管宁严格奉守清廉的节操,凛如冰雪。厉:严肃,严厉。

⑰击贼笏:唐德宗时,朱泚谋反,召段秀实议事,段秀实不肯同流合污,以笏猛击朱泚的头,大骂:"狂贼,吾恨不斩汝万段,岂从汝反耶?"笏:古代大臣朝见皇帝时所持的手板。

⑱遘:遭逢,遇到。阳九:即百六阳九,古人用以指灾难年头,此指国势的危亡。

⑲阴房阒鬼火:囚室阴暗寂静,只有鬼火出没。阴房:见不到阳光的居处,此指囚房。阒:幽暗、寂静。

⑳沮洳场:低下阴湿的地方。

参考译文

我被囚禁在北国的都城,住在一间土屋内。土屋有八尺宽,大约四寻深。有一道单扇门又低又小,一扇白木窗子又短又窄,地方又脏又矮,又湿又暗。碰到这夏天,各种气味都汇聚在一起:雨水从四面流进来,甚至漂起床、几,这时屋子里都是水气;屋里的污泥因很少照到阳光,蒸熏恶臭,这时屋子里都是土气;突然天晴暴热,四处的风道又被堵塞,这时屋子里都是日气;有人在屋檐下烧柴火做饭,助长了炎热的肆虐,这时屋子里都是火气;仓库里储藏了很多腐烂的粮食,阵阵霉味逼人,这时屋子里都是霉烂的米气;关在这里的人多,拥挤杂乱,到处散发着腥臊汗臭,这时屋子里都是人气;又是粪便,又是腐尸,又是死鼠,各种各样的恶臭一起散发,这时屋子里都是秽气。这么多的气味加在一起,成了瘟疫,很少有人不染病的。可是我以虚弱的身子在这样坏的环境中生活,到如今已经两年了,却没有什么病。这大概是因为有修养才会这样吧。然而怎么知道这修养是什么呢? 孟子说:"我善于培养我心中的浩然之气。"它有七种气,我有一种气,用我的一种气可以敌过那七种气,我担忧什么呢! 况且博大刚正的,是天地之间的凛然正气。(因此)写成这首《正气歌》。

天地之间有一股堂堂正气,它赋予万物而变化为各种体形。

在下面就表现为山川河岳,在上面就表现为日月辰星。

在人间被称为浩然之气,它充满了天地和寰宇。

国运清明太平的时候,它呈现为祥和的气氛和开明的朝廷。

时运艰危的时刻义士就会出现,他们的光辉形象——垂于丹青。

在齐国有舍命记史的太史简,在晋国有坚持正义的董狐笔。

在秦朝有为民除暴的张良椎,在汉朝有赤胆忠心的苏武节。

它还表现为宁死不降的严将军的头,表现为拼死抵抗的嵇侍中的血。

表现为张睢阳誓师杀敌而咬碎的齿,表现为颜常山仗义骂贼而被割的舌。

有时又表现为避乱辽东喜欢戴白帽的管宁,他那高洁的品格胜过了冰雪。

有时又表现为写出《出师表》的诸葛亮,他那死而后已的忠心让鬼神感泣。

有时表现为祖逖渡江北伐时的楫,激昂慷慨发誓要吞灭胡羯。

有时表现为段秀实痛击奸人的笏,逆贼的头颅顿时破裂。

这种浩然之气充塞于宇宙乾坤,正义凛然不可侵犯而万古长存。

当这种正气直冲霄汉贯通日月之时,活着或死去根本用不着去谈论!

大地靠着它才得以挺立,天柱靠着它才得以支撑。

三纲靠着它才能维持生命,道义靠着它才有了根本。

可叹的是我遭遇了国难的时刻,实在是无力去安国杀贼。

穿着朝服却成了阶下囚,被人用驿车送到了穷北。

如受鼎镬之刑对我来说就像喝糖水,为国捐躯那是求之不得。

牢房内闪着点点鬼火一片静谧，春院里的门直到天黑都始终紧闭。

老牛和骏马被关在一起共用一槽，凤凰住在鸡窝里像鸡一样饮食起居。

一旦受了风寒染上了疾病，那沟壑定会是我的葬身之地，

如果能这样再经历两个寒暑，各种各样的疾病就自当退避。

可叹的是如此阴暗低湿的处所，竟成了我安身立命的乐土住地。

这其中难道有什么奥秘，一切寒暑冷暖都不能伤害我的身体。

因为我胸中一颗丹心永远存在，功名富贵对于我如同天边的浮云。

我心中的忧痛深广无边，请问苍天何时才会有终极。

先贤们一个个已离我远去，他们的榜样已经铭记在我的心里。

屋檐下我沐着清风展开书来读，古人的光辉将照耀我坚定地走下去。

阅读贴士

文天祥（1236—1283），字宋瑞，又字履善，自号文山，浮休道人。汉族，吉州庐陵（今江西吉安）人。南宋末政治家，文学家，抗元名臣。理宗宝祐四年（1256）进士，官到右丞相兼枢密使。被派往元军的军营中谈判，被扣留。后脱险经高邮稽庄到泰县塘湾，由南通南归，坚持抗元。祥兴元年（1278）兵败被张弘范俘房，在狱中坚持斗争三年多，后在柴市从容就义。他的诗、词和散文记录了抗元斗争的经历，表达了强烈的爱国思想，反映了南宋末年广大军民勇赴国难、誓死不屈的英雄气概和大无畏精神。风格悲壮，感人至深。著有《过零丁洋》《文山诗集》《指南录》《指南后录》《正气歌》等作品。

《正气歌》是南宋诗人文天祥在狱中写的一首五言古诗。文天祥于祥兴元年（1278）十月因叛徒的出卖被元军所俘。翌年十月被解至燕京。元朝统治者对他软硬兼施，威逼利诱，许以高位，文天祥都誓死不屈，决心以身报国，丝毫不为所动，因而被囚三年，至元世祖至元十九年十二月九日慷慨就义。这首诗是他死前一年在狱中所作。

诗的开头即点出浩然正气存乎天地之间，至时穷之际，必然会显示出来。随后连用十二个典故，都是历史上有名的人物，他们的所作所为凛然显示出浩然正气的力量。接下来八句说明浩然正气贯日月，立天地，为三纲之命，道义之根。最后联

系到自己的命运,自己虽然兵败被俘,处在极其恶劣的牢狱之中,但是由于自己一身正气,各种邪气和疾病都不能侵犯自己,因此自己能够坦然面对自己的命运。全诗感情深沉、气壮山河、直抒胸臆、毫无雕饰,充分体现了作者崇高的民族气节和强烈的爱国主义精神。

CHAPTER 10

少年中国说(节选)

梁启超

任公曰：造成今日之老大中国者，则中国老朽之冤业也。制出将来之少年中国者，则中国少年之责任也。彼老朽者何足道，彼与此世界作别之日不远矣，而我少年乃新来而与世界为缘。如僦屋者然，彼明日将迁居他方，而我今日始入此室处。将迁居者，不爱护其窗栊，不洁治其庭庑，俗人恒情，亦何足怪！若我少年者，前程浩浩，后顾茫茫。中国而为牛为马为奴为隶，则烹脔鞭棰之惨酷，惟我少年当之。中国如称霸宇内，主盟地球，则指挥顾盼之尊荣，惟我少年享之。于彼气息奄奄与鬼为邻者何与焉？彼而漠然置之，犹可言也。我而漠然置之，不可言也。使举国之少年而果为少年也，则吾中国为未来之国，其进步未可量也。使举国之少年而亦为老大也，则吾中国为过去之国，其澌亡可翘足而待也。故今日之责任，不在他人，而全在我少年。少年智则国智，少年富则国富；少年强则国强，少年独立则国独立；少年自由则国自由；少年进步则国进步；少年胜于欧洲，则国胜于欧洲；少年雄于地球，则国雄于地球。红日初升，其道大光。河出伏流，一泻汪洋。潜龙腾渊，鳞爪飞扬。乳虎啸谷，百兽震惶。鹰隼试翼，风尘翕张。奇花初胎，矞矞皇皇。干将发硎，有作其芒。天戴其苍，地履其黄。纵有千古，横有八荒。前途似海，来日方长。美哉我少年中国，与天不老！壮哉我中国少年，与国无疆！

参考译文

梁任公说：造成今天衰老腐朽中国的，是中国衰老腐朽人的罪孽。创建未来的少年中国的，是中国少年一代的责任。那些衰老腐朽的人有什么可说的，他们与这个世界告别的日子不远了，而我们少年才是新来并将与世界结缘。如租赁房屋的人一样，他们明天就将迁到别的地方去住，而我们今天才搬进这间屋子居住。将要迁居别处的人，不爱护这间屋子的窗户，不清扫治理这间房舍的庭院走廊，这是俗人常情，又有什么值得奇怪的！至于像我们少年人，前程浩浩远大，回顾辽阔深远。中国如果成为牛马奴隶，那么烹烧、宰割、鞭打的遭遇，只有我们少年承受。中国如果称霸世界，主宰地球，那么发号施令左顾右盼的尊贵光荣，也只有我们少年享受；这对于那些气息奄奄将与死鬼做邻居的老朽有什么关系？他们如果漠然对待这一问题还可以说得过去。我们如果漠然地对待这一问题，就说不过去了。假如使全国的少年果真成为充满朝气的少年，那么我们中国作为未来的国家，它的进步是不可限量的；假如全国的少年也变成衰老腐朽的人，那么我们中国就会成为从前那样的国家，它的灭亡不久就要到来。所以说今天的责任，不在别人身上，全在我们少年身上。少年聪明我国家就聪明，少年富裕我国家就富裕，少年强大我国家就强大，少年独立我国家就独立，少年自由我国家就自由，少年进步我国家就进步，少年胜过欧洲，我国家就胜过欧洲，少年称雄于世界，我国家就称雄于世界。红日刚刚升起，道路充满霞光；黄河从地下冒出来，汹涌奔泻浩浩荡荡；潜龙从深渊中腾跃而起，它的鳞爪舞动飞扬；小老虎在山谷吼叫，所有的野兽都害怕惊慌；雄鹰隼鸟振翅欲飞，风和尘土高卷飞扬；奇花刚开始孕育起蓓蕾，灿烂明丽茂盛苗壮；干将剑新磨，闪射出光芒。头顶着苍天，脚踏着大地，从纵的时间看有悠久的历史，从横的空间看有辽阔的疆域。前途像海一般宽广，未来的日子无限远长。美丽啊，我的少年中国，将与天地共存不老！雄壮啊，我的中国少年，将与祖国万寿无疆！

中华经典美文选读

阅读贴士

梁启超（1873—1929），字卓如，一字任甫，号任公，又号饮冰室主人、饮冰子、哀时客、中国之新民、自由斋主人，汉族，广东新会人。清光绪举人，和其师康有为一起，倡导变法维新，并称"康梁"。是戊戌变法（百日维新）领袖之一、中国近代维新派代表人物，曾倡导文体改良的"诗界革命"和"小说革命"。其著作被合编为《饮冰室合集》。

《少年中国说》是梁启超的代表作之一，写于1900年，正是戊戌变法后，作者梁启超流亡日本之时，当时帝国主义制造舆论，污蔑中国是"老大帝国"。为了驳斥帝国主义分子的无耻谰言，唤起人民的爱国热情，激起民族的自尊心和自信心，梁启超适时地写出这篇《少年中国说》。此文影响颇大，是一篇篇幅较长的政论文，作者站在资产阶级改良派的立场上，在文中将封建古老的中国与他心目中的少年中国作了鲜明的对比，极力赞扬少年勇于改革的精神，鼓励人们肩负起建设少年中国的重任。本文被公认为梁启超著作中思想意义最积极，情感色彩最激越的篇章，作者本人也把它视为自己"开文章之新体，激民所之暗潮"的代表作。